Viktoria Schwenger

Dunkle Wolken über Altdorf

Viktoria Schwenger

Dunkle Wolken über Altdorf

Ein moderner Heimatroman

rosenheimer

1. Auflage

www.rosenheimer.com

Titelfoto: © AVTG – istockphoto.com (oben)
und Studio von Sarosdy, Düsseldorf (unten)
Lektorat und Satz: BuchBetrieb Peggy Stelling, Leipzig
Druck und Bindung: CPI Moravia Books s.r.o.
Printed in Czech Republic

ISBN 978-3-475-54077-6

Kapitel 1

Der junge Mann, schlank und großgewachsen, in Jeans und Lodenjoppe, strebte mit ausgreifenden Schritten vom Dorf dem Wald hinauf zu. Am Waldrand angelangt, blieb er stehen, lehnte sich an den Stamm einer kräftigen Eiche und blickte zurück. Aus der Ferne grüßten die Gipfel der Berge des oberbayerischen Chiemgaus, leuchteten die schroffen Felswände des Massivs des »Wilden Kaisers« in der späten Nachmittagssonne. Mit offenen Augen nahm er die Schönheit dieser Landschaft, seiner Heimat, auf.

Er ließ den Blick zum Dorf hinunter schweifen.

Altdorf, das Dorf in dem er geboren wurde und aufgewachsen ist, lag linkerhand unter ihm. In der Mitte ragte die Kirche mit dem spitzen Turm empor, darum gruppierten sich die mit roten Ziegeln gedeckten Häuser des Dorfes mit ihren weit auskragenden Dächern, so wie es hier im bayerischen Oberland typisch war.

Sein Elternhaus lag gleich neben der Kirche und dem Dorfplatz mit der alten Linde. Es war das letzte, noch bewirtschaftete Bauernhaus im Dorf, alle anderen Bauern hatten die Landwirtschaft entweder aufgegeben oder Aussiedlerhöfe außerhalb der Ortschaft gebaut.

Rechterhand des alten Dorfes, auf einem sanften Hügel mit Bergblick, war in den letzten Jahren ein neues Baugebiet ausgewiesen worden, ein ganzes neues Dorf war dort entstanden. »Hypothekenhügel«, nannten es die Alteingesessenen ironisch-spöttisch.

Viele junge Familien hatten sich in den letzten Jahren hier angesiedelt, trotz der schlechten öffentlichen Verkehrsanbindung des Ortes. Die Männer scheuten, als Pendler, die Fahrt nach München zu ihren Arbeitsplätzen offenbar nicht.

In seiner Kindheit hatte das Dorf gerade mal fünfhundert Einwohner gehabt; inzwischen war es, dank des Neubaugebietes, auf über eintausend Bewohner angewachsen, hatte sich gleichsam verdoppelt. Früher hatte jeder jeden gekannt und fast alle Ansässigen des Ortes waren Landwirte gewesen, bis auf den Wirt, der früher einmal sogar eine eigene kleine Brauerei betrieben hatte und dessen Gasthaus deshalb noch heute »Zum Bräu« genannt wird. Doch die Bräuin hatte während des Ersten Weltkrieges alle Sudkessel, Rohre und Leitungen abgeliefert, denn zur Verteidigung des Vaterlandes benötigte man jegliche Art von Metall.

Was für ein Schock für ihren Mann, der, als er nach Beendigung des Krieges von der Front nach Hause kam, nichts mehr zum Brauen vorfand! So hatte es mit der Altdofer Brauerei ein Ende gehabt.

Gerade einmal einen kleinen Kramerladen hatte es in seiner Kindheit gegeben, für die nötigsten Dinge des täglichen Bedarfs, alles andere musste in den umliegenden größeren Ortschaften besorgt werden. Irgendwann hatte die »Kramerin« ihren Laden geschlossen, da sich der Umsatz so verringert hatte, dass sich die Arbeit für die alte Frau nicht mehr lohnte. Nur noch das, was die Leute in der nächstgelegenen Stadt zu kaufen vergessen hatten, wurde bei ihr geholt.

Heute gab es immerhin wieder eine Metzgerei, einen Bäcker und sogar einen Frisiersalon! Und die alte Hufschmiede, die es früher einmal gegeben hatte, war inzwischen zu einer Kraftfahrzeugwerkstätte umgebaut worden. Niemand ließ heute noch ein Pferd beschlagen, so wie früher, und zu dem Reiterhof in der Nähe kam regelmäßig ein mobiler Hufschmied. Ach ja, und dann gab es noch eine Schreinerei und eine Filiale der Kreissparkasse, immerhin mit einem Geldautomaten. Doch das war es dann auch schon mit der Infrastruktur.

Die kleine Dorfschule, in die er während der Grundschulzeit, mit dem Ranzen auf dem Rücken, gegangen war, lag nicht weit vom Dorfplatz entfernt, gleich neben dem Feuerlöschteich, in dem er als Bub im Sommer mit den Freunden gebadet hatte.

Später war er mit dem Schulbus in die nächstgrößere Stadt zur Realschule gefahren, einen Schulbus gab es damals bereits für die Kinder der weiterführenden Schulen. Jetzt war die Grundschule in Altdorf geschlossen, wie so viele der kleinen örtlichen Schulen im Zuge der Schulreform geschlossen worden waren. Selbst die Erstklässler fuhren heute mit dem Schulbus in den nächsten Ort, wohin aus allen kleinen Dörfern und Einödhöfen der Umgebung die Busse mit den Kindern in die zentrale Grund- und Hauptschule kamen. Das alte Schulgebäude war in den letzten Jahren in dörflicher Gemeinschaftsarbeit und aus Spendengeldern renoviert und in ein »Dorfzentrum« umgebaut worden, in dem jetzt die ortsansässigen Vereine, allen voran der Männer- und Burschenverein, der Frauen- und Mütterverein und die anderen Vereine des Ortes ihre Veranstaltungen abhielten.

Einmal im Jahr, im Juli, wird im Garten des »Alten Schulhauses« ein Zelt errichtet, für das Dorffest. Eine Musikkapelle spielte auf und es gibt Speis und Trank, vor allem das Letztere, denn dem Bier wurde gerne und reichlich zugesprochen.

Und auf dem letzten Dorffest hatte er Nicole kennengelernt.

Michael beschattete die Augen mit der Hand gegen die tiefstehende Sonne und spähte hinauf zum Hügel der Neubürger, doch es war niemand zu sehen, von dort auf dem Weg hierher zum Waldrand. Langsam ging er in den Wald hinein, bis zu der kleinen Lichtung mit dem Hochsitz, der auf eine der Fichten gebaut war. Behände stieg er hinauf. Der Wald gehörte ihm, das hieß seiner Familie, und war zudem sein Jagdrevier. Er liebte die Jagd und die Hege des Wildes über alles. Es war seine Leidenschaft, alleine im Wald umherzustreifen oder auf dem Ansitz auf das Wild zu warten, es zu beobachten oder auch zu schießen. Dann fühlte er sich am wohlsten, ganz eins mit sich und der Welt. Doch heute war er nicht auf der Jagd, er wartete auf Nicole.

Mehr als ein Jahr war es nun her, dass er Nicole zum ersten Mal, eben auf diesem besagten Dorffest, gesehen hatte. Sie hatte mit einigen anderen jungen Mädchen, die er nicht kannte, vermutlich welche vom Hügel oben, am Nebentisch gesessen. Sie war ihm durch ihr fröhliches Lachen unter den anderen jungen Frauen gleich aufgefallen. Ein paar Mal hatte er verstohlen zu ihr hingeschaut, aber er war nicht der Typ, der so einfach und locker Mädchen ansprach. Wenn nicht sein bester Freund Roman dabei gewesen wäre, vielleicht hätten sie sich nie kennengelernt.

Roman hatte gleich mit dem Nebentisch »angebandelt«, wie man so sagt, und es dauerte nicht lange, da saßen die vier jungen Frauen mit ihm und Roman an einem Tisch. Sie waren tatsächlich von oben vom Hügel, spätestens an ihrer Aussprache hätte man es erkannt, kein bisschen Dialekt war da zu hören.

Roman führte wie immer das Wort, während er, Michael, ruhig dabei saß und nur gelegentlich eine Bemerkung einwarf. Später, als sie sich ineinander verliebt hatten, erzählte ihm Nicole, dass ihr gerade diese Zurückhaltung so an ihm gefallen hatte.

Die Stimmung beim Fest war recht ausgelassen gewesen, und später setzten sich noch einige der Burschen vom Dorf zu der kleinen Gesellschaft. Irgendwann saß plötzlich Nicole neben ihm.

»Sehr laut hier, nicht?«, meinte sie.

»Ja, ja, das Bier tut seine Wirkung.« Er hob seinen Maßkrug und prostete ihr zu. »Was trinkst denn da?«, fragte er neugierig, als er in ihr Glas sah.

»Ich bin auf Wasser umgeschwenkt«, lachte sie, »allzu viel Alkohol vertrage ich nicht.«

»Wasser? Oh, je! Ich hab' gar ned g'wusst, dass im Zelt auch Wasser ausg'schenkt wird!«

»Doch, doch! Allerdings nur in Flaschen, und ich gieße es in einem unbemerkten Augenblick in meinen Bierkrug.« Sie sah ihn schelmisch an. «Ich möchte lieber nüchtern bleiben, wenigstens einigermaßen! Ich glaube, ich habe ohnehin schon zu viel getrunken.« Sie nahm einen Bierdeckel zur Hand und fächelte sich Luft zu. »Heiß ist es hier drin, es ist kaum auszuhalten.« Sie sah ihn von der Seite an, zwinkerte ihm zu.

Michael wusste nicht so recht, was er darauf antworten sollte. Roman hätte da längst schon die passende Antwort parat gehabt. Doch der zog gerade eines der Mädchen auf die Tanzfläche.

Nicole sah ihn aufmunternd an. Tanzen war nun nicht gerade seine Leidenschaft, doch jetzt fühlte er sich fast dazu genötigt. »Möchtest vielleicht tanzen?«

Fast hoffte er auf eine ablehnende Antwort, doch sie stand sogleich von der Bank auf. »Ja, gern!«

Er führte sie durch das vollbesetzte Zelt zur Tanzfläche. Irgendwie wird es schon gehen, hoffte er im Stillen bei sich. Doch es ging viel besser, als er gedacht hatte, und nach einigen Tänzen machte es ihm sogar Spaß. Sie tanzten, bis die Kapelle zu einer Pause aufrief.

»Puh, jetzt ist mir noch heißer«, prustete Nicole und strich sich die aufgelösten Haare aus dem Gesicht. Sie sah zu den Musikern hin, einer bekannten Party-Band. »Die spielen ja wirklich toll, die könnten es mit jeder Band in der Stadt aufnehmen«, meinte sie anerkennend.

»Ja, aber jetzt ist erst mal Pause.« Auch Michael war bei den heißen Rhythmen außer Atem gekommen. Er nahm Nicole am Arm und wollte sie an ihren Tisch zurückführen, doch sie deutete ihm an, dass sie nach draußen gehen wollte.

Aus dem Hintergrund hörte er Roman rufen: »Hey, Michi, wo gehst denn hin?«, doch er reagierte nicht darauf. Er strebte mit Nicole, ohne sich umzusehen, dem Ausgang zu.

Die Kühle der Nacht umfing sie, er führte Nicole aus dem Lichtschein des Zeltes hinaus und hinüber zum Feuerlöschteich, der ruhig und silbrig schimmernd im Mondlicht vor ihnen lag.

»Wenn du einen Badeanzug dabei hättest, könntest dich ein bisschen im Wasser abkühlen«.

Sie lachte leise. »Ach ja, und du?«

»Ja, mich tät's wahrscheinlich nicht recht abkühlen, wenn ich mit dir im Mondlicht baden tät«, meinte er mutig.

Wieder lachte sie leise. »Ja, Spaß machen tät es mir schon zu schwimmen. Aber das geht wohl nicht, oder? Ich meine, so ohne Badezeug?«

»Na, das geht nicht! Das tät ein schönes G'rede geben im Dorf. Und womöglich käme noch die ganze Bande aus dem Zelt dazu. Lieber nicht!« Er sah auf sie hinab, die zierliche Nicole war einen Kopf kleiner als er, reichte ihm gerade bis zur Schulter. »Aber ich weiß einen schönen, verwunschenen Weiher hinter dem Wald, mit ganz warmem Moorwasser. Mit dem Auto ist es nicht weit von hier.«

Sie sah ihn spitzbübisch an. »Und jetzt glaubst du, ich fahr mit dir da hin?«

Er nahm eine Strähne ihres aufgelösten Haares und wickelte es sich um den Finger. »Ehrlich gesagt, ich glaub's ned. Aber schön wär's schon!«

»Mhm! Vielleicht ein anderes Mal!« Sie legte den Kopf schief und lächelte ihn an.

»Und wann ist ein anderes Mal?«

Doch bevor Nicole antworten konnte, hörten sie Romans Stimme. »Ah, da habt's ihr euch versteckt!« Er führte eines der anderen Mädchen, eine Dunkelhaarige mit ganz kurzen Haaren, an der Hand. »Die Sandra hat dich schon gesucht, Nicole!«

»Ich wollte gerade wieder reinkommen«, und zu Sandra meinte sie: »Ich denke, wir sollten uns auf den Heimweg machen, es ist schon spät genug.«

»Und wo müsst's ihr hin?«

»Nur rauf zum Hügel. Ich wohne da und Sandra ist bei mir zu Besuch übers Wochenende.«

»Na, da begleiten wir euch doch!«, meinte Roman gut gelaunt. »Wer weiß, was euch sonst noch passiert in der Nacht.«

»Ja, gerade auf dem Dorf! Da haben wir wirklich Angst!« Sandra kicherte und hakte sich bei Roman ein. »Aber es ist okay, ihr dürft uns nach Hause bringen!«, meinte sie gespielt großzügig.

Die Vier machten sich auf den Weg durchs alte Dorf und wandten sich dann der Straße zum Hügel zu.

»Schau, da wohn' ich«, meinte Michael, als sie am Rechenauerhof, mit dem Stall neben dem Wohnhaus, vorbeikamen.

»Da?!«, rief Nicole überrascht aus. »Dann bist du ja ein Landwirt? Also, das hätte ich nie gedacht!«

»Ah, so? Ja, ich bin ein Bauer, wenn du das meinst.« Er sah sie ironisch an. »Hast denn gedacht, dass man als Bauer immer im Stallgewand und in Gummistiefeln rumläuft und mit der Mistgabel aufs Dorffest geht?«

»Nein, nein!«, beeilte sich Nicole schnell zu sagen. »Aber du siehst so überhaupt nicht wie ein Bauer aus, oder was ich mir zumindest unter einem Bauern vorstelle.«

»Was stellst dir denn unter einem Bauern vor?«

»Ich weiß auch nicht«, Nicole war es unangenehm, welche Wendung ihre Unterhaltung genommen hatte. »Auf jeden Fall nicht so jemanden wie dich!«

»Aber ich bin ein Bauer und gerne noch dazu.« Fast trotzig klang es.

»Ja, das ist super so! Ich finde es gut, wenn jemand seinen Beruf gerne macht!«

Sie hatten sich gegenüber Roman und Sandra etwas zurückfallen lassen und blieben jetzt unter einer der wenigen Straßenlaternen stehen.

»Und was machst du?«

»Ich studiere in München, fürs Lehramt.«

»Aha, dann willst einmal Lehrerin werden!«

»Ja, für die Grundschule, für die Kleinen. Ich mag Kinder! Am liebsten wäre ich ja Erzieherin oder Kindergärtnerin geworden, ich habe da auch mal ein Praktikum gemacht. Aber da war mein Vater total dagegen, der ist schon sauer, weil ich ›nur‹ Lehrerin werden will.«

»Aber des ist doch ein schöner Beruf!«

»Ich finde auch! Na, ist ja auch egal! Man muss wissen, was man will und sich dann durchsetzen!«

Sie waren weitergegangen und holten Roman und Sandra ein, die im Schein der nächsten Straßenlaterne standen und sich küssten.

»Der Roman!«, lachte Michael leise. »Der lässt aber auch gar nichts anbrennen. Komm, gehen wir weiter!«

Die Beiden ließen sich nicht stören, noch nicht einmal, als ihnen Nicole im Vorbeigehen leise zurief: »Ich lasse den Schlüssel unter der Fußmatte liegen für dich, Sandi!«

Schweigsam waren sie auf der Höhe des Hügels angekommen. Nicole blieb vor einem villenartigen Gebäude stehen. »Da wohne ich!«

Michael sah auf das beleuchtete Haus, das bestimmt das schönste und größte auf dem Hügel war. »Mhm, ja, dann!« Verlegen stand er vor ihr.

Nicole sah ihn an, abwartend, doch als er weiter nichts sagte, nur stumm da stand, nahm sie seine Hände. »Vielen Dank, dass du mich nach Hause gebracht hast, Michi!«

Er registrierte gleich, dass sie zum ersten Mal »Michi« zu ihm gesagt hatte. »Des hab' ich gern gemacht!« Wieder schwieg er, stand vor ihr und sah sie an.

»Also, dann! Tschüss!«

»Vielleicht hast mal Lust zum Baden im Waldsee?«, brachte er endlich heraus.

»Ja, gern!« Sie schien erleichtert, dass er endlich etwas sagte. »Ich muss zwar morgen wieder in die Stadt, aber wenn du magst, dann komme ich am nächsten Wochenende raus nach Altdorf!«

»Ja, des tät mich freuen!« Auch er schien ganz erleichtert über Nicoles Angebot.

»Hier, schau mal.« Sie nahm einen kleinen Notizblock und einen Stift aus ihrer Handtasche. »Ich schreibe dir meine Handynummer auf. Ruf mich doch an, wenn du Lust hast und dann machen wir etwas aus. Vielleicht mit Roman und Sandra zusammen?« Sie sah ihn fragend an.

Er schüttelte heftig den Kopf. »Nein, nur mit dir!«

Wieder lachte sie dieses leise, glockenhelle Lachen, das ihm gleich an ihr aufgefallen war. »Gut, dann eben nur wir zwei!«

Sie streckte sich auf die Zehenspitzen und fuhr ganz leise und sacht mit dem Mund über seine Wange, wie einen zarten, duftenden Lufthauch empfand er es. Dann lief sie davon, die Treppen zum Haus hinauf, er sah ihr nach. Oben blieb sie stehen, winkte ihm zu und war kurz darauf in der Dunkelheit des Hauseingangs verschwunden. Er verharrte noch für einen Moment wie angewurzelt, doch sie blieb verschwunden. Er fühlte sein Herz klopfen. Langsam ging er den Hügel hinab. Sachte berührte er die Stelle an seiner Wange, an der ihre Lippen ihn berührt hatten.

Er kam an der Straßenlaterne vorbei, an der Roman und Sandra gestanden hatten, niemand war zu sehen. Wo sie wohl hingegangen waren? Vielleicht zurück zum Fest, vielleicht auch woanders hin? Der Roman war ein echter Kumpel, aber auch ein Schürzenjäger. Kein Wunder, wo ihm die Mädchen geradezu nachliefen, bei seinem südländischen Aussehen und seinem Charme.

Er berührte den Zettel mit der Handynummer in seiner Jackentasche. Sollte er Nicole wirklich anrufen? Es war ein verlockender Gedanke, doch zugleich wusste er, dass das mit ihm und Nicole nie etwas werden konnte. Da waren ihre Herkunft und vermutlich auch ihre Ansichten zu unterschiedlich. Trotzdem – schön wäre es schon mit ihr alleine, nachts, an dem verwunschenen Waldsee.

In der Tat waren sie in der folgenden Woche zu dem kleinen See gefahren. »Märchensee«, hatte Nicole das Gewässer später getauft; da begann ihre Liebe.

***

Über seinen Erinnerungen war Michael auf dem Hochsitz fast eingenickt; er schreckte hoch, als er Zweige knacken hörte. Zwischen den Bäumen sah er Nicoles hellblondes Haar aufleuchten und kurz darauf trat sie auf die Lichtung, blickte wie sichernd um sich und kam dann auf den Hochstand zu.

»Bleib oben, Michael, ich komme schon!«, rief sie ihm verhalten zu, als sie sah, dass er sich anschickte, die Leiter hinabzusteigen.

Michael beugte sich nach unten und als sie die ersten Stufen erklommen hatte, reichte er ihr die Hand und zog sie hinauf zu sich auf den Sitz. Aufatmend ließ sie sich neben ihm auf die Bank fallen.

»Puh, ich bin völlig außer Puste, so bin ich mit dem Rad gespurtet.« Sie strahlte ihn an.

»Ich wär' fast eingeschlafen.« Michael legte den Arm um sie und küsste sie leidenschaftlich auf den Mund. Nicole schmiegte sich eng an ihn.

»Ach, tut das gut, wieder einmal bei dir zu sein!«, stöhnte sie, als er sie frei ließ. Michael antwortete nichts, er atmete schwer und drückte sie wieder an sich. Er schob seine Hand auf ihre Brust.

»Ich hab' mich so sehr nach dir gesehnt«, stöhnte er. »Allzu lange halt' ich es nicht mehr aus!«

»Aber Michi, nimm dich zusammen, doch nicht hier!« protestierte Nicole, vor verhaltener Freude glucksend und schob ihn etwas von sich. »Ich sehne mich ja auch nach dir!« Sie umarmte ihn, strich ihm übers dunkle Haar und überschüttete sein Gesicht mit Küssen.

»Komm, Nicky, hier sieht uns niemand!« Er fasste wieder nach ihrer Bluse.

»Nein, nein! Das geht nicht, ich hab doch mein Fahrrad am Waldrand liegen lassen!«

»Geh, lass doch das dumme Radl!«

»Aber wenn es jemand sieht und dann nach dem Besitzer sucht?«

Michael ließ von ihr ab und stöhnte. »Also, Nicky, irgendetwas muss sich ändern! So kann es nicht weitergehen. Ich hab' diese ewige Heimlichtuerei satt!«

»Ja, ich weiß! Mir geht es auch auf den Geist! Aber ich muss unbedingt noch das erste Staatsexamen hinter mich bringen, dann bin ich finanziell unabhängiger von meinem Vater!«

»Finanziell unabhängiger!« Michael schüttelte genervt den Kopf. »Wenn du meine Frau bist, kannst du trotzdem weiterstudieren. Des hab' ich dir doch längst versprochen!«

»Na, da würden sich deine Leute aber freuen, eine Studentin als Schwiegertochter, auf einem Bauernhof! Eine, die jeden Tag nach München zur Uni fährt oder sogar unter der Woche in der Wohngemeinschaft, mit zwei anderen Studenten, dort wohnen bleibt! Für die wird es doch schon schwer genug sein, eine Lehrerin als Schwiegertochter zu akzeptieren!«

»Ja, des ist sicher nicht das, was sie sich vorstellen«, stimmte Michael zu. »Aber die Zeiten haben sich geändert, des müssen's halt kapieren.«

»Das sagst du so einfach! Wenn ich an meinen Vater denke! Ich fürchte, der bekommt einen Herzinfarkt, wenn sein einziges Kind, mit dem er so große Pläne hatte, einen Bauern in Altdorf heiratet und als Enkelkinder kleine, rotbackige Bauernkinder in die Welt setzt!«

Sie lachte leise bei der Vorstellung.

»Was hat er denn gegen rotbackige Bauernkinder, ich war auch einmal eins und schau, was aus mir geworden ist!« Michael setzte sich gespielt in Positur und ließ die Muskeln spielen.

»Ach, du!« Sie umarmte ihn und wuschelte mit der Hand durch seine Haare. »Aber es geht wirklich nicht! Wir müssen noch etwas Geduld haben und es langsam und klug einfädeln!«

»Ich weiß nicht, Nicole!« Michael lehnte sich zurück, er war ernst geworden. »Es ist unser Leben und wir müssen den Mut haben, zueinander zu stehen, egal was die Anderen sagen. Wir leben doch nicht mehr im vorletzten Jahrhundert, verdammt nochmal!«

»Fluche nicht, Michael. Gib mir noch etwas Zeit!«

»Meine Mutter nervt mich jeden Tag, ob ich nicht bald eine Bäuerin heimbringe, damit sie übergeben können, jetzt, nachdem der Vater nicht mehr so gesund ist!«

»Na, siehst du! Sie stellt sich eine Bäuerin als Schwiegertochter vor!«

»Das ist mir egal«, gab Michael unwirsch zurück. »Heute ist das mit der Landwirtschaft nicht mehr so wie früher, wer weiß, wie lange ich noch Landwirt bleiben kann. Es schaut für Bauern, mit der Größe unseres Hofes, alles andere als gut aus. Manchmal möchte man fast resignieren und aufgeben!«

Nicole sah ihn betroffen an. »Das hast du mir noch nie gesagt!«

»Es ist aber so! Ach was, soll ich uns die wenigen Male, die wir zusammen sind, auch noch vermiesen?« Michael machte einen niedergeschlagenen Eindruck.

»Neulich haben wir Familienrat abgehalten. Wir haben ganz ernsthaft beratschlagt, ob es denn überhaupt noch Sinn hat, die Landwirtschaft weiter zu betreiben.«

»Ja, aber was willst du denn machen, wenn du die Landwirtschaft aufgibst? Du hast doch nichts anderes gelernt?«

»Da hast Recht. Und jetzt bin ich dabei, auch noch den Meister zu machen! Nein, nein! Ich hab' dem Vater gesagt, dass ich weiter Bauer bleiben will, für mich gibt's nix anderes! Irgendwie muss ich es schaffen!«

»Michael! Wenn das so ist, dann ist es vielleicht ganz gut, wenn ich einmal eine feste Stelle als Lehrerin habe und mitverdiene!« Nicole sah ihn bestürzt an.

»Keine Angst, Nicole! Ich hab' nämlich eine supertolle Idee! Darauf hat mich der Huber von Netteldorf drüben gebracht.«

»Und was?« Nicole sah ihn neugierig an.

»Ich werd' eine Biogasanlage bauen, ich glaub', das ist die Rettung! Vom Landwirt zum Energiewirt!« Er lachte kurz auf, doch es klang bitter. »Nein, nein, so schlimm wird es nicht«, fügte er schnell hinzu. »Es soll ja, zumindest vorerst, nur ein Zusatzeinkommen zur Landwirtschaft sein.«

»Eine Biogasanlage? Was ist das denn?« Nicole sah ihn fragend an.

»Da wird Energie erzeugt, erneuerbare Energie! Da können wir nicht nur unseren eigenen Strom erzeugen, sondern auch noch verkaufen!«

»Und wie willst du da Strom erzeugen?«

»Da werden die Rohstoffe von unseren Feldern, ›Nawaro‹ nennt man das heute, fermentiert«. Michael verzog bei der eigenartigen Wortschöpfung »Nawaro«, die für nachwachsende Rohstoffe steht, das Gesicht. »Also, das heißt im Klartext, dass wir aus einem Teil der Pflanzen, die wir auf den Feldern anbauen, Mais zum Beispiel, in der Anlage Strom erzeugen. Damit können wir Haus und Betriebsgebäude versorgen und sogar Strom ins öffentliche Netz einspeisen und verkaufen! Das ist doch genial, oder? Abwärme wird dabei auch noch erzeugt und der Gärrest, das ist ein prima Dünger, viel besser und nicht so aggressiv wie Gülle!« Er hatte sich richtig in Begeisterung geredet.

»Mhm, das klingt ja toll.«

»Das ist es auch! Kostet natürlich was, aber das amortisiert sich nach einigen Jahren und subventioniert wird es ja auch. Dass das mit dem Erdöl und dem Erdgas nicht mehr ewig so weitergehen wird, das weiß man doch! Wir müssen nach neuen Wegen für die Energiegewinnung suchen!«

»Also Michael, du redest ja fast so gescheit daher wie ein Politiker!« Nicole lachte. »Aber natürlich hast du Recht, so wie bisher kann es nicht weitergehen, das weiß jeder! Aber wo soll diese Anlage stehen? Bei euch am Hof, mitten im Dorf ist ja wohl kein Platz dafür!«

»Nein, natürlich nicht, das ist ja ein größeres Gebäude. Ich will sie nach Thal runter bauen, weißt, links, wo die alte Scheune steht. Das wäre der ideale Standort.«

»Ach, da! Am Ortsrand von der Neubausiedlung?«

»Ja, genau! Aber nicht direkt am Ortsrand, etwas weiter unten. Das ist weit genug vom Ort entfernt.«

»Mhm!« Nicole sah nachdenklich drein. »Aber man sieht die Anlage schon, vom Hügel aus, meine ich!«

»Ja, vielleicht noch ein bisserl was vom Dach, von der Kuppel!«

»Mhm«

»Was, mhm? Gefällt dir meine Idee nicht? Du, das mache ich für uns, für unsere gemeinsame Zukunft!«

»Ja, das schon«, stimmte Nicole zögerlich zu. »Aber es ist so etwas Technisches, etwas wie eine Fabrik, mitten in der Landschaft!«

»Na, jetzt hör aber auf! Natürlich ist es etwas Technisches! Ich spann' auch nicht mehr die Ochsen ein zum Pflügen wie früher, sondern fahr' mit dem Traktor!«, entgegnete Michael leicht verärgert. »Und dein Vater fährt auch nicht mehr mit der Kutsche zu seinem Job nach München, sondern nimmt seinen Mercedes mit allem Pi-Pa-Po!«

»Das meine ich doch nicht, Michael! Aber es ist etwas ganz anderes als ein Bauernhof und ein Stall! Weißt du, die Leute sind eben nicht aufs Land gezogen, um auf so eine Anlage zu schauen«.

Nun war Michael wirklich verärgert. »Ja, verdammt nochmal, soll ich mit meinem Betrieb zugrunde gehen, nur weil die Leut' unbedingt aufs Land wollten. Ich hab' sie ned her g'holt, wir haben nicht einmal Grund als Bauland verkauft wie manch anderer im Dorf, der dann seine Landwirtschaft aufgegeben hat und heute nur noch privatisiert und dem Herrgott den lieben, langen Tag stiehlt!« Michael hatte sich in Rage geredet.

»Michael!« Nicole strich ihm die Haare zurück, die ihm in die Stirn gefallen waren. »Jetzt lass doch! Ich versuche nur, es von verschiedenen Seiten zu sehen. Aber sicherlich hast du Recht!«

Sie sah verstohlen auf ihre Armbanduhr. »Du, ich muss los! Ich fahre heute noch zurück nach München, warte nur noch, bis mein Vater vom Flughafen kommt, um ihn kurz zu sehen.«

»Ja, ja, fahr nur!« Michael wirkte niedergeschlagen. »Jetzt haben wir das bisschen Zeit, das wir füreinander haben, mit diesem Streit vertan!«

»Ach was, das war doch kein Streit, das war nur eine Diskussion!« Sie kuschelte sich an ihn, um ihn versöhnlich zu stimmen »Kannst du nicht morgen nach München kommen?«, schmeichelte sie. »Dann machen wir es uns schön gemütlich.«

»Ich weiß nicht«, er zuckte ratlos mit den Schultern. »Ich kann nicht immer so einfach weg. Die Eltern fragen sich schon, warum ich so oft in die Stadt fahre. Ich schieb' es auf die Biogasanlage«. Er schmunzelte. »Die haben keine Ahnung, dass du meine Biogasanlage bist, meine erneuerbare Energie.« Er nahm Nicole in die Arme. »Ach was, irgendwie krieg' ich es schon hin, zu dir zu kommen, ich will endlich mal wieder mit dir schlafen.«

»Das will ich auch, Michael.« Sie sah ihm fest in die Augen. »Wir schaffen es schon zusammen! Nur noch ein bisschen Zeit musst du mir geben!«

»Okay«, er nickte aufseufzend. »Wird schon werden. Jetzt geh nur, ich warte hier bis du weg bist. Damit uns niemand zusammen sieht«, fügte er leicht sarkastisch hinzu.

»Michael!« Nicole sah ihn bittend an. »Komm her und sei mir nicht böse!« Sie legte ihre Arme um ihn und gab ihm einen letzten Kuss, dann begann sie die Leiter hinabzusteigen. Unten angekommen sah sie zu ihm hinauf und warf ihm einen Handkuss zu. »Tschüss, bis morgen!«

»Servus, und Nicole – nichts weiterzählen wegen der Biogasanlage, weißt schon! Des ist alles noch geheim und nicht ganz ausgegoren.«

»Nein, nein, ich erzähle nichts!« Ein letztes Winken, dann war sie hinter den Bäumen verschwunden.

Michael blieb noch einige Zeit auf dem Hochstand sitzen. Irgendwie war ihm die freudige Stimmung, in der er hergekommen war, verdorben. Er sah auf die Uhr. Höchste Zeit heimzugehen, der Vater hatte vermutlich schon mit der Stallarbeit begonnen. Es wird schon werden, das mit Nicole und ihm, und auch das mit der Biogasanlage. So sprach er sich selbst Mut zu, als er mit langen Schritten zurück ins Dorf lief.

Kapitel 2

»Michi, wo warst denn wieder so lang? Der Vater ist schon im Stall! Musst ihm doch helfen, wo er zur Zeit wieder solche Kreuzschmerzen hat!«

»Ja, ja, ich komm ja schon!« Michael zog sich das Stallgewand über.

»Wo warst denn schon wieder?«, insistierte die Mutter hartnäckig.

»Ach, auf dem Weg nach Thal, da, wo wir die Biogasanlage hinbauen wollen. Wollt' mir das noch einmal anschauen!«

»Schon wieder!? Mein Gott, diese Biogasanlage, die bringt dich noch ganz durcheinander! Was du da an Zeit investierst! Wie oft du nach München fährst deswegen!« Michaels Mutter, die Rechenauerin, schüttelte ärgerlich den Kopf.

»Ja, des macht sich halt ned von selber, Mama! Da ist so viel zu bereden, drinnen im Landwirtschaftsministerium, das ist alles ned so einfach!« Oh je, wenn sie wüsste, weshalb ich so oft nach München fahre, dachte er heimlich bei sich und hatte fast ein schlechtes Gewissen ihr gegenüber.

Endlich saßen sie in der Küche beim Abendessen: Vater, Mutter, die Großmutter und Michael. Die Familie war nach dem Wegzug der beiden Töchter, die beide in einen Bauernhof eingeheiratet hatten, klein geworden.

»Morgen muss ich nochmal in die Stadt. Schaffst es denn allein mit der Arbeit, Vater?«

»Ja, ja, des geht schon! Morgen soll's regnen, da ist eh draußen nicht allzu viel zu tun und mit den paar Kühen werd' ich schon fertig«, brummte der Rechenauer vor sich hin.

»Geh, Michi! Ned schon wieder nach München!« Die Mutter sah ihn verärgert an.

»Doch!«, gab er patzig zurück. »Ich fahr' auch erst nach der Stallarbeit. Außerdem bleib' ich gleich über Nacht!«, setzte er noch drauf.

»Über Nacht?« Die Eltern sahen ihn überrascht an.

»Was, gleich über Nacht, in der Stadt drin?«, ließ sich jetzt auch die Großmutter hören. »Ja, des hat's ja noch nie geben!«

»Ja, über Nacht! Der Herr Feicht vom Ministerium will mit mir noch ein paar Berechnungen durchgehen. Der ist so begeistert von unserem Plan mit der Biogasanlage, dass er sogar seinen Feierabend dafür opfert. Wir treffen uns in einem Lokal, da will ich ihn zum Essen einladen und wer weiß, wie spät es dann wird. Ich schlafe dann beim Roman, den hab' ich eh schon lange nicht mehr g'sehen.« Michael stand abrupt auf und stellte seinen Teller in die Spüle.

Die Mutter schüttelte irritiert den Kopf, aber der Vater meinte nur leise: »Lass ihn doch, Irmi. Er braucht auch ein bisserl Freizeit. Die Arbeit am Hof und dann noch die viele Studiererei für den Landwirtschaftsmeister, ein bisserl Ablenkung muss schon sein.«

»Aber deswegen muss er doch ned in der Stadt schlafen, wo gibt's denn sowas? Hat doch ein Bett daheim!«, geiferte die Großmutter. Die Mutter seufzte nur, warf einen genervten Blick auf ihre Schwiegermutter.

»Na, dann, also! Sag dem Roman einen schönen Gruß und er soll sich wieder einmal blicken lassen bei uns.«

»Ja, sag ich ihm! Aber dem gefällt das Leben in der Stadt so gut, der kommt fast nicht mehr raus nach daheim.« Er öffnete die Tür. »Gut' Nacht, ich geh' schon mal rauf ins Zimmer, muss noch lernen!«

»Ja, gut' Nacht!« Die Mutter ging zum Spültisch, um das Geschirr in die Geschirrspülmaschine einzuräumen.

Der alte Rechenauer legte sich die Zeitung auf dem Tisch zurecht. »Schau, wie gut wir es mit dem Michi haben, Irmi«, er fing an begütigend auf seine Frau einzureden. »Wie viele der Bauernburschen wollen heutzutage von der Landwirtschaft nichts mehr wissen und unser Michael macht sogar noch den Meister. Schau den Roman an! Könnte ein schönes Gut droben in Berg bewirtschaften, und was macht er? Geht auf's Konservatorium, will Musiker werden!« Er schüttelte verständnislos den Kopf. »Na ja, andererseits muss man sich auch ned wundern, so kompliziert wie es heutzutage in der Landwirtschaft g'worden ist. Da kommt man ja fast nimmer mit!« Er stand ächzend auf. »Und deswegen bauen wir eine Biogasanlage«, fast trotzig kam es heraus. »Damit der Michi und seine künftige Familie eine Zukunft haben.«

»Ja, wenn er nur endlich einmal ein tüchtiges Madl daher bringen tät', statt dass er dauernd in d' Stadt fahrt«, murrte die Mutter.

»Des wird schon, Irmi, wart nur! Da muss halt erst noch die Richtige kommen!«

»Aber in der Stadt, da findet er die g'wiss ned! Ich hätt' ja schon eine im Auge für ihn, weißt, die Maria vom Lerl in Kronbach, das wär' die Richtige für unseren Hof! Ein ganz ein geschicktes Madl, und eine schöne Mitgift kriegt die sicher auch noch!«

»Geh, Irmi, du alte Kupplerin!«, lachte der Rechenauer laut.

»Ah bah! Das war doch schon immer so, dass man sich umg'schaut hat um eine passende Schwiegertochter. Früher war das mal ein ganzer Berufsstand.«

»Ja, ja, früher, da haben die Schmuser noch g'schaut, dass zwei ›Geldige‹ zusammenkommen!«, stimmte ihr Ehemann zu. »Aber das ist vorbei, heutzutag' suchen sich die jungen Leut' ihr Ehegespons selber, aus Liebe!« Der Rechenauer verzog gequält das Gesicht.

»Ja, ja, Liab ist ja recht, da sag' ich ja nichts dagegen«, gab die Rechenauerin unwirsch zurück. »Aber passen muss sie schon auch auf einen Hof, trotz aller Liab! Eine Bauerntochter muss es auf jeden Fall sein! Da kannst du sagen, was du willst.«

***

Als Nicole ihr Rad das letzte Stück des Hügels hinaufgeschoben und ihr Elternhaus erreicht hatte, sah sie den weißen Mercedes des Vaters vor dem Haus stehen. Schnell schob sie ihr Fahrrad in die Garage. Das Haus ihrer Eltern war das schönste auf dem ganzen Hügel, mit einer grandiosen, unverbaubaren Sicht hinunter über das alte Dorf, hinweg über Wiesen und Felder bis hinein in die Berge.

Die Familie war erst vor drei Jahren nach Altdorf gezogen, hatte hier, in der besten Lage, gebaut. Nicole war damals alles andere als begeistert gewesen, als vom Vater der Plan gefasst worden war, aus München hier heraus zu ziehen. »Einöde« hatte sie Altdorf damals genannt. Doch sie würde ohnehin in der Stadt studieren und demzufolge auch dort wohnen, am liebsten in einer Wohngemeinschaft. Von diesem Bauerndorf aus jeden Tag nach München zu fahren, das wäre wohl das Letzte, echt unzumutbar, hatte sie gemeint.

»Ich werde auch jeden Tag nach München ins Büro fahren, Nicole, dann kann man das wohl auch von dir erwarten!«

»Aber dann musst du mir ein Auto kaufen, Papa! Wie sonst sollte ich denn zur Uni kommen ohne eine vernünftige Verkehrsanbindung? Und außerdem – dort draußen kann man doch wirklich nur versauern!«

»Na hör mal, da draußen ist es wunderschön, herrliche, unverdorbene Natur, Ruhe!«

»Ach, das ist vielleicht für euch etwas, für ältere Leute!«, gab Nicole patzig zurück.

»Na, nun reicht es aber!«, hatte ihre Mutter lachend protestiert. »So alt bin ich nun auch wieder nicht!«

»Ehrlich gesagt, Mama, ich kann es nicht verstehen, dass du da hinaus ziehen willst. In dem Nest sagen sich doch Fuchs und Hase gute Nacht!«

Die Mutter hatte geseufzt. »Dein Vater will das so! Er will, wenn er pensioniert ist, nicht mehr in der Stadt wohnen. Außerdem«, hatte sie beruhigend hinzugefügt, »dauert es noch eine ganze Weile, bis das Haus fertig ist, und es ziehen eine Menge Leute in das neue Baugebiet. Vielleicht wird das mal eine nette Wohngemeinschaft! Übrigens, die Gösslers wollen gleich neben uns bauen!«

»Was!? Die Karin Gössler mit ihren zwei kleinen Kindern?« Nicole hatte ihre Mutter verblüfft angestarrt. »Was will die denn dort draußen? Da gibt es keine Musikschule, kein Ballett, kein Tennis, kein Golf oder was sonst noch alles! Und vor allem keine Boutiquen!«

»Jetzt hör mal auf mit deinem Gezeter, Nicole! Die Gösslers sind sehr nette Leute, und gerade wegen der Kinder wollen sie nicht mehr in der Stadt wohnen!«

»Aber da bist du doch nur noch Chauffeur für die Kinder, Mum! Die Karin Gössler wird sich bald schön bedanken, das ist auch nur wieder eine ihrer Spinnereien! Und er, der Trottel, macht alles mit! Muss er ja auch, sie hat ja schließlich das Geld und er ist nur Mitarbeiter von Papa.«

»Nicole! Jetzt reicht es aber!«

»Ach, macht was ihr wollt! Ich werde auf jeden Fall in der Stadt bleiben und höchstens gelegentlich mal am Wochenende hinauskommen.«

»Lass das doch erst mal auf dich zukommen, Nicole! Auf jeden Fall rate ich dir, deinen Vater damit nicht zu nerven. Für ihn wird es schon schlimm genug sein, wenn du ihm beibringst, dass du Lehrerin werden willst! Wo er doch so große Pläne mit seiner einzigen Tochter hat! Und außerdem, du weißt doch genau wie es ist, wenn er sich mal was in den Kopf gesetzt hat!«

»Er regt mich so was von auf! Das ist doch mein Leben, oder nicht? Ich muss doch den Beruf ausüben, mir muss es doch gefallen!« Nicole war wütend geworden.

»Er meint es nur gut, und er ist sicher, dass du eine gute Managerin werden würdest, möglichst Karriere in seiner Firma machen solltest! So wie er!«

»So wie er! Also ehrlich, so etwas möchte ich wirklich nicht! Eine Sechzigstundenwoche, dauernd unterwegs, in der ganzen Welt! Ihm macht das vielleicht Spaß, aber mir würde das nicht gefallen! Außerdem – was ist denn schlecht daran Lehrerin zu werden?«, ereiferte sie sich weiter. »Immerhin hat man mit Kindern zu tun, und man kann sich leicht den Traum einer Familie erfüllen. Ich möchte später mal mehrere Kinder und nicht nur eines, so wie ihr!«

»Krieg erst mal eins«, schmunzelte die Mutter.

»Wenn das auch so ein Dickkopf wird wie du, dann reicht's dir wahrscheinlich mit diesem bereits! Aber den Dickkopf, den hast du ja nicht gestohlen, deshalb prallt ihr ja auch immer so aufeinander, Papa und du.«

Letztlich war es dann genau so gekommen, wie Nicole prophezeit hatte. Nicht lange, nachdem sie nach Altdorf gezogen waren, hatte Karin Gössler ihren Mann verlassen und war mit ihren Kindern nach Düsseldorf, in die Nähe ihrer Eltern gezogen.

»Ehrlich Mami, mich wundert es ja nicht, dass seine Frau abgehauen ist. Die lässt sich nicht hier in diesem Nest begraben, so wie du!«, hatte sie, nach der Trennung der Gösslers, zu ihrer Mutter gesagt.

Damals ahnte sie noch nicht, dass sie sich bald darauf in einen Bauern aus dem Dorf verlieben, ihn sogar heiraten und somit für immer hier in Altdorf leben würde! Unvorstellbar wäre das damals für sie gewesen!

***

»Hallo, Mama! Hier bin ich wieder!« Beschwingt eilte Nicole auf die Terrasse, auf der ihre Mutter den Kaffeetisch gedeckt hatte. Peter Gössler saß mit am Tisch. Nicole rümpfte die Nase, als sie ihn hier sitzen sah.

»Hey, Peter!« Sie winkte ihm flüchtig zu. Sie konnte ihn nicht besonders gut leiden, und sie mochte erst recht nicht, dass er sich mehr und mehr bei ihnen aufhielt. Schien sich wohl in seinem Haus drüben einsam zu fühlen!

»Wo warst du denn, Nicky? Papa ist schon hier! Er hat nach dir gefragt, nachdem er dein Auto draußen gesehen hat.«

»Ich war mit dem Rad unterwegs!«

»Na, so etwas!« Nicoles Mutter Marion schüttelte amüsiert den Kopf. »Offensichtlich entdeckst du die Vorteile des Landlebens, so oft wie du jetzt hier bist! Früher hast du kein gutes Haar an Altdorf gelassen. Aber mir soll's recht sein.«

»Mhm, der Kuchen sieht echt lecker aus!« Nicole schnitt sich ein Stück des Zwetschgenkuchens ab, der auf dem Tisch stand.

»Ja, Ihr Kuchen ist wirklich vorzüglich, Marion«, pflichtete Peter Gössler bei.

»Oh, da kommt Papa!« Nicole war aufgestanden und lief ihrem Vater entgegen, der aus dem Haus kam. »Hey, Paps! Wie war's in New York?«

»Nun, von der Luft sah es aus wie immer und außer dem Flughafen, dem Hotel und dem Sitzungsraum in der Firma habe ich nicht viel gesehen, wie meist halt.« Er umarmte seine Tochter und sie gab ihm einen Kuss auf die Wange.

»Ach, schön wieder zu Hause zu sein!« Er blieb am Rande der Terrasse stehen, blickte wohlgefällig in den gepflegten Garten und dann hinaus in die Landschaft und auf die Berge. »Einfach schön!«, wiederholte er, bevor er sich zu den Anderen an den Kaffeetisch setzte.

»Wie geht's in der Firma, Gössler? Irgendetwas Neues? Wie steht es denn mit der Sache in Singapur?«

»Ach, Günther, jetzt lass doch mal die Firma«, fiel ihm seine Frau ins Wort. »Du bist gerade erst gekommen. Entspann erst mal und trink eine Tasse Kaffee!« Marion Belling schenkte ihrem Mann seine Tasse voll.

»Ja, und Ihre Frau hat einen wunderbaren Kuchen gebacken«, fiel Peter Gössler ein.

»Okay, okay! Dann können wir das hinterher noch besprechen.«

Er wandte sich an Nicole. »Und wie geht es dir, Mäuschen?«

»Prima, Paps! Alles in bester Ordnung. Noch ein Semester und dann mache ich das Erste Staatsexamen, dann bist du mich bald los!« Dr. Belling sah sie erschrocken an.

»Finanziell, meine ich«, fügte sie schnell hinzu.

»Nun, das eilt nicht, Nicky. Du kannst ruhig noch ein weiteres Studium dranhängen, wenn du willst. Das weißt du ja, nicht?«

»Paps! Hör auf! Ich will nicht mehr weiterstudieren! Ich bin froh, wenn ich es endlich hinter mir habe!«

»Na, na, so anstrengend wird ein Lehramtsstudium wohl nicht sein«, gab der Vater herablassend zurück.

Nicole verzog genervt das Gesicht. »Ich weiß, ich weiß! Das ist ein Studium für Dummköpfe!«

»Nicole!« Die Mutter schüttelte missbilligend den Kopf.

»Ist doch wahr! Papa meint, nur das, was er studiert hat, zählt!« Nicole schnaubte verächtlich. »Ich muss los«, sie stand abrupt auf. »Ich bin heute noch mit Sandra zum Lernen verabredet. Auch wenn mein Studium so pipifax ist, wie ihr glaubt, etwas muss man doch dafür tun!«

»Müsst ihr auch immer aneinander geraten, Günther!« Marion Belling wandte sich tadelnd an ihren Mann, als Nicole im Haus verschwunden war, um ihre Sachen zu packen. »Lass Nicole doch endlich in Ruhe! Es ist schließlich ihr Leben! Sie ist in letzter Zeit ohnehin so lieb und anhänglich geworden, kommt so oft nach Hause. Ich freue mich darüber, gerade weil du so viel unterwegs bist. Mach das nicht kaputt, Günther, mit deiner ewigen Nörgelei und Besserwisserei!«

»Ach was, Lehrerin! Für die Grundschule! Damit kann ich mich einfach nicht abfinden. Na ja, vielleicht wird sie wenigstens mal Rektorin!«

»Vielleicht. Aber vielleicht wird sie auch mal eine Familie gründen, Kinder haben und damit glücklich sein!«

Günther Belling stand verärgert auf. »Na ja, wie auch immer! Peter, kommen Sie! Berichten sie mir, wie es in der Sache mit Asien steht!«

Peter Gössler folgte ihm beflissen ins Haus, warf dabei Marion Belling über die Schulter noch einen verständnisvollen Blick zu.

***

Kurz vor München nahm Michael sein Handy aus der Jacke und suchte in der Adressliste die Telefonnummer von Roman. »Hallo, Roman. Ich bin's, Michi!«

»Hey, Michi! Das ist eine Überraschung, gibt's dich überhaupt noch?«

»Ja, ja! Du, ich bin auf dem Weg in die Stadt!«

»Super, dann können wir uns ja treffen!«

»Nein, das geht nicht, ich hab' absolut keine Zeit heute. Aber ich hab' eine Bitte, nur für alle Fälle. Sollte dich jemand fragen, dann sag, dass ich heute bei dir war und bei dir übernachtet habe!

»Hoi, hoi, hoi! Du bleibst gleich über Nacht? Da wird sich die Nicole aber freuen!« Michael hörte Romans lautes Lachen. »Jetzt ist mir klar, warum die Sandra heute bei mir übernachten will. Ich dachte schon, es wäre die pure Sehnsucht! Dabei braucht ihr zwei, du und die Nicole, eine sturmfreie Bude!

»Ehrlich gesagt, hast du Recht!«, grinste Michael. »Also, das mit der Ausrede geht klar, oder?«

»Klaro! Kannst dich auf mich verlassen. Und viel Spaß dann!«, fügte er vielsagend hinzu.

Auch Roman und Sandra waren seit jenem Dorffest ein Paar und nur sie wussten von Michaels und Nicoles Liebesverhältnis. Die zwei haben es so viel einfacher als wir, dachte Michael bei sich. Sie wohnten in der Stadt, ohne elterliche Kontrolle und konnten sich sehen, so oft sie wollten. Beneidenswert!

Er suchte einen Parkplatz vor dem Haus, in dem Nicole in einer Wohngemeinschaft mit Sandra und einem anderen Studenten, Thilo, wohnte. Parkplatzsuche in

München war ein Problem, aber heute hatte er Glück. Fast vor der Haustür war eine Lücke frei. Er klingelte, der Türöffner brummte und er stürmte im Laufschritt die Stufen der drei Stockwerke hinauf. Nicole stand schon in der Tür und wartete auf ihn, flog in seine Arme. »Ist das schön, dass du da bist!« Sie strahlte ihn an. »Die Sandra ist noch hier, aber sie geht bald weg«, flüsterte sie ihm ins Ohr.

»Ja, ich weiß! Und der Thilo?«

»Der ist nach Hause gefahren, nach Köln!«

»Gott sei Dank, den Kerl kann ich sowieso nicht ausstehen! Dann sind wir zwei alleine?«

»Ja, nur wir zwei! Wie lange kannst du denn bleiben?« Nicole sah ihn erwartungsvoll an.

»Die ganze Nacht!«

»Was!? Die ganze Nacht?«, jubelte sie. »Wie hast du denn das fertig gebracht?«

»Tja, die Sehnsucht halt nach dir!«

Er begrüßte Sandra, die beim Abwasch in der Küche war. »Hallo, Sandra! Hast du heute Küchendienst?«

»Hey, Michael! Eigentlich nicht. Aber weißt du, in so einer WG, da ist Sauberkeit und Aufräumen ein ganz spezielles Thema und die Nicole ist nicht die Allerfleißigste dabei, das muss ich dir schon sagen!« Sie warf Nicole einen amüsierten Blick zu. »Wie die mal so als Bäuerin sein wird? Na, ich weiß nicht!«

»Ach, des wird dann schon.« Michael legte Nicole den Arm um die Schulter und drückte sie an sich. »Oder, was meinst du, Schatz?«

»Ja, ja, ja! Ich werde mich bessern!« Sie hob scherzhaft die Hand wie zum Schwur.

»Außerdem habe ich gestern den Abwasch gemacht, gib's zu, Sandra!«

»Stimmt, für Thilo, den faulen Sack. Also, ich geh' dann mal, verlasse das Liebesnest«, feixte Sandra, als sie die Wohnung verließ und die Tür hinter sich zuknallte.

»Juhu, endlich allein!« Michael hob Nicole hoch und schwenkte sie herum. »Mein Gott, war das wieder ein Stress, bis ich endlich weg war! Aber so eine Biogasanlage ist schon eine recht gute Ausrede!«

»Und gleich über Nacht? Wie hast du denn das fertig gebracht?«

»Tja, man muss erfinderisch sein! Ich hab' gesagt, dass ich heute beim Roman übernachte«.

»Und das haben sie dir geglaubt?« Nicole sah ihn ungläubig an.

»Ja, des haben's geglaubt! Leider geht das nicht öfters, sonst fällt ihnen doch noch etwas auf«. Er hob Nicole hoch. »Und jetzt geht's ab ins Bett!«

Nicole strampelte sich frei und protestierte. »Nein, ich habe doch etwas zu Essen vorbereitet! Spaghetti mit Tomatensoße! Das ist das einzige, was ich kochen kann, aber das kann ich wirklich gut!«

»Nix da! Ich kann nimmer länger warten! Essen gibt's später!« Er hob sie wieder hoch und trug sie, trotz ihres gespielten Zappelns und Protestes, in Nicoles Zimmer.

***

Wie gewohnt wachte Michael früh auf. Er schaute auf seine beleuchtete Armbanduhr: fünf Uhr morgens. Es war noch dunkel im Zimmer.

Vorsichtig, um Nicole nicht zu wecken, drehte er sich zu ihr. Es war eng in dem schmalen Bett, aber das machte ihm nichts aus, ganz im Gegenteil, er genoss Nicoles Nähe und die Wärme ihres Körpers. Ihre langen, blonden Haare kitzelten seine Nase und er blies sie vorsichtig weg. Nicole gab einen kleinen Laut von sich, drehte sich zu ihm, blinzelte ein bisschen und schmiegte sich eng an ihn. Er küsste sie sacht auf die Stirn und flüsterte leise: »Guten Morgen, mein Schatz!«

»Guten Morgen«, gab Nicole schlaftrunken zurück, öffnete aber nicht die Augen.

»Ich mach uns schnell ein kleines Frühstück, aber dann muss ich los!«

Nicole verzog enttäuscht das Gesicht. »Nein, bitte bleib noch! Wie spät ist es denn?«

»Kurz nach fünf! Ich hab' daheim gesagt, dass ich früh zurück komm'!« Zärtlich strich er die Haare zurück, die ihr ins Gesicht gefallen waren und gab ihr wieder einen Kuss. »Bleib im Bett, ich bring' das Frühstück.« Ein leises, unverständliches Gemurmel war die Antwort.

Michael ließ sich vorsichtig aus dem Bett gleiten, deckte Nicole mit der Decke liebevoll zu und tastete nach seinen Kleidern, die er am Vorabend in aller Eile auf den Boden hatte fallen lassen. Nackt wie er war, das Kleiderbündel unter dem Arm, tastete er sich zur Tür und ging über den Flur in das kleine Bad. Er wusch sich das Gesicht mit kaltem Wasser und gurgelte mit dem Mundwasser, das er auf dem Bord über dem Waschbecken fand. Das musste reichen!

In der Küche stand noch unberührt der Topf mit der Tomatensoße, die Nicole gekocht hatte, die Packung mit den Spaghetti lag daneben. Er schmunzelte, als er es sah. Nein, gestern Abend war keine Zeit mehr zum Essen gewesen, so ausgehungert nach Liebe waren sie beide gewesen.

Er brühte Kaffee auf und suchte nach Brot, Butter und Marmelade. Das würde für den frühen Morgen, für ein Frühstück im Bett, genügen.

Er stellte Tassen, Kaffee, Milch und Zucker, die Kaffeekanne und die Brote auf ein Tablett und trug es in Nicoles Zimmer.

Die saß verschlafen im Bett, die Bettdecke bis unter die Achseln hochgezogen, im Schein der Nachttischlampe. Michael lächelte ihr zu. Wie schön sie war! Vorsichtig reichte er ihr das Tablett, dann schlüpfte er zu ihr unter die Decke.

»Ach, ist das gemütlich«, gähnte Nicole und legte ihren Kopf an seine Schulter.

»Ja, einfach schön! Und irgendwann werden wir das jeden Tag haben. Jeden Tag, stell dir das vor, Nicole! Achtung, der Kaffee kommt!« Vorsichtig goss Michael das dunkle, aromatisch duftende Gebräu in die Tassen. »Milch und Zucker?«

»Nein, keinen Zucker, nur Milch!«

Beide schlürften schweigend ihren Kaffee und verzehrten die Marmeladenbrote, leckten sich die klebrigen Finger ab, dann stellte Michael vorsichtig das Tablett auf den Boden neben dem Bett.

Sie kuschelten sich wieder aneinander, Michael küsste Nicoles Hals und knabberte an ihrem Ohrläppchen.

»So viel Zeit hab' ich noch«, flüsterte er ihr ins Ohr.

»So viel?«, lachte sie. »Musst du nicht nach Hause?«

»So viel Zeit muss sein«, gab er zurück und nahm sie zärtlich in die Arme. »Hinterher kannst noch ein bisschen schlafen.«

Eine knappe Stunde später verließ Michael mit dem Auto die erwachende Stadt, je weiter er hinaus aufs Land kam, umso wohler fühlte er sich.

Die Sonne war im Osten aufgegangen und zauberte einen roten Schein an den Horizont, Morgentau lag glitzernd auf den Wiesen und Feldern. Gelegentlich kamen ihm die ersten Autos der Pendler, die in die Stadt zur Arbeit fuhren, entgegen. Nein, nicht um alles in der Welt würde er mit ihnen tauschen wollen! In der Stadt zu leben, das wäre unvorstellbar für ihn.

Einige Kilometer vor Altdorf kam er zu einer Straßenkuppe, von der aus man das Alpenpanorama des Chiemgaus und weit darüber hinaus sehen konnte.

Er fuhr einige Meter von der Straße ab, auf einen kleinen Feldweg. Der Blick, der sich ihm bot, war grandios. Er konnte nicht anders, als auszusteigen, um ein paar Schritte zu gehen. Es war still bis auf das morgendliche Vogelgezwitscher, nur von der nahe gelegenen Straße hörte er gelegentlich das Brummen eines Fahrzeugs. Einige Meter vor ihm lag ein großer Felsbrocken, einladend glatt abgeschliffen.

Er ließ sich darauf nieder, atmete tief die frische, kühle Morgenluft ein, betrachtete die Felder, die golden und reif vor ihm lagen, dazwischen die sattgrünen Wiesen.

Bald würde die Ernte beginnen, eine arbeitsreiche Zeit, aber Arbeit machte ihm nichts aus. Nein, nie und nimmer wollte er etwas anderes als Bauer sein!

Er sah auf die Uhr. Höchste Zeit heimzukommen. Er ging zum Auto zurück, doch er konnte sich noch nicht aufraffen zu fahren, zu schön war die morgendliche Stimmung.

Im Auto sitzend ließ er seine Gedanken schweifen: zu Nicole, die er so sehr liebte, die seine Frau werden würde und zu den Plänen, die er für die Zukunft hatte. Vieles hatte er sich vorgenommen: erst die Biogasanlage als zusätzliche Sicherung ihrer Existenz, dann den landwirtschaftlichen Meister und zuletzt einen Hausbau, na ja und eine schöne, große Hochzeit!

Michael schloss die Augen. Vor sich sah er, in der Nähe der Biogasanlage, das neue Wohnhaus für sich und Nicole stehen, mit schönstem Bergblick. Es musste nicht unbedingt ein traditionelles Bauernhaus sein, könnte ohne weiteres moderner sein, wenn Nicole das besser gefiel. Und Kinder würden sie haben, mindestens drei oder sogar vier!

Ein ganzes, schönes, pralles Leben lag vor ihm und Nicole! Eine wunderschöne, gemeinsame Zukunft!

Kapitel 3

Günther Belling machte es sich am Esstisch bequem, ein Berg von Tageszeitungen und Post türmte sich vor ihm auf. »Marion, Liebes, könntest du mir bitte eine Tasse Kaffee bringen? Ich muss mich dringend um die Post kümmern und möchte etwas in den Zeitungen blättern. Mal schauen, was hier so alles los ist.«

»Ach, Günther, hier gibt's nichts Besonderes und die große Politik und das Weltgeschehen, das hast du doch auch in Hongkong mitgekriegt. Geh lieber raus mit mir, die frische Luft wird dir gut tun, nach all dem Stress.«

»Ja, ja, du hast ja Recht. Trotzdem will ich erst noch etwas im regionalen Teil der Zeitung blättern. Sagen wir – so in einer halben Stunde? Dann drehe ich eine kleine Runde mit dir durchs Dorf oder hinunter nach Thal zum Reitplatz. Ganz wie du willst, meine Liebe.«

»Hier ist dein Kaffee! Lass uns doch später durchs Dorf gehen. Es ist so hübsch geworden durch die Dorferneuerung. Ich glaube fast, die bekommen noch einen Preis für das schönste Dorf in Bayern.«

»Ach ja? Aber was heißt denn ›die‹? Schließlich haben wir auch an der Aktion mitgewirkt, wenn auch nicht durch tätige Mithilfe. Das Geld, das wir gespendet haben, hat sicher auch genutzt, nicht wahr?«

»Ja, natürlich! Geld brauchten sie auch, das ist schon klar. Aber so miteinander etwas tun, etwas gemeinsam zustande bringen, das bringt doch einen ganz anderen Gemeinschaftssinn.«

»Na, dann bring dich doch ein in die Dorfgemeinschaft, Marion! Du hast doch genügend Zeit«, meinte er abwesend, während er eine der Zeitungen nahm und darin zu blättern begann.

Marion Belling sah ihren Mann nachdenklich an. Was wusste er eigentlich noch von ihrem Leben? Für ihn gab es in erster Linie die Firma, dann lange nichts. Zumindest hatte sie den Eindruck. Sie fühlte sich oft vernachlässigt, allein gelassen. Wie würde es sein, wenn er mal in Rente ginge? Undenkbar!

»Marion!?« Die sonore Stimme ihres Mannes drang zu ihr in die Küche. »Sag mal, hast du das gelesen? Hier steht, dass in der ersten Bauausschusssitzung im neuen Jahr über die Genehmigung einer Biogasanlage ganz in unserer Nähe beschlossen werden soll.«

»Zeig mal!« Marion beugte sich über das Blatt, das ihr Mann ihr vor die Nase hielt. »Ah, ja! Da auf dem Weg nach Thal! Nein, das hatte ich noch nicht gelesen.«

»Weil du ja auch keine Zeit hast!«, fuhr ihr Mann ärgerlich auf.

»Doch, Zeit hätte ich schon, aber es interessiert mich eigentlich nicht.«

»Es interessiert dich nicht! Weißt du denn nicht, dass das in unserer unmittelbaren Gegend ist? Keine zwei Kilometer Luftlinie von uns entfernt! Da muss man sich doch interessieren, Marion!«

»Entschuldige!«, beschwichtigte ihn seine Frau. »Zeig mal. Ah ja, da runter zur Reitanlage. Aber das ist doch gegen Osten, das betrifft uns doch nicht. Unser Bergblick zeigt doch genau nach Süd-Westen. Wenn da gebaut werden sollte, das würde mich dann doch stören.«

»Da kann nicht gebaut werden, Marion! Darüber habe ich mich genau erkundigt, bevor ich das Grundstück hier gekauft habe.«

»Na, dann ist es ja gut. Wer baut die Anlage denn?«

»Ein Franz und ein Michael Rechenauer aus Altdorf. Kennst du die?«

»Das müssen die Rechenauers sein, die neben der Kirche ihren Hof haben. Nette Leute, vor allem sie, die Frau Rechenauer. Die hat einen schönen Hofladen eingerichtet, in ein paar Räumen neben dem Wohnhaus. Das Brot und der Käse, der dir immer so gut schmeckt, die sind von ihr. Ich kaufe gelegentlich dort ein. Gute Dinkel-Nudeln macht sie auch, alles rein biologisch.«

»Pah, alles rein biologisch! Ich weiß nicht, ob das nicht alles Schwindel ist, dieses ganze Biozeugs. Genauso wie eine Biogasanlage! Ich habe schon mal vage davon gehört, dort wird alles mögliche, irgendwelche Rohstoffe oder Abfälle, verheizt oder fermentiert und als Resultat kommt dann Strom und Wärme raus.«

»Also, das klingt doch interessant, Günther! Irgendwann müssen wir mal weg von Erdöl, Erdgas oder Atomstrom. Vielleicht ist das eine Alternative.«

Günther Belling lachte verächtlich. »Mit dem bisschen Strom, das so eine Anlage vermutlich bringt, kann man sicher keine großen Sprünge machen. Also, da werde ich mich mal schlau machen.«

Er stand auf und streckte sich ausgiebig. »Komm, meine Liebe, jetzt gehen wir spazieren und ich weiß auch wohin: Wir gehen gleich mal da runter zur Reitanlage und schauen, wo dieses angebliche Wunderwerk gebaut werden soll.«

Als die Bellings nach Hause kamen, mit frischen, geröteten Gesichtern von der Kälte draußen, stand Nicoles Auto vor der Tür. »Ach, Nicky ist gekommen«, rief Günther Belling erfreut. »Na, so eine Überraschung! Wusstest du, dass sie kommt?«, fragte er seine Frau.

»Also, nicht sicher, aber sie kommt oft und unverhofft. Geht dann abends aus.«

»Sie geht aus? Hier in Altdorf?« Günther Belling blieb stehen und lachte lauthals. »Also, das kannst du mir nicht erzählen, dass sie aus der Stadt kommt, um hier auszugehen. Das glaubst du wohl selbst nicht!«

»Doch, wenn ich es dir sage! Sie hat sich wohl mit ein paar jungen Leuten hier angefreundet. Auf jeden Fall ist sie fast jedes Wochenende hier auf Achse! Aber bitte, quatsch sie nicht gleich an deswegen!«

»Warum denn nicht? Das würde mich schon interessieren, mit wem sie sich hier rumtreibt. In Altdorf! Dass ich nicht lache. Da gibt's doch außer dem Wirt mit seinem Einheimischen-Stammtisch nichts!«

»Sie gehen ja auch nicht hier weg, meist fahren sie nach Rosenheim, da gibt's wohl ein paar so angesagte Lokale, Clubs, ich weiß nicht, wie die heißen.«

»Und mit wem geht sie da hin?«

»Ich weiß nicht! Hat sich mit ein paar jungen Leuten hier angefreundet. Manchmal ist auch Sandra dabei.«

Das Paar war inzwischen am Haus angelangt.

»Da, dreh dich mal um, Marion! Wenn diese Anlage wirklich gebaut werden sollte, dann kann man die unter Umständen von hier aus sehen! Wer weiß, wie groß die wird. Also, das gefällt mir überhaupt nicht! Schließlich haben wir nicht das teure Haus gebaut, um dann auf so eine technische Anlage, direkt am Dorfrand zu schauen! Nee, nee, nicht mit mir!«

Im Kaminzimmer versuchte Nicole, im offenen Kamin ein Feuer anzuzünden, als ihre Eltern ins Haus kamen.

»Schön, dass du Feuer machst, Nicky! Es ist scheußlich kalt draußen!« Marion Belling drückte ihre Tochter an sich. »Wann bist du denn gekommen?«

»Erst vor einer Viertelstunde, und da ihr nicht hier wart, hab ich mir gedacht, heize ich schon mal den Kamin bis ihr kommt. Wasser für Tee habe ich auch schon aufgesetzt.«

»Du bist ein Schatz, Mäuschen!« Nicoles Vater war ins Zimmer gekommen. »Sorgst für uns ja fast wie eine Mutter«, lachte er vergnügt.

»Na ja, nicht ganz! Ein bisschen Eigennutz ist schon auch dabei! Wo wart ihr denn? Ihr habt ganz rote Nasenspitzen vor Kälte.«

»Tja, wir waren länger unterwegs als geplant. Wir sind auf dem Weg nach Thal hinunter bis zur Reitanlage und zurück.«

»Na, so weit ist das auch nicht«, gab Nicole zurück.

»Wir sind noch einen kleinen Umweg gegangen, hinter zum Wald, weißt du, da, wo die Scheune steht.«

Nicole wurde verlegen, die Scheune war einer ihrer Treffpunkte mit Michael, vor allem nachts und wenn es kühl oder regnerisch war. Dann baute Michael ein Nest im Heu für sie. »Was habt ihr denn da gemacht?«

»Da will einer von den Bauern hier eine Biogasanlage bauen, das habe ich gerade im Gemeindeblatt gelesen, und das wollten wir uns mal anschauen.«

»Aber da steht doch noch nichts! Das soll doch erst gebaut werden!«, rutschte es Nicole heraus.

»Genau! Hast es also auch gelesen?«

Nicole nickte stumm.

»Da werde ich mich mal erkundigen, wie und warum und was das für Nachteile für uns haben könnte.«

»Warum soll das Nachteile für uns haben?«, fragte Nicole ärgerlich.

»Muss ja nicht! Auf jeden Fall finde ich es nicht okay, dass so etwas geplant wird, ohne die Bevölkerung vorher zu fragen.«

»Warum denn vorher die Bevölkerung fragen? Das muss doch ohnehin behördlich genehmigt werden. Und wenn es okay ist, dann ist es okay!«

»Na, na, na! Was da manchmal so alles genehmigt wird! Nee, Kind, da muss man schon aufpassen und gegebenenfalls Einspruch erheben.«

»Also, wenn da so eine Geflügelmastanlage oder ein Stall für Schweinemast gebaut werden würde, dann könnte ich dich verstehen, Paps! Das stinkt wie die Pest, und außerdem können einem die Hühner und die Schweine wirklich leid tun, die da auf engstem Raum eingepfercht sind. Aber eine Biogasanlage?«

»Ja, weißt du denn, was das ist?«

»Ja, etwas schon!«, gab Nicole keck zurück.

»Was? Du?« Günther Belling schüttelte ungläubig den Kopf. »Interessiert sich das Gör für Technik und alternative Energien!«

Marion Bölling kam mit der Teekanne ins Zimmer. »Streitet ihr euch schon wieder? Nicole, hol doch mal die Tassen aus der Vitrine im Esszimmer. Jetzt wollen wir es uns gemütlich machen vor dem Kamin. Schaut mal raus, es fängt schon wieder an zu schneien!«

Nicole war heilfroh, dass ihre Mutter die Diskussion mit dem Vater unterbrochen hatte. Fast hätte sie verraten, dass sie durch Michael mehr über eine Biogasanlage wusste, als eigentlich anzunehmen war.

»Wie auch immer«, hörte sie jetzt ihren Vater sagen, »ich werde gleich Frau Wohlfahrt anrufen. Sie soll mal Informationen im Internet sammeln.«

»Hat deine Sekretärin nichts anderes zu tun, als sich darum zu kümmern?«, fragte Marion Belling spitz.

»Also, Paps, wirklich! Ich verstehe dich nicht! Die Familie Rechenauer wird schon wissen, warum sie das baut. Vielleicht rentiert sich ja die Landwirtschaft alleine nicht mehr und da müssen sie halt nach anderen Erwerbsquellen suchen.« Nicole hielt es nicht aus, ohne ihrem Vater contra zu geben.

»Dass ich nicht lache! So wie die Bauern von der EU subventioniert werden! Die bekommen doch sogar Geld, wenn sie Land brach liegen lassen. Verrückt ist das doch! Habt ihr schon den neuesten Witz gehört?«

Marion und Nicole schüttelten den Kopf.

»Also, warum haben die Gummistiefel der Bauern keine Schnürsenkel?« Er sah Frau und Tochter erwartungsvoll an.

»Keine Ahnung!«

»Weil die nicht subventioniert werden!« Er klopfte sich auf die Schenkel vor Vergnügen.

Marion Belling schüttelte amüsiert den Kopf, doch Nicole fuhr auf: »Also, Paps, so bescheuerte Witze muss ich mir wirklich nicht anhören«.

»Nicole hat Recht, Günther! Ich glaube, davon verstehen wir zu wenig. Aber nochmals zu dieser Anlage. Ich möchte keinen Unfrieden hier haben. Du bist schließlich den ganzen Tag weg, aber ich sitze hier und will mit den Leuten gut auskommen.«

»Kannst du! Aber deswegen muss man nicht alles hinnehmen! Was würdest du denn sagen, wenn unser Haus durch so eine Anlage eine erhebliche Wertminderung erfährt. Da wärst du sicher auch nicht begeistert, oder?«

Marion Belling stieß hörbar Luft aus. »Ehrlich gesagt, ich will hier Frieden haben. Aber erkundige dich ruhig einmal. Vermutlich ist alles halb so schlimm, als du dir das vorstellst.«

»Eben! Und genau deshalb werde ich mich informieren. Aber eigenartig finde ich es trotzdem, dass man über diesen Bau nicht vorher informiert wird! Da stinkt doch etwas! Ja, genau! Das ist es! Ich bin ziemlich sicher, dass so eine Anlage stinkt, wenn die da allen möglichen Mist verbrennen.«

Nicole stand genervt auf. »Also, ich fahre jetzt mal los!«

»Wohin denn?«

»Na, ins ›Universum‹ oder in den ›Eiskeller‹, mit ein paar Freunden, hier vom Hügel«, fügte sie noch schnell hinzu.

Ihr Vater sah ihr kopfschüttelnd nach, als sie das Kaminzimmer verließ. »Ins Universum oder in den Eiskeller? Was soll denn das sein?«

»Ach, das sind so eine Art von Kneipen oder Clubs für junge Leute, in Rosenheim.«

»Mhm! Was wohl in Nicole gefahren ist? Hat offensichtlich ihre Liebe fürs Land entdeckt. Na, mir soll's recht sein.« Er griff nach der Zeitung, die auf dem Tisch lag, aber lange hielt es ihn nicht beim Lesen. »Marion, ich geh' mal rauf in mein Arbeitszimmer, mal sehen, was ich im Internet über Biogasanlagen rausbringen kann.«

»Aber das macht doch schon Frau Wohlfahrt«, rief ihm seine Frau nach, doch er hörte es nicht mehr, er war bereits auf der Treppe nach oben.

***

Nicole saß warm angezogen im Auto und versuchte, Michael per Handy zu erreichen, doch er meldete sich nicht. Sie sah auf ihre Uhr. Natürlich, um diese Zeit war er sicherlich noch irgendwo beschäftigt, auch wenn jetzt, im frühen Winter, nicht mehr viel draußen zu tun war. Aber da war noch der Wald und vor allem jetzt, im Herbst und Winter, die Jagd und die Hege des Wildes.

Missmutig überlegte sie, wie und wo sie ihn erreichen könnte. Sie startete den Wagen und fuhr in den Ort hinunter, rollte langsam an dem Anwesen der Rechenauers vorbei. Ob sie einfach reingehen und etwas im Hofladen kaufen sollte? Vielleicht würde sie dabei Michael sehen und ihm heimlich ein Zeichen geben können. Kurz entschlossen parkte sie ihr Auto neben der Einfahrt zum Hof und ging auf das Haus zu.

In einem kleinen Anbau des Wohnhauses war der Hofladen von Frau Rechenauer. Sie las das Schild: »Geöffnet täglich, außer Sonntag, von 9–12 Uhr und von 15–18 Uhr. Wenn geschlossen, bitte läuten!«

Na bitte, ausgerechnet heute war Sonntag, dumm war das! Aber da stand: »Wenn geschlossen, bitte läuten«.

Beherzt drückte sie auf die Klingel und hörte im Haus nebenan das laute Schrillen. Es dauerte eine geraume Zeit, bis Frau Rechenauer, Michaels Mutter, die Haustür öffnete.

»Guten Tag, Frau Rechenauer!«

»Grüß Gott! Also, eigentlich haben wir am Sonntag zu!« Sie wirkte nicht gerade freundlich.

»Ja, ich weiß, entschuldigen Sie bitte. Aber wir haben unerwarteten Besuch bekommen und kein Brot mehr im Haus. Da hat mich meine Mutter zu Ihnen runter geschickt. Und wenn Sie noch ein bisschen Käse hätten, wäre das auch ganz schön.«

»Na gut, dann kommen's halt rein.« Etwas unwillig bat sie Nicole ins Wohnhaus und diese sah sich neugierig um. Hier wohnte also Michael. Vom großen Flur ging links eine Tür ab, vermutlich zur Küche, sie war halbgeöffnet. Sie hörte von drinnen Stimmen, konnte aber Michaels Stimme nicht ausmachen.

»Kommen's mit!« Die Rechenauerin führte Nicole zu einem Seitengang, der in den Hofladen führte. »Frisch ist das Brot natürlich nicht mehr, von gestern halt!«

»Ach, das macht nichts, Frau Rechenauer. Und vielleicht haben's noch was von dem Butterkäse, den meine Mama oft bei ihnen holt, der schmeckt meinem Vater so gut.«

»Na, das freut mich.« Sie nahm ein Brot aus dem Regal und aus der Theke einen Laib Käse. »Reicht das?«

»Ja, ich glaube schon. Ich bin übrigens die Nicole Belling, oben vom Hügel.« Nicole versuchte, Frau Rechenauer in ein Gespräch zu verwickeln, vielleicht, so hoffte sie, käme Michael zufällig dazu.

»So, so, vom Hügel droben. Ja, ich glaub', ich kenn Ihre Mama. So eine Große, Schlanke, Blonde. Fährt ein silbergraues Auto.«

»Ja, genau, das ist sie!«

Die Bäuerin war inzwischen wieder zurück in den Flur gegangen und sperrte die Tür zum Hofladen zu.

»Ein schönes Haus haben Sie.« Nicole streckte den Hals, um durch die geöffnete Tür in die Küche sehen zu können.

»Ja, praktisch halt, wie es sich für ein Bauernhaus gehört. Da schaun's, des ist unsere Wohnküche.« Bereitwillig öffnete die Frau die Tür ganz und Nicole ging hinein. »Wir haben's erst neu eingerichtet«, fügte die Rechenauerin stolz hinzu.

Die Küche war modern, doch im hinteren Teil des Raumes sah Nicole eine geräumige, bäuerliche Essecke mit Eckbank, Tisch und Stühlen. Die Familie war offensichtlich gerade beim Kaffeetrinken, doch es saßen nur der Rechenauer und eine alte Frau am Tisch, vermutlich Michaels Großmutter, von der er manchmal erzählte.

»Ja, also dann!« Die Rechenauerin sah sie jetzt ein bisschen freundlicher an. »Das macht dann sechs Euro fünfzig!«

»Oh je! Jetzt habe ich doch glatt das Geld daheim vergessen!« Nicole schlug die Hand vor den Mund. »Das ist mir jetzt sehr peinlich, Frau Rechenauer. Aber ich kann schnell nach Hause fahren und Geld holen!«

»Nein, nein! Des braucht's ned. Ich schreib' es auf und die Mutter kann es beim nächsten Mal zahlen.«

Jetzt nahm Nicole all ihren Mut zusammen. »Ich könnt es auch dem Michael geben. Wir gehen manchmal mit einer ganzen Clique nach Rosenheim zum Tanzen«.

Jetzt sah auch der Rechenauer auf. »Nach Rosenheim zum Tanzen? Der Michi?« Ungläubig schüttelte er den Kopf. »Ich hab' gar ned g'wusst, dass der tanzen kann!«

»Der Michi!? Freilich kann der tanzen, wir Rechenauers haben alle gut g'tanzt, du doch auch Franzl, als du noch jung warst. Und ich erst! Mei, wie ich die jungen Burschen rumgwirbelt hab', seinerzeit! Die haben keinen Fuß mehr auf den Boden bracht!«, schwelgte die Oma in ihren Erinnerungen.

»Ja, da haben Sie Recht, der Michael tanzt ganz gut!«, gab Nicole zu und zeigte ihr nettestes Lächeln.

»Na, so was!«, wunderte sich auch Michaels Mutter. »Davon hat er uns gar nichts erzählt. Na ja, wenn er eine Freud' hat dabei, dann ist's gut. Aber wegen dem Geld – das soll lieber die Mama bei mir bezahlen. Der Michael, der hat mit dem Hofladen nichts zu tun! Der vergisst höchstens, es bei mir abzuliefern«, meinte sie gutmütig. Sie brachte Nicole zur Tür.

»Dann vielen Dank, Frau Rechenauer, dass sie uns ausgeholfen haben.« Nicole war unzufrieden, so unverrichteter Dinge wollte sie nicht weg. Mutig fragte sie: »Ist der Michael denn daheim?«

»Der Michael? Na, na, der ist, glaube ich, draußen im Wald. Zum Abendessen um sechs Uhr wollt' er wieder daheim sein, soviel ich weiß!«

»Ach so, schade! Ich hätte ihn gerne etwas gefragt.«

»Ja, was denn? Kann ich ihm was ausrichten?«

»Nein, nein, Frau Rechenauer, vielen Dank! Das muss ich ihn schon selber fragen«, fügte sie spitzbübisch dazu. »Also, auf Wiedersehen und einen schönen Sonntagabend noch.« Sie winkte beim Weggehen der Bäuerin noch zu, doch die hatte bereits die Tür hinter Nicole geschlossen.

Das waren also Michaels Eltern und sein Zuhause! Gemütlich und ordentlich war es gewesen, aber doch ganz anders als zu Hause, wo man über dicke Orientteppiche ging und das Haus voller Antiquitäten und wertvollen Bildern war.

Ob sie sich jemals bei den Rechenauers eingewöhnen könnte? Wohl eher nicht.

Doch Michael hatte ihr ohnehin versprochen draußen, neben der neuen Biogasanlage, ein Haus nur für sie beide zu bauen. Trotzdem war ihr etwas mulmig zumute, als sie zum Auto ging.

Das hier, dieses behäbige Bauernhaus mit dem Stall, in dem die Kühe muhten und mit dem Misthaufen dahinter, das war doch schon eine ganz andere Welt als ihre. Sie schob diese Gedanken beiseite.

Sie musste unbedingt mit Michael sprechen, ihm von der Reaktion ihres Vaters auf die Nachricht von der geplanten Biogasanlage erzählen. Seine Mutter hatte gesagt, er wäre im Wald, damit meinte sie vermutlich den Wald, der hinunter nach Thal führte. Es hatte zwar zu schneien aufgehört, aber die kleine Straße dort hinunter war sicherlich vom Schnee zugeweht und sie hatte noch keine Winterreifen montieren lassen. Egal, sie musste es wagen!

Sie fuhr bis zum Ortsende und parkte dort das Auto, den Rest des Weges wollte sie zu Fuß gehen. Sie sah hinauf zum Hügel, sah entfernt das beleuchtete Haus ihrer Eltern. Nein, von dort würde man ihr geparktes Auto nicht sehen können. Das hätte ihr gerade noch gefehlt, hätte nur unnötige Fragen zur Folge gehabt.

Langsam wurde es dämmrig. Zum Glück hatte sie sich warm angezogen und ihre festen Winterstiefel an. Sie stapfte die schmale Straße entlang, die man unter dem frischen Schnee kaum erkennen konnte. Es war still, vor ihr breitete sich die weiße Schneelandschaft aus, fast unwirklich bläulich wirkte sie in der Dämmerung. Sie bog vom Weg ab und stapfte über das freie Feld, der Scheune und dem Wald zu. Von Michael war nichts zu sehen, keine Spuren im Schnee; doch wenn er vor Stunden hier lang gegangen war, so wären diese Spuren ohnehin längst verweht.

Sie kam zum Waldrand, beschloss noch bis zu der Lichtung mit dem Hochstand zu gehen. Wie oft hatte sie dort mit Michael gesessen! Dort angekommen, spähte sie hinüber zum Jägerstand. Michael war nicht zu sehen. Sie legte die Hände trichterförmig an den Mund und rief: »Michael!« Nichts. Noch einmal rief sie: »Michael! Michael!«

Plötzlich hörte sie eine männliche Stimme hinter ihr: »Warum schreist denn so!«

Mit einem leisen, erschrockenen Aufschrei fuhr sie herum und da stand Michael vor ihr, in einem olivgrünen Anorak, einem ebensolchen Rucksack auf dem Rücken, einen Jägerhut auf dem Kopf und seine Büchse geschultert.

»Mein Gott, hast du mich erschreckt!«

Michael grinste: «Ist ja schön, dass du mich im Wald besuchst, aber mit deiner Schreierei verschreckst mir das Wild! Ist auch nicht ganz ungefährlich, während der Jagdzeit im Wald rumzuschleichen. Hernach erschieß' ich dich noch aus Versehen!«

Erschrocken schlug Nicole die Hände vor den Mund. Michel lachte und zog sie an sich.

»Nein, nein, des war nur ein Spaß! Am Tag geht kein Jäger durch den Wald und ballert herum. Außerdem ist des Jägers oberstes Gebot – was du nicht kennst, das schieß nicht tot!«

»Aber mich kennst du doch!«, gab Nicole zurück.

»Eben! Ich werd' doch nicht das Glück meines Lebens totschießen!«

Er zog sie wieder an sich, doch Nicole machte sich frei. »Nimmst du mich mal mit auf die Jagd?«

Er sah auf sie herab. »Ja, wenn's dich interessiert schon. Aber du musst ganz ruhig sein.«

»Das bin ich«, versicherte sie eifrig.

»Trotzdem weiß ich nicht, ob das was ist für dich. Schließlich muss man das Wild gleich aufbrechen, wenn man es geschossen hat.«

»Was heißt das, aufbrechen?« Nicole zog ihr Näschen kraus.

»Na, ja, aufschneiden halt und die Gedärme und das alles rausziehen.«

»Igitt, das ist ja grässlich!« Sie verzog angewidert das Gesicht.

»Eben! Ich sag's doch! Ich mein', des ist nichts für dich!«

»Doch, Michael! Ich will das unbedingt mal sehen! Wenn ich mal deine Frau bin, dann muss ich mich doch damit auskennen, oder?«

»Nein, das musst du nicht unbedingt. Um das Wildbret kümmere ich mich schon selber. Du kriegst dann nur noch das zerteilte Fleisch in die Küche geliefert, zum Braten!«

»Oh je!«

»Meine Mutter, die macht das beste Wildgulasch von der Welt! Die kann dir das dann mal zeigen!«

Jetzt, bei der Erwähnung seiner Mutter, fiel Nicole der Grund ihres Kommens wieder ein. »Michael, stell dir vor, ich war gerade daheim bei dir und habe nach dir gefragt! Ich muss unbedingt mit dir reden«.

»Was!? Bei mir daheim?« Er sah sie erstaunt an.

»Na ja, unter einem Vorwand! Ich habe gesagt, dass ich was vom Hofladen brauche, weißt du?«

»Na, da wird sich die Mama aber gefreut haben, am heiligen Sonntagnachmittag!«

»Na ja«, meinte Nicole gedehnt, »es ging so. Und dann habe ich mich gleich bei ihr vorgestellt, habe ihr gesagt, dass ich die Nicole Belling von oben vom Hügel bin und dass ich dich kenne!«

»Oha! Ganz schön mutig von dir!«

»Ja, und dann habe ich noch gesagt, dass wir öfters mal in Rosenheim beim Tanzen sind!«

Michael verzog schmerzlich das Gesicht. »Oh je, da werden's aber g'schaut haben, meine Leut'!«

Nicole lachte hell auf. »Ja, das haben sie! Dein Vater, der hat ungefähr so ein Gesicht gemacht«. Sie ahmte umständlich den ungläubigen Gesichtsausdruck von

Michaels Vater nach. »Aber die Oma, die hat dich gleich verteidigt!«

»Ja, die Oma, das glaub' ich. Du kleines Luder, du! Traust dich doch glatt in die Höhle des Löwen!«

»Sogar bis in die Wohnküche!«

Michael ließ sein Gewehr von der Schulter gleiten und umarmte Nicole, drückte sie an sich. »Du hast ja eine ganz kalte Nasenspitze«, meinte er, als er sie küsste und rieb seine Nase an der ihren. »Aber was gibt's denn so wichtiges, weil du gleich bis hier raus kommst, bei dem Wetter! Ist die Lust denn gar so groß?« Er drückte sie noch enger an sich.

»Michi, hör auf, du erdrückst mich ja! Außerdem«, jetzt erst fiel Nicole wieder der Grund ihrer Suche nach Michael ein und sie zog ein unglückliches Gesicht, »außerdem muss ich dir was sagen!«

»Ist was passiert?« Michael sah sie besorgt an.

»Na ja, noch nicht direkt. Aber«, sie atmete tief durch, »mein Vater hat gelesen, dass du eine Biogasanlage bauen willst.«

»Na und?«

»Er hat sich total darüber aufgeregt. Vor allem, weil die Einwohner von Altdorf vorher nicht darüber informiert wurden.«

Michael ließ Nicole los. »Also, auf diese Idee wäre ich nie gekommen, dass ich die Altdorfer fragen muss, ob ich eine Biogasanlage bauen darf. Aber im Gemeindeblatt wird ja verkündet, was in der nächsten Bauausschusssitzung behandelt wird. Wer will, kann sich dort informieren. Ja, das wär' ja noch schöner, wenn ich jeden in Altdorf fragen müsste!«, regte sich Michael auf.

»Michael, bitte! Das habe ich ihm auch gesagt. Jetzt will er erst mal über so eine Anlage recherchieren, und ich hoffe, er erfährt nur das Beste!«

»Also, Nicole, jetzt reicht's aber! Was heißt das Beste? So etwas ist ein Betrieb mit Für und Wider. Und wenn jemand will, dann findet er schon etwas dagegen. Aber lass ihn erst mal in die Bauausschusssitzung kommen, dann regelt sich das schon.« Kopfschüttelnd fuhr er fort: »Ausgerechnet dein Vater regt sich über unser Bauvorhaben auf! Also, das ist ja wirklich das Allerschönste! Als wenn wir zwei es so schon nicht schwer genug hätten!«

Nicole ließ den Kopf hängen.

»Ach komm, Nicky, das werden wir schon überstehen. Gar so schlimm wird's ned werden.« Er sah in den Wald hinein, inzwischen war es dunkel geworden. »Komm! Ich hab' versprochen, dass ich zum Abendessen daheim bin.«

»Können wir uns später noch sehen, irgendwo?«

»Irgendwo? Ja, wo denn? Bei mir geht's ned und bei dir erst recht ned. Außerdem, heut' passt's eh ganz schlecht, ich muss noch was für die Meisterschule arbeiten. Im April wird das alles geprüft und ich bin noch ned so weit, wie ich eigentlich wollt'.«

»Könnte ich dir denn dabei nicht helfen?«

Michael sah auf sie hinunter. »Schön wär es schon, aber ob das was bringen tät'? Ich glaub', da könnt' ich mich nimmer auf die Bücher konzentrieren.« Er lachte, doch dann wurde er ernst. »Außerdem, wo denn? Im Auto, bei der Kälte? Oder hinten in der Scheune, wo der Wind durch die Holzlatten pfeift? Weißt, Nicole, ich glaub' es war ein Fehler, dass wir nicht von vornherein mit offenen Karten gespielt haben. Warum haben wir nicht gesagt, dass wir uns gern haben und heiraten wollen. Erst wär' vielleicht ein Aufstand g'wesen in unseren Familien, aber das wär' längst vorbei. Jetzt, wenn sich dein Vater vielleicht sogar noch als unser Gegner g'schaftig macht, wird alles viel schwieriger!«

»Ich hoffe, dass sich alles wieder legt. Aber wie ich meinen Vater so kenne, wenn der sich mal was in den Kopf setzt, oh je!«

»Aha, daher hast also deinen Dickschädel.« Michael hatte den Arm um sie gelegt, während sie langsam zurück zu Nicoles Auto gingen.

»Soll ich dich denn heimfahren, Michael?«

»Nein, nein! Die paar Meter geh' ich zu Fuß, da kann ich meinen Kopf noch ein bisschen auslüften.«

»Also, dann!« Nicole sah ihn traurig an.

Michael fasst sie unterm Kinn. »Kopf hoch, es wird nix so heiß g'essen wie's g'kocht wird.« Er zwinkerte ihr zu. »So schlimm wird dein Vater schon ned sein!«

Nicole setzte sich ins Auto, er beugte sich herab und gab ihr einen flüchtigen Kuss auf die Wange. »Also, pfüat di dann!« Er schlug die Autotür zu und sah ihr nach, bis die Schlusslichter des Wagens hinter der nächsten Kurve verschwunden waren.

»Die Bürger von Altdorf soll ich fragen, ob ich eine Biogasanlage bauen darf!« Michael ging mit großen Schritten seinem Hof zu. »Ich glaub', der hat's nimmer alle.« Dabei vergaß er völlig, dass er von seinem künftigen Schwiegervater sprach!

Kapitel 4

Der Winter war über Altdorf hereingebrochen. Das Dorf lag unter einer dicken, weißen Schneedecke.

»Das wird die Kinder freuen, weiße Weihnachten!« Die Rechenauerin sah hinaus aus dem Fenster. »Hoffentlich schießt der Michi noch ein Reh fürs Weihnachtsessen.«

»Des macht er schon noch, des wär' ja g'lacht«, meinte die Oma. »Wer ist denn alles da am Weihnachtstag?«

»Ja, alle halt, Oma. Wie immer!«

»Auch die Madln mit ihren Männern und die Enkelkinder?«

»Ja, freilich, Oma! Die Maria kommt mit'm Peter und den zwei Buben und die Susanne kommt auch, mit dem Toni und dem kleinen Butzerl.«

»Na, des wird ja noch keinen Rehbraten essen«, kicherte die Oma in sich hinein.

»Natürlich ned, Oma! Aber die anderen zwei Kleinen vielleicht schon. Auf jeden Fall essen's Spatzl mit Soß'! So wie du! Ach, freu' ich mich, wenn wieder mal alle zusammen am Tisch sitzen, auch wenn's viel Arbeit ist.«

»Ja, mei! Wir haben früher auch viel arbeiten müssen und haben's ned so kommod g'habt wie ihr Frauen heutzutag, mit einer Waschmaschin' und einem Trockner – und sogar a Geschirrspülmaschin' habt's! Na, na, so was hat's früher ned g'geben.« Die alte Frau nahm ihr Strickzeug auf. »Des wird ein Jackerl für die kleine Lisa von der Susanne«, meinte sie und sah das Werk zufrieden an. Ihre Schwiegertochter betrachtete es auch. Oh je, ob die Susanne der kleinen Lisa das je anziehen würde? Heute hatte man doch ganz andere Sachen für die Kinder als dieses altmodische, rosarote Jackerl. Doch sie wollte der alten Frau die Freude nicht verderben und behielt ihre Meinung lieber für sich.

»Jetzt, wenn der Michael endlich eine hätt', das wär' mir schon recht«, meinte sie seufzend.

»Des kommt schon, lass ihm Zeit. Er soll sich erst mal seine Hörndl abstoßen, der Bub!«

»Geh, Oma! So ein Schmarr'n! Des ist doch gar ned dem Michi seine Art. Des ist kein solcher wie andere!«

»Ja, was treibt er denn die ganze Zeit? Immer öfter ist er fort! Der hat bestimmt eine, da bin ich ganz sicher!«

»Meinst, Oma? Ich weiß ned recht. Gut, fort geht er öfters, aber das hat alles mit der Biogasanlage zu tun!«

»Freilich, in der Nacht um Zwölfe! Ja, bist du denn ned noch dümmer!« Die alte Frau schüttelte den Kopf.

»Mhm, da hast vielleicht Recht! Was wird des wohl für eine sein?«

»Der Michael bringt schon die Richtige, da darfst dich drauf verlassen. Kein so Flitscherl aus der Stadt!«, die Großmutter lachte herzhaft.

»Oma!«, rief die Rechenauerin entsetzt aus. »Eine aus der Stadt! Der Michi ist doch ned blöd! Was tät er denn mit so einer!« Jetzt musste auch die Rechenauerin laut lachen. »Nein, des ganz g'wiss ned.

Wie auch immer«, fügte sie seufzend hinzu, »da hilft nichts wie warten.«

»Vielleicht überrascht er uns ja an Weihnachten mit einer Verlobung«, die Oma schaute spitzbübisch drein.

»Meinst? Hat er denn was anklingen lassen bei dir, Oma?«

»Na, na! Aber ich glaub', wenn er eine hat, dann erfahr ich's als erste!«, fügte sie mit triumphierendem Blick auf die Schwiegertochter hinzu.

Weihnachten rückte näher und für Michael und Nicole die schwierige Frage, wie sie dieses Fest miteinander feiern konnten.

»Am Heiligen Abend muss ich unbedingt daheim sein und am ersten Weihnachtsfeiertag kommt die ganze, große Familie zusammen. Da kann ich auf keinen Fall weg!«

Michael und Nicole saßen im Auto, mit Wolldecken zugedeckt wegen der Kälte. Michael hatte einen verschwiegenen Waldweg ausgemacht, für Autos verboten, lediglich landwirtschaftlichen Fahrzeugen war die Benutzung erlaubt. Am Nachmittag war er mit dem Traktor hier gewesen und hatte eine Spur in den Wald gezogen, anders wäre es für einen PKW nicht möglich gewesen, die versteckte, kleine Lichtung zu erreichen. Nicole hatte eine Thermosflasche mit heißem Tee und eine zweite mit Glühwein dabei und dazu einen Teller mit Plätzchen.

»Och, das ist schade! Kannst du dich nicht wenigstens später, am Heiligen Abend, ein bisschen frei machen? Ich versuch es auch, wir werden schon eine Ausrede finden! Ich möchte dir doch mein Geschenk geben!«

»Das hätt' ja auch an einem anderen Tag Zeit. Aber ich werd' schauen, was sich machen lässt. Was schenkst du mir denn?«

»Das werde ich ausgerechnet dir sagen!« Nicole nahm einen Schluck aus dem Becher mit Glühwein.

»Trink ned zu viel, Nicky, du musst noch mit dem Auto heimfahren!«

Er sah sich im Wagen um. »Wir könnten leicht die Autositze umklappen, dann haben wir es bequemer, was meinst?«

»Mhm!« Sie stellte die Thermoskannen und die Plätzchen auf den Rücksitz und begann, den seitlichen Hebel ihres Sitzes zurückzulegen. Michael machte dasselbe am Beifahrersitz, bis die Vordersitze so weit als möglich zurückgelegt waren.

»Siehst du, so wird es schon ganz gemütlich hier.« Sie legte fürsorglich die Decken über beide. Beide sahen hinaus in die Dunkelheit, dicke Schneeflocken tanzten vor dem Fenster.

»Allzu lange dürfen wir nicht bleiben«, meinte Michael besorgt. »Wenn es noch mehr schneit, schneit die Fahrspur zu.«

»Ach was, das geht schon«. Sie beugte sich zu ihm auf den Beifahrersitz und öffnete den Reißverschluss seines Anoraks, dann knöpfte sie sein Hemd auf und steckte ihre Hände darunter. »Du hast ja ganz warme Hände«, er küsste sie auf die Haare.

»Das kommt, weil du mir so warm machst.«

»Ja, wirklich? Und du mir erst! Mir wird ganz heiß! Komm, setz dich zu mir auf den Sitz.« Er rutschte so weit wie möglich zur Seite und Nicole rutschte hinüber auf den Beifahrersitz. »Das ist verdammt eng hier«, stöhnte Michael. »Irgendwann reicht's. Ich hab's satt, mich dauernd irgendwo verstecken zu müssen! Das geht jetzt schon über ein Jahr so, Nicky! Das muss anders werden! Im Sommer, ja, da geht's ja noch, aber der Winter!«

»Ja, ja, schimpf du nur! Und nun komm, zieh deinen dicken Anorak endlich aus«. Sie half ihm aus der Jacke, und auch sie entledigte sich ihres dicken Mantels. »Komm, lass uns kuscheln«, flüsterte sie nah an seinem Ohr, als sie sich auf ihn legte, die Decken wärmend um sich hüllend. »Hier sind wir sicher, hier kommt niemand in der Nacht! Hier gibt's nur uns zwei, dich und mich!«

***

Heiliger Abend bei den Rechenauers. Der Tisch war abgeräumt und die Geschenke, die bei den Rechenauers eher bescheiden waren, ausgepackt.

»Gut hat er g'schmeckt dein Rehbraten, Mama!« Michael stand auf, streckte sich ausgiebig und meinte dann, gespielt gelassen: »Ich geh' noch ein bisserl weg!«

»Was?! Am Heiligen Abend? Also, des hat's ja noch nie g'geben! Des ist ja was ganz Neues!« Die Mutter schaute ihn aufgebracht aus der Küche an, wo sie gerade den Geschirrspüler belud. Auch der alte Rechenauer und die Oma sahen Michael verblüfft an.

»Ja, wo willst denn hin, Michi? Heut', am Heiligen Abend, ist doch nirgends auf!«

»Wir sind verabredet, der Roman und ich und noch ein paar Spezln«, log Michael.

»Also, am Heiligen Abend fortgeh'n, des hat's ja noch nie g'geben!« Selbst die Oma, die dem Michi sonst immer nachgab, schimpfte jetzt los. »Ist denn gar kein Anstand mehr auf dera Welt!«

»Was hat denn des mit Anstand z'tun, Oma?«, gab Michael ungeduldig zurück. »Ich will doch nur meine Freund' seh'n, des wird doch wohl erlaubt sein, oder ned? Ihr schaut's ja doch nur noch in den Fernseher rein!«, sagte er und ging aus der Stube.

»Also, jetzt spinnt er ganz!«, brummelte der alte Rechenauer vor sich hin.

»Ich hab's ja schon immer g'sagt! Der Bub hat eine Freundin!«, triumphierte die Großmutter. »Ich hab's gleich g'wusst, ich kenn ihn doch, mein' Michi!«

Michael eilte derweilen zum Auto und fuhr hinunter nach Thal, wo er mit Nicole verabredet war. Ihr kleines Auto stand bereits an der verabredeten Stelle. Als er kam, stieg sie aus, sperrte ihren Wagen ab und kam zu Michaels Auto, am Arm einen Korb.

»Komm rein, ich hab schon eingeheizt. War es schwierig, weg zu kommen?«, begrüßte Michael sie und gab ihr einen langen Kuss.

»Oh, es war grässlich! Ich hasse es, meine Eltern anzulügen. Ehrlich gesagt, ich wundere mich immer wieder, dass sie mir alles so abnehmen. Die kämen nie auf die Idee, dass ich hier einen Freund haben könnte. Aber schön ist es nicht, sie so anzuschwindeln.«

»Ich mag's auch ned. Aber meine Leut' haben, glaub' ich zumindest, schon Verdacht geschöpft, vermuten, dass ich eine Freundin hab'. Die Oma macht immer so versteckte Andeutungen, aber da stell' ich mich einfach dumm!« Beide lachten.

»Schau, ich hab ein Geschenk für dich!« Nicole kramte in ihrem Korb und holte ein schön verpacktes Päckchen hervor. »Habe ich selbst gemacht, für dich!«, meinte sie voller Stolz.

»Ich hab' auch was für dich!« Michael zog ein kleines Päckchen aus einer der Taschen seines Anoraks.

»Oh, danke!« Erwartungsvoll öffnete sie das kleine Samtetui. Ein schmaler, goldener Ring mit einem Herzen aus Rubinen lag darin. »Michael!«, sie schaute ihm verzückt in die Augen.

»Es soll so etwas wie ein Verlobungsring sein, dass du immer an mich denkst!«, meinte Michael verlegen.

Nicole fiel ihm um den Hals. »Das ist eine wunderschöne Idee!«

Vorsichtig nahm sie den Ring aus dem Etui und Michael stecke ihn ihr an. »Woher weißt du denn meine Ringgröße?«

»Ach, das hab ich einfach so geraten, man kann ihn auch enger oder weiter machen lassen im Geschäft«, meinte er eifrig.

»Er passt perfekt!« Nicole hielt ihre Hand unter das Licht der Innenbeleuchtung des Autos und sah die Rubine funkeln. »Ich danke dir, Michi«, sie hatte vor Rührung Tränen in den Augen. »So etwas Schönes! Das hätte ich dir gar nicht zugetraut!« Sie lächelte ihn schelmisch an.

»Ehrlich gesagt, ich war vorher noch nie in einem Juwelierladen!«

»Aber schau, ich habe auch was für dich!« Sie gab ihm ein weiches Paket in die Hand. »So schön wie dein Geschenk ist es leider nicht!«

»Des glaub' ich dir ned.« Er riss das Papier auf.

»Es ist ein Pullunder, damit es dir immer schön warm ist, wenn du auf der Jagd bist. Ich habe ihn selbst gestrickt, obwohl ich eigentlich gar nicht stricken kann. Die Sandra hat mir dabei geholfen. Gefällt er dir?«

Michael hatte das Stück auf seinen Knien ausgebreitet. »Der ist wunderschön, wirklich!« Er war gerührt über diesen Beweis der Zuneigung und Fürsorge Nicoles. »Und ich hab' noch eine Überraschung für dich!«

»Ich auch!«

»Sag's du zuerst!«

»Nein, du!«

Michael lachte und gab nach. »Also, ich hab' eine Idee für Silvester! Wir könnten eine kleine Hütte haben für ein paar Tage, über Neujahr, in den Bergen. Ich war früher gelegentlich mit dem Roman droben, sie gehört seinen Eltern. Dort könnten wir, vielleicht mit dem Roman und der Sandra, wenn sie Lust dazu haben, zwei bis drei Tage verbringen. Was meinst?« Er sah sie erwartungsvoll an.

»Das ist ja irre!«, jubelte sie und fiel ihm um den Hals. »Endlich mal richtig zusammen zu sein! Ohne Angst vor Entdeckung und ohne sich danach wieder trennen zu müssen! Ich kann es kaum glauben!«

»Es ist eine ganz einfache Hütte. Strom gibt's schon dort, aber das Wasser muss man vom Brunnen draußen holen und es gibt auch nur ein Plumpsklo außerhalb der Hütte. Ich weiß nicht, ob dir das nicht zu einfach ist, du bist ja doch recht verwöhnt, glaub' ich.«

»Ich und verwöhnt«, protestierte Nicole und fügte dann hinzu: »Ja, da hast du vielleicht schon Recht. Auf so einer Hütte war ich jedenfalls noch nie! So was habe ich bisher, wenn überhaupt, nur in Heimatfilmen gesehen. Aber ich finde es super! So romantisch!«

Michael lachte kurz auf. »Na, die Romantik wird dir schnell vergehen, wenn du deinen Rucksack zur Hütte schleppst, man kann nämlich ned mit dem Auto hinfahren. Die letzten zwanzig Minuten muss man zu Fuß aufsteigen. Aber wenn man oben ist und den Ofen in der Küche eingeheizt hat, dann ist es einmalig schön. Ein toller Blick ins Tal, nachts sieht man drunten die Lichter funkeln oder aber die Sterne droben am Himmel.«

»Oh, Michi, das klingt ja wunderschön. Nur wir zwei, ganz alleine!«

»Na, ich weiß noch nicht, ob der Roman und die Sandra mitkommen. Aber das wär' vielleicht auch ganz nett, oder? Es sind zwei kleine Schlafstuben im ersten Stock. Da müssen wir zwei uns ganz eng aneinander kuscheln, dann wird's uns schon warm werden.«

»Das ist die schönste Weihnachtsüberraschung! Fast noch schöner als der Ring!«

»Und deine Überraschung?«

»Etwas Ähnliches, aber nicht so schön wie deine! Meine Eltern fliegen im Januar nach Gran Canaria, für zwei Wochen! Da können wir uns ganz oft bei uns daheim sehen, so oft wir wollen!«

Michael machte ein bedenkliches Gesicht. »Und das hältst du für eine gute Idee? Bei euch daheim?«

»Klar! Du wirst sehen, das wird schön! Und daheim brauchst du keine Ausrede, du kannst ja spätnachts noch heimgehen, wenn du willst.«

»Danach?« Er grinste wieder.

»Ja, genau, danach! Ach, kommen nicht herrliche Zeiten auf uns zu?«

»Mhm, schon. Dann ist auch ein Großteil des Winters vorbei, irgendwann wird es wieder Sommer werden! Aber eines sag' ich dir jetzt schon, Nicky! Einen dritten Winter mit dieser ewigen Heimlichtuerei und ohne ein eigenes Dach über'm Kopf mach' ich nicht mehr mit. Selbst wenn es vorerst nur eine kleine Wohnung sein wird. Für den Anfang reicht es schon!«

»Es wird alles gut werden, Michi! Das glaube ich ganz bestimmt. Selbst wenn ich zu euch ins Haus ziehen muss«, fügte sie tapfer hinzu. »Aber davor hätte ich, ehrlich gesagt, doch rechten Bammel!«

»Das muss ja nicht sein. Jetzt komm erst einmal her zu mir, näher, noch näher, ganz nah! Ich lass' dich nie mehr weg!«

***

Der erste Weihnachtsfeiertag war gekommen.

»Na, Mäuschen, war es noch schön gestern Abend? Wo hast du dich denn rumgetrieben?«

Die Bellings saßen am weihnachtlich gedeckten Frühstückstisch, die helle Wintersonne strahlte ins Zimmer.

»Ooch«, Nicole zögerte, »ich habe mich mit ein paar Freunden unten im Dorfzentrum getroffen.«

»Im Dorfzentrum?« Günther Belling lachte. »Im Dorfzentrum«, wiederholte er und schüttelte den Kopf. »Und wer war noch da?«

»Ach, nur ein paar von unserer Clique«, sie sagte es so beiläufig wie möglich.

»Und wer ist in eurer Clique?« Dr. Belling setzte seine Kaffeetasse ab und schaute interessiert auf seine Tochter.

»Ach, die kennst du nicht, Paps. Ein paar vom Dorf und so. Manchmal ist auch die Sandra dabei und ihr Freund, der Roman.«

»Ein paar vom Dorf? Na, das ist erstaunlich! Und die Sandra hat einen Freund?«

»Ja, einen Bauernsohn«, Nicole sah ihren Vater aufmerksam an, wie er auf diese Eröffnung reagieren würde. »Sogar einen ziemlich reichen«, fügte sie provozierend hinzu.

»Was, die Sandra liebt einen Bauernsohn?«, er lachte prustend. »Das ist doch nicht möglich!«

»Warum denn nicht? Übrigens – zu deiner Beruhigung – der Roman studiert in München am Konservatorium. Er will Musiker oder sogar Dirigent werden.«

»Was?! Ein Bauernsohn als Dirigent? Na, das gibt es doch nicht! Nun, das ist dann doch etwas anderes! Ich dachte schon, die Sandra will Bäuerin werden!«

Er lachte über seine Bemerkung wie über einen guten Witz. Marion Belling saß schweigend dabei und beobachtete ihren Mann und ihre Tochter. Dass sie auch immer aneinander geraten mussten! Schon fing Nicole wieder an, ihren Vater zu reizen.

»Vielleicht ist Bäuerin sein gar nicht so schlecht! Was würdest du denn sagen, Paps, wenn ich mich in einen Bauernsohn verlieben würde?«

Dr. Belling sah seine Tochter für einen Moment überrascht an. »Also, über so einen Quatsch will ich mich gar nicht unterhalten!«

»Aber wenn doch?«, insistierte Nicole.

»Dann würde ich dich ordentlich übers Knie legen und dir die Flausen austreiben!« Dr. Belling wandte sich wieder seinem Frühstück zu, selbst Marion Belling musste bei der Vorstellung, dass ihre Tochter in einen Bauern verliebt wäre, lächeln.

Sie nehmen mich nicht ernst, dachte Nicole wütend. Aber ihr werdet schon noch sehen!

»Lasst uns doch nach dem Frühstück einen schönen Spaziergang machen«, schlug Marion Belling vor. »Oder einen Stadtbummel in Rosenheim!«

»Nee, nee! Das kommt keinesfalls in Frage, zumindest nicht für mich!«, protestierte Dr. Belling. »Kommt doch mit nach Thal hinunter und über Langkofen zurück. Das ist eine schöne Tour und ich könnte mir nochmals die Gegend anschauen, wo die Biogasanlage gebaut werden soll.«

»Nicht schon wieder, Günther! Wie oft denn noch! Da hat sich garantiert nichts verändert, seit wir das letzte Mal dort waren!«

»Vermutlich nicht! Aber vielleicht kommt mir noch eine Idee, wie ich den Bau dort verhindern kann! Ist denn Peter Gössler zu Hause?« Fragend blickte er auf seine Frau.

»Soviel ich weiß schon!«

»Na, dann bitten wir ihn doch mitzukommen! Ruf doch mal kurz an, Marion!«

Doch bevor Marion Belling noch zum Telefon greifen konnte, klingelte es an der Haustür. Es war Peter Gössler. »Ich störe doch nicht, oder?« Er gab Marion Belling die Hand und hielt sie lange fest, sah ihr tief in die Augen »Ein frohes Weihnachtsfest wünsche ich, besonders Ihnen, liebe Marion!«

»Hallo, Peter! Kommen Sie doch rein!« Marion Belling öffnete die Tür und Peter Gössler trat, mit einer großen Tasche beladen, ins Haus.

»Was bringen Sie denn da mit?«

»Nur ein paar kleine Geschenke. Als Dank für die liebevolle Anteilnahme, die sie mir in meinem letzten, schweren Jahr haben zukommen lassen.«

»Aber Peter! Das ist doch nicht nötig, das fällt alles unter Nächstenliebe und Nachbarschaftshilfe. Das ist doch selbstverständlich unter Freunden!«

»Eben, darüber freue ich mich besonders, zu Ihren Freunden gezählt zu werden.«

Dr. Belling kam in die Diele. »Ach, da sind Sie ja schon! Das ging ja schnell!« Peter Gössler sah irritiert von einem zum anderen.

»Mein Mann hatte mich gerade eben erst gebeten, Sie anzurufen!«

»Ja! Ich dachte, Sie können uns auf unserem Spaziergang begleiten, hinunter nach Thal. Dabei könnten wir nochmals über unsere Strategie sprechen, wegen der Bauausschutzsitzung, die im Januar stattfindet. Wir müssen in dieser Angelegenheit gut vorbereitet sein, mit unseren Argumenten und unserer ausgefeilten Taktik. Anschließend fliegen meine Frau und ich nach Gran Canaria und da übergebe ich Ihnen solange die Angelegenheit. Wenn denn etwas zu tun wäre in dieser Zeit!«, fügte er hinzu.

»Ja, natürlich! Das mache ich gerne!« Er gab Marion Belling die Tragetasche mit den Geschenken.

»Wollen wir nicht vorher die Geschenke auspacken, Günter, die Peter mitgebracht hat?«

»Ach was, das hat Zeit bis später! Sonst ist die Sonne weg!« Er hatte seine Stiefel angezogen und rief nach Nicole.

»Mäuschen, kommst du?«

Nicole kam die Treppe herunter, doch als sie Peter Gössler sah, blieb sie abrupt stehen.

»Ach nee, ich habe doch keine Lust. Ich will lieber noch lernen, denn über Silvester und Neujahr mache ich frei. Da bin ich weg, in den Bergen auf einer Hütte, die dem Vater von Sandras Freund, dem Roman, gehört. Hatte ich euch doch schon gesagt, nicht?«

»Nicht, dass ich wüsste«, Marion Belling wunderte sich mehr und mehr über ihre Tochter. »Nun gut, dann lern mal schön, dann gehen wir eben alleine los!«

Aus den Augenwinkeln sah Nicole noch, wie Peter Gössler ihrer Mutter in den neuen Pelzmantel half, dann fiel die Tür ins Schloss, sie waren weg.

Nicole ließ sich erleichtert in einen Sessel fallen. Wie anstrengend es wieder gewesen war, dieses ganze Lügengebilde aufrecht zu erhalten! Sie griff zum Telefon, wenigstens kurz wollte sie mit Michael sprechen. Doch er meldete sich nicht. Sicher war schon die ganze Familie Rechenauer zum traditionellen Weihnachtsessen versammelt und vermutlich würde sie, Nicole, im nächsten Jahr auch dabei sein. Ein eigenartiger Gedanke! Noch konnte sie sich das nicht vorstellen.

Kapitel 5

»Hast du schon gepackt, Michael?«

Zur vereinbarten Zeit rief Nicole Michael auf dem Handy an. Er war gerade dabei, die letzten warmen Sachen in seinen Rucksack zu packen.

»Ja, ich bin fast fertig. Die Mama hat mir eine große Kiste mit Fressalien gepackt. Ich weiß noch gar nicht, wie wir des alles auf die Hütte bringen sollen. Wir werden es in die Rucksäcke umpacken und zwei Mal gehen, das wird schon klappen. Im Notfall hilft mir der Roman übermorgen, den Rest hinaufzubringen. Bist du denn fertig mit packen?«

»Ja, ich hoffe ich habe das Richtige dabei.«

»Also, ein Abendkleid brauchst nicht da droben«, lachte Michael, »nur bequeme und warme Sachen. Ganz wenig und ganz einfach halt! Du, ich freu' mich wahnsinnig auf die Tage und ich hoff', dass es dir auch gefällt, das einfache Leben dort droben!«

»Ganz sicher gefällt's mir, Michael. Schon alleine mit dir zusammen zu sein! Ich kann es noch gar nicht glauben, unser erster gemeinsamer Urlaub!«

»Also, dann treffen wir uns morgen um zehn Uhr auf dem Parkplatz vom Supermarkt in Bad Aibling. Da kannst du dein Auto stehen lassen. Meiner hat Vierradantrieb, da fährt sich's besser da droben. Es soll sogar geschneit haben, Gott sei Dank nicht zu viel.«

»Ja, dann bis morgen.« Zärtliche Küsse flogen hin und her.

»Bis morgen und schlaf gut! Morgen schlafen wir schon zusammen. Die ganze Nacht beieinander, bis zum Aufwachen! Ich kann's noch gar nicht glauben!«

***

Sie hatten die österreichische Grenze passiert und näherten sich Schwaz in Tirol.

»So, hier müssen wir runter von der Autobahn, jetzt geht's hinauf auf den Berg.«

»Ach, Michael, ich bin total aufgeregt.«

Michael schmunzelte. »Ich auch! Vor allem, weil ich nicht weiß, ob es dir auch gefällt. Es ist schon recht einfach da droben. Aber bisher hat es noch allen gefallen.«

»Mir gefällt es ganz sicher! Wann kommen denn Roman und Sandra?«

»Sie wollen morgen Abend kommen, da haben wir noch einen ganzen Tag für uns allein! Aber ich freu mich schon auch auf den Roman, wir waren früher so oft zusammen, haben alles Mögliche miteinander unternommen. Er ist fast wie ein Bruder für mich und seine Eltern, die mag ich auch sehr gern.«

»Mhm«

»Du wirst sie sicher bald einmal kennenlernen. Ich war ein ganzes Jahr bei ihnen auf dem Gut, zum Praktikum. Das war eine schöne Zeit für mich. Die Senckenbergs sind feine Leute, richtige Gutsherren, so wie man sich das vorstellt und die Frau Senckenberg war sogar einmal eine Baroness oder so etwas Ähnliches. Aber beide sind ganz leger, überhaupt nicht eingebildet. Sie haben ganz auf Feldwirtschaft umgestellt, haben nur noch Reitpferde auf dem Hof. Alle sind begeisterte Reiter, auch der Roman.«

»Reitest du auch?« Nicole sah ihn interessiert an.

»Bei den Senckenbergs habe ich es gelernt. Wenn du willst, können wir uns auch mal Pferde zulegen. Kannst du denn reiten?«

»Ich hab mal Reitunterricht gehabt, wie halt fast alle Mädchen. Aber ehrlich gesagt, so ganz konnte ich mich mit diesen großen Tieren nicht anfreunden. Aber die Sandi, die reitet.«

»Na, dann passt es ja! Ich finde das gut, dass der Roman die Sandra an Weihnachten seinen Eltern vorgestellt hat.«

Nicole nickte nur, sie wusste, das war ein ewiger Diskussionspunkt zwischen ihr und Michael.

»Das ist auch einfacher!«, verteidigte sie sich. »Der Roman übernimmt ja auch mal nicht das Gut und beide bleiben in der Stadt leben.«

Michael schwieg eine Weile gedankenvoll. »Das ist ein echtes Problem für die Senckenbergs und für den Roman auch!«

»Wieso für den Roman auch? Der kann doch tun was er will!«

»Na, ja, so ganz ist es auch wieder nicht. Weißt du denn, dass die Senckenbergs den Roman adoptiert haben?«

Nicole sah Michael überrascht an. »Nein! Das weiß ich nicht!«

»Eben! Die Senckenbergs haben keine Kinder bekommen, des war natürlich eine Tragödie! Und da haben sie ein Kind adoptiert, den Roman eben!«

»Adoptiert?«

»Ja, genau! Da hat er wirklich Glück gehabt, der Roman! Seine Eltern behandeln ihn wie ein eigenes Kind, haben natürlich immer gedacht, dass er einmal das Gut übernehmen wird. Aber der Roman hat ganz andere Sachen im Kopf. Schon ganz früh hat man gemerkt, wie musikalisch er ist. Erst waren die Senckenbergs stolz darauf, wie alle Eltern halt, aber als der Roman dann gesagt hat, dass er Musik studieren will am Konservatorium, da war es mit der Freude erst mal aus.«

»Oh, je! Das kann ich irgendwie auch verstehen. Bei mir ist es ja ähnlich. Mein Vater will auch, dass ich Wirtschaftswissenschaften studiere und dann ins Management gehe. Aber dazu habe ich keine Lust.«

»Manchmal entwickeln sich die Kinder halt anders, als es sich die Eltern so vorstellen. Das mit dem Roman, das war gerade in dem Jahr, in dem ich bei den Senckenbergs war! Da habe ich das alles hautnah mitgekriegt. Auch ich hab auf ihn eingeredet, er soll doch Agrarwissenschaft studieren oder so etwas. Aber er ist wie besessen von der Musik!« Michael zuckte ratlos mit den Schultern. »Da kann man nichts machen. Das hat er wohl in den Genen, hat die Frau Senckenberg mal gesagt. Wie auch immer, die Senckenbergs haben letztendlich zugestimmt, dass er ans Konservatorium geht.«

»Das finde ich aber unglaublich großzügig, wie sie reagieren.«

»Was sollen sie tun? Sie wollen den Roman ja nicht verlieren. Vielleicht hoffen Sie, dass er doch nicht den Erfolg haben wird, den er sich wünscht und dann zu seinen Wurzeln zurückkehrt.

»Aber eigentlich sind das ja nicht seine Wurzeln. Wo kommt der Roman denn eigentlich her?«

»Man spricht nicht darüber, aber ich weiß vom Roman, dass er aus einem Kinderheim stammt. Roman hieß er schon und die Senckenbergs behielten den Namen für ihn. Er weist ja auf den Osten hin, vielleicht Ungarn, Rumänien. Das würde auch sein dunkles, südländisches Aussehen erklären. Aber das geht uns nichts an!«, schloss Michael seine Erzählung.

Sie fuhren nun steil bergauf in Richtung Weerberg, kamen durch mehrere kleine Dörfer, dann bogen sie auf eine schmale, sehr steile Serpentinenstrasse ab.

»Huch, hier geht's aber abenteuerlich hinauf!«

»Ja! Gut, dass noch nicht allzu viel Schnee liegt, ich bin ganz überrascht, aber froh d'rüber. Wir müssen die Rucksäcke hinauftragen, da ist es gut, dass es nicht so tief verschneit ist. Ich war mal mit dem Roman droben, da sind wir die letzten hundert bis zweihundert Meter vor der Hütte bis zu den Hüften im Schnee versunken. Des ist anstrengend, des kann ich dir sagen! Wir waren beide total erschöpft, als wir oben waren.«

Nicole drückte sich fast die Nase an der Windschutzscheibe platt. Ganz wohl war ihr nicht bei der Fahrt, aber Michael hatte den Wagen gut im Griff. »Bald sind wir an der Fürstatt. Das ist das letzte Haus hier oben, ein Berggasthof. Aber jetzt, im Winter, kommt kaum jemand rauf.«

Sie bogen um eine letzte Kurve und da lag die Fürstatt vor ihnen: ein uraltes, vom Wetter gegerbtes Holzhaus, daneben ein Parkplatz.

Sie stiegen aus und Nicole sah sich um. Es war trüb und neblig, nieselte leicht, kaum ein Berggipfel war zu erkennen, nicht gerade einladend.

Michael lud die Rucksäcke aus dem Kofferraum. »Jetzt musst deine Bergstiefel anziehen. Mein Gott, du hast ja die allerfeinsten und neuesten Sachen dabei.« Bewundernd sah er auf die nagelneuen Lowa-Stiefel und den himalayatauglichen Rucksack.

»Klar! Habe ich mir alles gewünscht, von Paps! Er ist ganz begeistert, dass ich mich plötzlich für die Berge interessiere. Er hat mir erzählt, dass er früher auch gerne in die Berge gegangen ist, sogar Klettertouren gemacht hat«.

»Dein Vater?« Michael war überrascht. »Des kann ich mir gar nicht vorstellen!«

»Doch, während seiner Studienzeit in München, mit seinem Freund Hermann! Aber später hatte er keine Zeit mehr dazu, er ist ein Workaholic.«

»Ein was?!«

»Arbeitssüchtig! Zumindest finde ich das! Aber Paps meint, wenn man eine Anstellung hat wie er, da kann man nicht nur so halb und halb machen. Und dann die vielen Reisen! Na ja, jeder wie er mag!«

Sie hatten inzwischen die Stiefel angezogen und Michael packte noch einige Lebensmittel in Nicoles Rucksack. Dann hievte er ihn auf Nicoles Rücken.

»Mei, schaut das nett aus! Ein wandelnder Rucksack, unten schauen gerade noch deine Füße raus.« Er wollte sich schier ausschütten vor Lachen.

»Du bist gemein, Michi!«, protestierte Nicole und zog einen Schmollmund. »Du, der Rucksack ist verdammt schwer!« Sie machte einige vorsichtige Schritte. »Hoffentlich schaffe ich das!«

»Ja, des schaffst du schon! Das Leben in den Bergen ist eben hart!«

Auch er hatte seinen Rucksack geschultert und gab Nicole zwei Wanderstöcke. »Da, das macht's Gehen etwas leichter. Auf geht's!« Michael machte sich auf den Weg, einer schmalen Fahrrinne entlang. »Hier geht's noch ganz bequem, erst später kommt ein schwierigeres Stück durch den Wald.«

Er stapfte voraus und Nicole versuchte, mit ihm Schritt zu halten. »Du, Michael, wenn wir oben sind, dann mache ich uns gleich eine Suppe.«

»Mhm«, brummte er. »Erst werden wir mal einheizen, es dauert eine Zeit, bis es warm wird. Ich geh' derweilen nochmals runter zum Auto und hole noch andere Sachen.«

»Da gehe ich mit«, rief Nicole unternehmungslustig.

Er sah sie von der Seite aus liebevoll an. »Schau'n mer mal! Aber jetzt red' nicht so viel, sonst bleibt dir die Luft weg beim Gehen!«

Sie stapften dahin, Nicole in Michaels Fußstapfen. Nach ungefähr fünfzehn Minuten kamen sie an den besagten Wald. Nun ging es steiler hinauf, auf einem von Wurzeln durchwachsenem Pfad, glitschig und glatt. Ein schmaler Bach kreuzte ihren Weg, ohne Brücke, sie mussten ihn, auf Steinen balancierend, überwinden. Michael ging zuerst hinüber, sprang mit sicheren Schritten über die Steine, dann reichte er Nicole die Hand. »Am besten steigst erst auf diesen Stein, halt dich gut an meiner Hand fest, und jetzt dort hin und jetzt da. Schau, schon bist du herüben!« Mit einem kräftigen Ruck zog er sie an das andere Bachufer.

Nicole war still geworden, konzentrierte sich auf die, für sie anstrengende, Wanderung. Der schwere Rucksack zog die kleine, zierliche Person fast zu Boden.

»So, jetzt noch zehn Minuten bergauf, dann kommen wir schon zur Wiese.« Michael bewunderte im Stillen seine Freundin, wie tapfer sie die ungewohnte Anstrengung auf sich nahm.

Endlich kamen sie an den Waldrand. Vor ihnen lag eine große Almwiese, von Schnee überzuckert. Plötzlich, als wollte sie die beiden Wanderer begrüßen, zeigte sich die Sonne durch die Wolken und überstrahlte alles mit ihrem Schein. Nun konnte man endlich die umragenden Berggipfel sehen und weit hinunter ins Inntal schauen, über dem heute jedoch dichter Nebel lag, wie ein dickes Wattepolster.

»Ist das schön, Michael!« Nicole sah mit leuchtenden Augen um sich. Michael stand ruhig da, hob das Gesicht der Wärme der Sonne entgegen und genoss den Anblick, der sich ihnen bot.

»Komm, Nicole, wir müssen weiter, sonst fängst du an zu frieren nach der Schwitzerei. Noch ein kleines Stück um die Biegung, ab da wird es leichter, ist nicht mehr so steil und glatt. Dann kannst du schon die Hütte sehen.« Sie stapften weiter durch den leichten Schnee, die Sonne wärmte ihre Gesichter.

»Schau, da oben!« Michael blieb stehen und zeigte nach vorne.

Da stand sie, die Hütte, ihr Ziel! Ein kleines Haus mit einem, aus groben Steinen gemauerten Erdgeschoss und darauf eine Hütte aus verwittertem Holz. Die Fensterläden waren geschlossen, einsam und verlassen lag sie da, von Weidezäunen umgeben, im Hintergrund dunkle Tannen, wie aus einem Alpenbilderbuch!

Michael drehte sich zu Nicole um. »Im Sommer sind hier oben die Kühe der Almbauern. Weiter hinten ist ein alter Stall für die Tiere, als Unterstand. Aber jetzt sind sie natürlich alle abgetrieben auf die einzelnen Höfe. Erst im Sommer werden sie wieder herauf geführt. Und? Gefällt's dir?« Er sah sie unsicher an.

Nicole war im Moment noch zu erschöpft, um eine Antwort zu geben, nickte nur stumm.

»Bald haben wir's geschafft, mein tapferer Spatz!«

Nach weiteren zehn Minuten hatten sie die Hütte erreicht. Michael ließ seinen schweren Rucksack auf die Bank vor der Hütte fallen, nahm auch Nicole ihren Rucksack ab. Dann fingerte er in seiner Jackentasche nach dem Schlüssel und sperrte die Haustür auf.

»Komm rein, in unser Heim für die nächsten Tage.« Er ließ Nicole den Vortritt.

Da war eine kleine Diele, mit zwei Türen und einer sehr steilen, schmalen Stiege in den ersten Stock.

»Hier rechts ist die Stube!« Michael öffnete eine der Türen und Nicole betrat einen kleinen, dunklen Raum mit einem großen, recht altmodischen Herd, einer Eckbank mit Tisch und Stühlen und einer Anrichte. Das war alles.

»Hier, schau«, Michael hatte inzwischen auf den Lichtschalter gedrückt, mildes Licht erhellte die Stube, »da ist sogar ein Kühlschrank hinter der Tür, ein Zugeständnis an das moderne Leben, obwohl man jetzt, im

Winter, keinen Kühlschrank braucht. Doch immerhin haben wir elektrischen Strom hier, das ist doch schon etwas.« Er deutete auf die Lampe, die über dem Tisch hing und auf eine zweite Wandlampe über dem Herd.

In dem Raum war es wirklich eiskalt. Nicole fand es nicht besonders ansprechend hier und schaute etwas ratlos umher.

»Keine Angst, bald wird es warm. Das Wichtigste ist, erst einmal Feuer zu machen.« Michael machte sich gleich daran, im Herd ein Feuer zu entzünden, mit Holz, das in dem Kasten unter dem Ofen lag. »Es dauert noch etwas bis es warm wird, dann wird es dir gleich besser gefallen. Komm, jetzt zeig' ich dir die anderen Zimmer.«

Im Erdgeschoss, hinter der zweiten Tür, war ein kleines Schlafzimmer mit einer Liege. »Das Zimmer verwenden wir als Vorratsraum. Hier, schau, dahinein legen wir einen Teil der Vorräte.« Er zeigte auf Körbe, die von der Decke hingen.

»Was soll denn das für eine Vorrichtung sein?!«

»Hier legen wir die Sachen rein, die die Mäuse gerne anknabbern.«

»Igitt! Sag bloß nicht, dass es hier Mäuse gibt!«, rief Nicole entsetzt aus.

»Nicht immer, aber es kann schon mal vorkommen. Jetzt komm mit nach oben zu den Schlafzimmern.« Er ging die steile Treppe hinauf zu einem kleinen Vorplatz, von dem wiederum zwei Türen abgingen. »Hier, das ist das eine Schlafzimmer«, Nicole lugte in einen kleinen Raum mit Stockbetten und einem Schrank, »und hier ist das größere Schlafzimmer.« In diesem Raum stand ein altes Doppelbett, mit riesigen, bauschigen Federbetten, dazu ein Schrank und ein Stuhl, das war alles.

»Bist enttäuscht?« Michael sah sie fast ängstlich an.

»Na ja, einfach ist es schon. Aber das macht nichts«, fügte sie tapfer lächelnd hinzu.

»Du bist müd', wart' nur, bis es unten warm ist und wir Brotzeit machen, dann geht's dir gleich besser.«

Sie standen wieder unten in der Stube, ganz allmählich breitete sich etwas Wärme aus.

»Ich hol' die Rucksäcke rein, dann kannst du deinen schon mal auspacken. Ich leere meinen Rucksack auch, dann geh ich nochmals runter zum Auto und hole mehr Proviant herauf. Du bleibst solange hier und kannst schon mal die Betten beziehen. Das größere Schlafzimmer ist für uns, Bettwäsche liegt oben im Schrank.«

Nicole war fast den Tränen nahe, so hatte sie sich das nicht vorgestellt! »Ich soll ganz alleine hier bleiben?«, fragte sie mit zittriger Stimme.

»Hier oben brauchst du keine Angst haben, hierher kommt kein Mensch. Jetzt zeig ich dir noch das Plumpsklo, falls du musst und dann geh' ich los.«

Oh je, das auch noch, dachte Nicole bei sich, aber Michael nahm sie schon bei der Hand, führte sie aus der Hütte, einige schneebedeckte steinerne Gartenstufen hinauf zu einem Schuppen unter den Tannen. Er öffnete eine Tür und Nicole sah zum ersten Mal in ihrem Leben ein Plumpsklo. Eine hölzerne, geschlossene Bank mit einem ebenso hölzernen Deckel drauf, daneben eine Toilettenpapierrolle. »Hier, Madame, das Klo!«

Michael hob den Deckel hoch und Nicole sah hinunter in ein Loch mit Fäkalien und Papier.

Sie musste sich spontan die Nase zu halten. »Igitt! Das stinkt!«

Michael grinste. »Klar riecht des etwas, aber es ist ganz hygienisch, darfst bloß nicht runterfallen.«

Nicole sah angewidert in das Loch. »Spülung gibt's hier keine, oder?«

Michael lachte. »Nein, Spülung gibt's keine, drum heißt's ja Plumpsklo!«

»Und wenn ich mal nachts muss?«

»Dann, meine kleine Prinzessin, müssen Sie aus dem warmen Bett steigen, in Ihre warmen Stiefel schlüpfen, den Anorak anziehen und hier raus gehen, um Ihre Notdurft zu verrichten«.

Nicole schwieg und Michael sah sie grübelnd an. Verdammt, es schien Nicole hier nicht zu gefallen.

»Also, ich geh' los und du machst derweilen die Betten. Ich bin bald wieder da und dann machen wir es uns so richtig gemütlich, ja?« Er sah sie aufmunternd an.

»Wie soll ich denn die Räume oben heizen?«

Michael sah sie an. »Die kann man nicht heizen!«

»Was?! Die kann man nicht heizen?! Wie soll man dann dort oben schlafen, in der Eiseskälte?«

»Indem man sich ganz eng zusammenkuschelt. Kameradenheizung nennt man das! Aber eine Wärmflasche kann ich dir vorher noch ins Bett legen, damit es nicht gar zu kalt ist für dich!«, sagte er, packte seinen inzwischen geleerten Rucksack und verließ die Hütte. »Servus, ich bin bald wieder da!«

Nicole sah sich in der kleinen Stube um. Die Sonne draußen war bereits am Untergehen und sie würde ganz alleine hier sein!

Sie stellte sich an den Ofen und wärmte die Hände über der Ofenplatte. Sie fühlte sich gänzlich verlassen und fand alles grässlich! Am schlimmsten war das Plumpsklo!

Endlich kam Michael zurück. Es polterte draußen, als er seine schweren Stiefel auszog, um keinen Schmutz in die Hütte zu tragen. Sein Gesicht war gerötet vor Kälte, seine Augen strahlten. Er stellte den schweren Rucksack in die Küche und fing an auszupacken.

»Na, wie war's, mein Schatz?« Er grinste. »Hast du unser Bett schon gemacht?«

»Hab' ich. Fast wären mir dabei die Finger abgestorben vor Kälte«, maulte sie. »Und unsere Klamotten habe ich auch aufgeräumt im Schrank.«

»Na, super! Und warm ist es auch schon. Hast du denn schon Wasser vom Brunnen reingeholt?«

»Nein, hattest du mir nicht gesagt!«

»Okay, okay! Dann mach' ich das schnell.« Er nahm zwei Eimer, die neben dem Herd standen und ging hinaus zum Brunnen, der vor der Hütte plätscherte.

»Schau, hier in dem Wassergrandl sollte immer Wasser sein«, er zeigte auf ein Wasserbehältnis, das seitlich am Herd angebracht war. »Da bleibt es schön warm, zum Beispiel zum Waschen, hier, mit der Waschschüssel«. Er zeigte auf eine Emailschüssel, die auf der Anrichte stand. »Wenn du dich nicht lieber draußen am Brunnen waschen willst!«

»Waah«, schüttelte sich Nicole. »Und Roman und Sandra, waschen die sich alle hier drin, in diesem Raum?«

Michael lachte. »Der Roman sicher nicht, bei der Sandra weiß ich es nicht. Ich wasch' mich jedenfalls immer draußen, Katzenwäsche halt! Des macht einen schön munter am Morgen! Aber jetzt lass uns erst mal was essen! Meine Mama hat Schinken und Käse eingepackt und selbstgebackenes Brot. Und eine Flasche Rotwein habe ich auch mit heraufgebracht. Aber erst mach' ich mal Tee für uns, mit einem Schuss Rum, dann wird dir schön warm.«

Geschäftig machte er sich am Herd und am Tisch zu schaffen, legte Holzbrettchen und Besteck auf und goss Tee in einer riesigen, geblümten Teekanne auf.

»So, Madame, bitte Platz zu nehmen.«

Nicole schlürfte den heißen Tee mit Rum, spürte wie er warm ihre Kehle hinunterfloss. Michael schnitt derweilen dicke Scheiben von Brot, Schinken und Käse ab. Erst jetzt merkte Nicole, wie hungrig sie war und stürzte sich förmlich auf die Mahlzeit.

»Fernseher gibt's hier keinen?«, fragte sie kauend.

»Nein, einen Fernseher gibt's nicht, aber ein altes Radio. Das geht noch!«

»Mhm! Und was macht man dann hier?«

Er sah sie verwundert an. »Das wirst dann schon noch sehen, was wir hier machen«, meinte er anzüglich und Nicole wurde fast ein bisschen rot.

Inzwischen war es in der Stube bullig warm geworden, der heiße Tee und das Essen taten ihr Übriges, sodass Nicole bald mit roten Backen am Tisch saß.

»Jetzt geht's mir schon besser«, meinte sie mit zufriedenem Lächeln und lehnte sich an der Sitzbank zurück. »Ich glaube fast, es kann mir hier doch gefallen!«

Michael atmete erleichtert auf. Gott sei Dank! Doch Gedanken machte er sich schon darüber, wie unterschiedlich sie offensichtlich in ihren Anschauungen und in ihrer Herkunft waren. Aber als sie endlich im warmen Bett lagen und Nicole sich an ihn schmiegte, waren wieder alle Zweifel vorbei.

»Am liebsten wäre mir, wir würden hier ganz alleine zu zweit bleiben«, flüsterte sie schlaftrunken, nachdem sie sich geliebt hatten.

»Du wirst sehen, es wird schön werden mit Freunden hier oben und morgen haben wir noch den ganzen Tag für uns«, beruhigte er sie, bevor sie beide selig und zufrieden einschliefen.

Roman und Sandra waren angekommen, schwer bepackt mit Rucksäcken, wie am Tag vorher Michael und Nicole.

Gleich nach ihrer Ankunft gingen Michael und Roman wieder zurück zur Fürstatt um die restlichen Sachen der Beiden zu holen.

»Na, wie gefällt's dir hier, Nicky?« Sandra sah ihre Freundin erwartungsvoll an.

»Jetzt geht es. Aber gestern, als wir hier ankamen, da war ich, ehrlich gesagt, richtig entsetzt. Ich fürchte, Michael war sehr enttäuscht!« Sie sah ein wenig bekümmert aus.

»Ach was! Das ging mir genauso, als ich das erste Mal mit Roman hier war, aber inzwischen bin ich ein richtiger Fan der Hütte geworden. Es hat so etwas Archaisches, man erkennt, wie wenig man eigentlich zum Leben braucht! Zumindest für einige Zeit!«, fügte sie vorsichtshalber noch hinzu. »Ich bin sicher, dir werden die Tage auch gut gefallen.«

Und so war es! Nach und nach begeisterte sich Nicole für das Hüttenleben, die herrliche Aussicht, die Ruhe, das gemeinsame Kochen am Herd und das nachfolgende Spülen des Geschirrs, das meist die Männer übernahmen.

Abends saßen sie zusammen in der engen Stube an dem bullernden Herd, spielten, erzählten und diskutierten. Natürlich kam auch das Problem »Biogas« zur Sprache, das hier so weit weg und so einfach zu lösen schien.

Am späten Abend machte Roman Musik auf der Gitarre, die oben in einem der Schlafzimmer lag.

Noch nie hatte Nicole solch herrliches Gitarrenspiel gehört. Das war nicht die übliche Akkordbegleitung zu Liedern, wie sie gedacht hatte, sondern er spielte alles: Volkslieder, Jazz, Blues, sogar Klassik. Es war ein Genuss ihm zuzuhören, sie konnte gar nicht genug bekommen.

»Es ist unfassbar schön, wie du spielst, Roman«, meinte Nicole bewundernd und Michael fügte hinzu: »Nicht nur Gitarre, er spielt auch fantastisch Violine und Klavier.«

Roman stellte vorsichtig die Gitarre zur Seite. Fast melancholisch meinte er: »Versteht ihr jetzt, dass ich kein Bauer werden kann? Nichts gegen Bauern«, fügte er zu Michael gewandt fast entschuldigend hinzu. »Vor diesem Berufsstand habe ich die größte Hochachtung, vor allem wenn ich an meine Eltern denke, die mir eine wunderbare Kindheit und Jugend geschenkt haben.

Und jetzt erlauben sie mir sogar noch, am Konservatorium Musik zu studieren.« Fast traurig sah er vor sich hin. »Ich weiß, was für ein großer Liebesbeweis das ist, aber auch, was für eine Enttäuschung.«

Alle waren nach diesem Bekenntnis still geworden, bis Michael endlich das Schweigen brach. »Du hast halt die Musik im Blut, Roman, und irgendwo wirst du es herhaben. So wie ich das Bauernsein im Blut hab'. Wollen wir hoffen, dass ich's bleiben kann.«

»Aber sicher kannst du das!« Nicole griff nach seiner Hand und drückte sie. »Ganz sicher!«

»Meinst du?«, er sah sie zweifelnd an. »Schau'n wir mal, was das nächste Jahr bringt.«

Der letzte Tag des Jahres war angebrochen, ihr letzter Abend auf der Hütte. Morgen, an Neujahr, würde es wieder nach Hause gehen.

Roman und Sandra hatten die Zutaten für ein Käsefondue mitgebracht und sie saßen im Schein der Lampe um den Tisch und tauchten die Brotwürfel in die würzige Käsesoße; anschließend braute Michael eine Feuerzangenbowle.

Mitternacht nahte.

»Haben wir denn ein paar Raketen dabei«, fragte Nicole.

»Raketen? Nein, Raketen brauchen wir nicht! Das wirst du gleich sehen.« Michael war aufgestanden und ins nebenliegende Zimmer gegangen. »Schaut, was ich mitgebracht habe!« Er hielt Wachsfackeln in der Hand. »Komm, Roman, wir zünden die Fackeln draußen an, das gibt ein schönes, feierliches Licht.«

»Wir kommen auch mit!«

Alle Vier stürmten, warm angezogen, vor das Haus. Es war ein sternklarer Himmel und je länger man hinaufsah, umso mehr Sterne blinkten herab. Von unten strahlten die vielen Lichter der Orte im Tal herauf und man konnte bereits die ersten, verfrühten Raketen aufsteigen sehen.

Michael sah auf die Uhr. »Gleich ist's soweit.« Sie standen still, erwartungsvoll, die warmen Krüge mit der Feuerzangenbowle in der Hand. Michael und Roman entzündeten die Fackeln.

Dann – endlich – tönte von irgendwo unten eine Kirchturmuhr herauf. Zwölf Schläge! Das neue Jahr hatte begonnen. Vom Tal herauf hörte man gedämpft das Knallen und Krachen der Raketen und Böller, ein Feuerwerk und Farbenrausch brach aus.

Sie waren in einer feierlichen, gehobenen Stimmung.

»Alles Gute für das neue Jahr!«

Michael drückte Nicole an sich und sie küsste ihn innig. So vieles erwarteten sie sich von dem Jahr, das gerade erst seine ersten Atemzüge getan hatte.

»Alles wird gut werden, Michael. Wir schaffen es gemeinsam! Ich liebe dich!«

»Ich liebe dich auch, über alles! Ich möchte nie mehr ohne dich sein!«

Die Tage auf der Hütte hatten die vier jungen Menschen einander nahe gebracht und als sie sich am nächsten Tag voneinander verabschiedeten, wussten sie, dass diese wenigen Tage ihre Freundschaft neu begründet und besiegelt hatten.

Auch zwischen Nicole und Michael hatte sich etwas verändert. Zum ersten Mal hatten sie Zeit füreinander gehabt, waren nicht nur für wenige Stunden heimlich zusammen gewesen. Diese Tage hatten das Band zwischen ihnen gefestigt und, wenn bis dahin gelegentlich Zweifel gewesen waren, so waren sie sich jetzt bewusst, dass sie zusammengehörten und zusammenbleiben wollten. Für immer! Komme, was da wolle!

Kapitel 6

»Du, Michi, heute früh hat mich der Bürgermeister Hutterer angerufen.« Die Familie Rechenauer saß an einem der nächsten Tage zusammen beim Abendessen. »Da hat sich einer vom Hügel droben, den Namen hab' ich vergessen, bei ihm wegen unserem Bauantrag erkundigt. Der Bürgermeister hat g'sagt, dass sich der recht aufgeregt hat.«

Michael sah von seinem Teller auf. »Und warum?«

»Genau weiß ich es ned, aber er will auf jeden Fall mit einer Abordnung vom Hügel droben zur Bauausschusssitzung kommen. Mit einer Abordnung, hat er g'sagt.« Jetzt musste der Rechenauer doch schmunzeln.

»Mhm, dann soll er halt kommen mit seiner Abordnung. Die Gemeinde wird das sowieso nicht genehmigen, die leiten es ja nur weiter an das Landratsamt mit einer Empfehlung und von dort geht es erst noch an jede Menge anderer Stellen. Aber ich glaub', da gibt es keine großen Probleme, der Herr Feicht vom Ministerium hat da gut vorgearbeitet.«

»Der da beim Bürgermeister angerufen hat, ja genau, jetzt fällt's mir wieder ein, Belling heißt er, hat sich darüber aufgeregt, weil wir nicht vorher die Einwohner im Dorf gefragt haben, ob wir das bauen dürfen.« Er lachte meckernd. »Jetzt wird's ja hinten höher wie vorn! Muss man jetzt jeden fragen, wenn man was bauen will?«

»Reg dich ned auf, Vater! Warten wir die Bauausschusssitzung ab, dann werden wir's schon sehen.«

»Also, Spinner gibt's!« Der alte Rechenauer schüttelte verständnislos den Kopf.

»Belling? Belling!«, schaltete sich jetzt die Mutter ein. »Da war doch an einem Sonntag so ein junges Madl da, am Nachmittag, und hat was aus dem Hofladen geholt. Hat die ned g'sagt, dass sie Belling heißt, Franz?«

»Keine Ahnung! Da hab' ich ned aufpasst.«

»Doch, doch, und sie hat g'sagt, dass sie dich kennt, Michael! Dass ihr sogar manchmal miteinander nach Rosenheim zum Tanzen geht. Des hab' ich gar ned g'wusst! Kennst du die?«

Michael war es höchst ungemütlich zumute. »Ja, ja, die kenn' ich, so flüchtig«, brummelte er vor sich hin.

»Aha! Was man da alles Neues erfährt«, witzelte die Rechenauerin. »Die Mutter von dem Madl ist auch eine nette Frau, die kauft oft im Laden ein und dann unterhalten wir uns ein bisserl. Na ja, dann wird ›er‹ auch nicht recht zuwider sein. Und schließlich hat ein jeder das Recht, dass er sich informiert, oder?«

»Freilich, und nächste Woche, nach der Sitzung ist dann der ganze Zirkus vorerst vorbei!« Michael stand auf und trug seinen leeren Teller zur Spüle. »Ich geh' in mein Zimmer zum Lernen.« Er war heilfroh, dass er weiteren Fragen aus dem Wege gehen konnte.

Auch auf dem Hügel wurde über die bevorstehende Sitzung diskutiert.

»Wann fliegst du denn nach Singapur, Günther?«

»Gar nicht! Ich schicke den Peter Gössler hin!«

»Den Peter Gössler? Ja, kann der denn diese Verhandlungen führen? Da geht es doch um einen großen Auftrag, soviel ich weiß!

»Da wird es sich dann zeigen, ob er es kann! Er will ja immerhin ein Stück auf der Karriereleiter nach oben, hat sogar Ambitionen, mal mein Nachfolger zu werden. Jetzt kann er sich beweisen.«

»Oh! Aha! Und warum fliegst du nicht selbst?«

»Weil ausgerechnet da die Sitzung in der Gemeinde wegen der Biogasanlage ist. Du, darüber habe ich einiges erfahren, ich werde dafür sorgen, dass das nicht so einfach über die Bühne geht! Darum werde ich mich persönlich kümmern! Einige Leute von hier oben habe ich bereits informiert, wir werden gemeinsam, sozusagen als Abordnung, zu dieser Sitzung gehen. So einfach kann man sich das nicht machen, uns eine Biogasanlage ungefragt vor die Nase hinzusetzen!« Günther Belling hatte einen roten Kopf vor Erregung bekommen.

»Also, Günther, beruhige dich doch! Was ist denn los mit dieser Anlage?«

»Hier, sieh mal!« Er nahm seinen Aktenkoffer vom Boden auf, öffnete ihn und entnahm ihm einen dicken Packen Papier. »Hier! Alles Recherchen über Biogasanlagen! Das ist höchst brisant! Absolut gefährlich! Und das in unserer unmittelbaren Nähe! Nee, nee, so geht das nicht meine Herren!« Er knallte das Bündel Papier auf den Tisch.

Marion Belling nahm den Packen zur Hand und blätterte ihn flüchtig durch. »Also, davon verstehe ich nichts! Aber ich kann mir kaum vorstellen, dass man zulässt, dass etwas wirklich Gefährliches am Rand des Dorfes gebaut wird.« Sie gab ihrem Mann die Papiere zurück. »Ich habe mich übrigens auch informiert. Diese Art von Anlagen gibt es schon seit geraumer Zeit, sogar in etlichen Dörfern ganz hier in der Nähe und ich hatte bisher noch nie etwas Negatives gehört oder gelesen. Übrigens habe ich mir zusammen mit Nicole zwei solcher Anlagen angesehen«, fügte sie hinzu. »Na ja, besonders schön sind sie nicht, das gebe ich zu, aber ein riesiger Stall ist auch nicht gerade schön anzuschauen. Aber das gehört halt zum Dorf.«

»Eben! Ein Stall gehört zum Dorf, aber doch nicht eine Anlage zum Stromerzeugen! Das kann man machen, wo man will, auch von mir aus zentriert in irgendeinem Gewerbegebiet, aber nicht hier! Übrigens«, er wandte sich seiner Frau zu, »finde ich es ganz interessant, dass sich hier eine Front gegen mich aufbaut!«

»Also, Günther! Jetzt reicht es aber! Wir bilden doch keine Front gegen dich, aber wir haben auch das Recht, uns zu informieren, oder nicht? Du hast es doch sogar von mir gefordert!«

»Ich informiere mich für euch! Und Nicole! Die soll sich mal um ihr Studium kümmern und nicht hier plan- und ziellos in der Gegend rumfahren!«

»Wir sind ganz gezielt herumgefahren, mein Lieber! Und auch du solltest dich mal vor Ort informieren, statt nur aus irgendwelchen Zeitungsberichten. Na ja, bald ist die Sitzung, dann wird man sehen! Außerdem, Günther, möchte ich mich nicht mir dir deswegen streiten«, sie legte den Arm versöhnlich um die Schulter ihres Mannes. »Das wäre es doch wirklich nicht wert.«

»Doch, das ist es wert«, beharrte er starrköpfig. »Es geht hier nicht nur um unser Wohlergehen, auch um das Wohlergehen des ganzen Dorfes. Da hat man Verantwortung, verdammt nochmal!«

»Ist ja gut«, Marion Belling wandte sich ab. Sie kannte ihren Mann nur zu genau und wusste, dass er im Moment keinerlei Argumenten zugänglich war. Kommt Zeit, kommt Rat, dachte sie still bei sich.

***

Einmal im Monat, jeweils an einem Donnerstag, war Bauausschusssitzung der Gemeine Altdorf. Dieses Mal stand, neben diverser anderer Bauvorhaben, die Genehmigung einer Biogasanlage in Altdorf auf der Tagesordnung.

Frau Neumann, die Sachbearbeiterin des Bauamtes, besprach die Tagesordnung mit dem Bürgermeister, der den Vorsitz inne hatte.

»Also, das sind alles ganz gewöhnliche, einfache Bauvorhaben, die wir da am Donnerstag besprechen müssen. Ein Stallanbau, eine Garage, eine Voranfrage für ein Wohnhaus. Nichts Besonderes. Als fünften Tagesordnungspunkt haben wir dann die Biogasanlage in Altdorf und zum Schluss geht's noch um eine weitere Garage in Leonhardsberg. Dann hätten wir's!«

»Mhm!« Bürgermeister Hutterer sah die Tagesordnungspunkte kurz durch. »Übrigens, da hat mich neulich jemand aus Altdorf angerufen. Er möchte, dass die Biogasanlage zuerst auf die Tagesordnung kommt. Er kommt mit einer Abordnung und da hätte das wohl Vorrang!«

Frau Neumann schüttelte den Kopf. »Also, was sich die Leut' oft alles vorstellen. So ist es rausgegangen und so wird's gemacht, Punktum!«

Gegen sieben Uhr trudelten die zuständigen Gemeinderäte zur Bauausschusssitzung ein. Man kannte sich, überwiegend waren es Alteingesessene, nur einige Neubürger waren dabei; man hatte ein gutes Einvernehmen.

Die Sitzung war öffentlich und meist kamen nur wenige Interessierte; große Bauvorhaben von übergeordneter Bedeutung waren in der ländlichen Gemeinde eher selten. Doch heute war im Sitzungszimmer kein Stuhl des Zuhörerraumes mehr frei, einige der Besucher mussten sogar stehen.

Linkerhand saßen die ländlichen Zuhörer, meist sah man es ihnen an der Kleidung an, die eher leger war. Ganz vorne saßen Vater und Sohn Rechenauer, die Mutter war nicht mitgekommen, die Aufregung sei ihr zu groß, hatte sie gemeint. Ihr Mann und Michael waren nervös, als sie sahen, wie viele Leute zu der Sitzung gekommen waren.

Rechterhand saßen, wie in der Opposition, eine Anzahl von Bürgern, die man bei den Sitzungen eher selten antraf, außer es handelte sich um ein eigenes Bauvorhaben, meist der Bau eines Wohnhauses. Auch die erkannte man an ihrem Habitus und an einer gewissen Aufgeregtheit. Dr. Belling hatte eine beträchtliche Schar von Bürgern vom Hügel in Altdorf um sich gesammelt, die sich über das Bauvorhaben »Biogasanlage« informieren wollten.

Endlich eröffnete Bürgermeister Hutterer die Sitzung. Nach der obligatorischen Begrüßung der Gemeinderäte und der Zuschauer griff er zum Blatt 1 der Tagesordnung: »Garagenneubau des Xaver Berger in Söll«, begann er.

»Einen Moment bitte!«, kam eine forsche Stimme aus den Zuhörerreihen. Der Bürgermeister sah irritiert auf. Dr. Belling war aufgestanden: »Mein Name ist Belling, Dr. Belling. Ich erhebe Einspruch! Herr Bürgermeister, ich hatte Sie gebeten, den Antrag der Biogasanlage als Tagesordnungspunkt 1 zu behandeln.«

Der Bürgermeister sah ihn kurz an, dann auf sein Blatt, dann meinte er lakonisch: »Gebeten schon, aber da war die Einladung zur Sitzung schon draußen, und jetzt bleibt's dabei.« Besänftigend fügte er hinzu. »Herr Dr. Belling, es sind nur vier Tagesordnungspunkte vorher, lauter kleinere Bauanträge, das geht schnell!«

Die Altbürger auf der linken Seite grinsten teilweise, teilweise schauten sie mürrisch interessiert zur rechten Seite. Flüssig wurden die verschiedenen Bauanträge behandelt, es gab nur wenige Fragen, jeweils mit voller Zustimmung der Gemeinderäte wurden die einzelnen Vorhaben abgehandelt.

»Jetzt sind wir bei Punkt 5 der Tagesordnung: Bau einer Biogasanlage in Altdorf, Thalerweg, Fl.Nr. 2139/6, Gemarkung Thal.« Er wandte sich erklärend an die Besucher, insbesondere jene auf der rechten Seite. »Ich möchte hinzufügen, meine Herren, dass die Gemeinde diese Anlage nicht genehmigt, die Genehmigungsbehörde ist das Landratsamt. Die Gemeinde stellt bei landwirtschaftlichen Vorhaben lediglich das Einvernehmen her und gibt eine Stellungnahme ab.« Eindringlich erläuterte er weiter: »Wir dürfen sogar das Einvernehmen nicht verweigern, da die Landwirtschaft privilegiert ist, schließlich muss ein Landwirt durch seine Arbeit seine Familie ernähren können.«

»Nun, das müssen andere auch! Soviel ich weiß, werden die Bauern kräftig subventioniert«, tönte es aufgebracht aus den Zuschauern rechterhand.

»Das ist ein anderes Thema, hier geht es nur um den Bau einer Biogasanlage. Natürlich haben Sie das Recht Ihre Bedenken vorzutragen, aber da sind wir nicht die richtige Anlaufstelle. Ich empfehle Ihnen, Ihre Bedenken schriftlich beim Landratsamt einzureichen. Übrigens«, fügte er beschwichtigend hinzu, »es werden noch viele Behörden ihre Stellungnahme abgeben müssen, das wird alles eingehend geprüft und auch wir werden«, er gab Frau Neumann ein Zeichen »in unserer Stellungnahme vermerken, dass Bürger bei uns vorstellig waren und Bedenken gegen den Bau einer solchen Anlage vorgebracht haben. Da wird nicht's gemauschelt, Herr Dr. Belling. Wir kommen zur Abstimmung.« Alle Bauausschussmitglieder hoben die Hand. »Dann ist dem Antrag von Seiten der Gemeinde einstimmig zugestimmt. Wir kommen zum letzten Punkt der Tagesord...« Weiter kam Bürgermeister Hutterer nicht, denn es entstand Tumult im Saal.

»Das lassen wir uns nicht bieten, dass so ein gefährliches Gebäude in unserer unmittelbaren Nachbarschaft gebaut werden soll!« Dr. Belling war aufgesprungen. »Das wird hier so lässig in ein paar Minuten durchgewinkt! Das ist doch unmöglich! Wir möchten dazu gehört werden! Unsere berechtigten Einwände werden hier überhaupt nicht registriert.« Beifällige laute Zustimmung auf der rechten Seite.

»Herr Dr. Belling, das hier ist eine Bauausschusssitzung und keine Bürgerversammlung. Ich empfehle Ihnen nochmals, Ihre Einwände und Bedenken beim zuständigen Landratsamt einzureichen. Wir gehen weiter mit Punkt 6: Neubau einer Garage in Leonhardsberg.«

Auf der linken Seite steckte man die Köpfe zusammen und tuschelte. Die Rechenauers sahen sich an. So weit war es gut gegangen, aber das hatte nichts zu sagen. Genehmigungsbehörde war das Landratsamt und was wäre, wenn die dort drüben, von der anderen Seite, rechte Faxen machen würden?

»Dieser verdammte Belling«, raunte der alte Rechenauer seinem Sohn zu. »Erst aufs Land zieh'n und dann über alles meckern! So was mag ich schon!«

»Reg dich nicht auf, Vater! Des wird schon alles gut.« Neugierig sah er hinüber zur anderen Seite. Das war also Nicoles Vater! Mein Gott, war der aufgeregt, ganz rot war er im Gesicht! Der tat ja gerade so, als handelte es sich hier um ein Atomkraftwerk und nicht um eine kleine Biogasanlage mit hundertfünfzig Kilowattstunden!

Der Bürgermeister sah verärgert auf, als keine Ruhe im Saal eintrat. »Ich bitte die Zuhörer, sich zu setzen und ruhig zu sein. Andernfalls verlassen Sie bitte das Sitzungszimmer. Diskutieren können Sie draußen!«

»Ja, das werden wir tun«, rief Dr. Belling aufgebracht. »Aber glauben Sie ja nicht, dass wir das auf sich beruhen lassen!« Die Gruppe verließ den Raum und der Bürgermeister blickte genervt zur Decke.

»Na, dann können wir ja weitermachen«, fuhr er endlich fort. »Also, nochmals: Tagesordnungspunkt 6: Garagenneubau in Leonhardsberg.

Endlich war die Sitzung vorüber und der Raum leerte sich.

»Geh'n wir noch rüber zum Wirt?« fragten einige der Umstehenden draußen. »Kommt's, Franz und Michi, geht's auch mit. Dass ihr euch von dem Schrecken erholen könnt.« Einer der jungen Bauern packte Michael an der Joppe. »Was war das denn für ein närrischer Kumpel? Dieser Beller, oder wie der heißt? Bellen kann der ja ganz gut!«, lästerte er.

Michael hörte nur halb zu. Er suchte mit den Augen den Parkplatz nach Nicoles Vater ab. Eine Gruppe von Männern stand in einiger Entfernung, heftig diskutierend und Michael erkannte die »Anti-Biogas-Abordnung«. Fast wollte er hinübergehen, sich bei Nicoles Vater vorstellen und ihm den Vorschlag machen, sich doch mal in Ruhe zu unterhalten, aber dann verwarf er den Gedanken. Die Stimmung war zu aufgebracht, und wenn ihm sein Vater folgen würde, wer weiß, wie dann die Situation in der Aufregung eskalieren würde. Am besten war es wohl, eine Nacht darüber zu schlafen.

»Kommst jetzt mit oder ned?«

»Nein, wir fahren lieber heim. Mir reicht's erst mal für heut'. Komm Vater, wir geh'n!«

Murrend folgte ihm der alte Rechenauer. »Solch g'spinnerte Leut'! Ihr Haus haben's bauen wollen, da war die Abstimmung schon recht, da haben's vorher niemanden fragen müssen. Aber unsereins soll nix bauen dürfen zur Sicherung der Existenz, zum Überleben!«

»Geh, lass, Vater! Ich mag heut' nix mehr hören! Und ein Haus ist halt etwas anderes als eine Biogasanlage!«

Der Rechenauer blieb verdutzt stehen. »Ja, was soll denn des heißen? Verstehst du des etwa? Find'st des richtig, was der macht, der Belling!?«

»Nein, natürlich ned! Aber ich will jetzt nix mehr hören. Komm, wir fahren!« Verärgert vor sich hin brummelnd folgte der Vater Michael zum Auto.

Michael war das Herz schwer. Das war nicht gut gelaufen und nachdem er Nicoles Vater gesehen hatte, schwante ihm nichts Gutes. Er musste irgendeinen Weg finden, um die Lage zu entschärfen. Am besten war es, er würde mit Herrn Feicht reden. Der hatte Erfahrung in solchen Sachen und hatte ihn schon vorsorglich gewarnt, dass es immer wieder mal Einwände bei solchen Vorhaben gab. Aber letztlich hatte man alle Bedenken zerstreuen können.

Zu Hause warteten die Rechenauerin und die Großmutter voll Spannung auf die beiden Männer.

»Oh je«, sagte die Rechenauerin nur nach der Schilderung der Sitzung und die Großmutter meinte: »Des ist immer so, wenn's etwas Neues gibt. Da hab'n die Leut' Angst. Des war schon so, wie seinerzeit die Kanalisation gebaut worden ist. Des war erst auch so ein Aufruhr und heut sind's alle froh, dass sie keine Versitzgruben mehr leeren müssen.« Sie tätschelte Michaels Wange. »Des wird schon, Bub! Glaub nur fest dran!«

Michael schwirrte der Kopf, als er später im Bett lag. Er fand keine Ruhe. Da läutete das Handy, das konnte nur Nicole sein.

Er sprang aus dem Bett und suchte in der Tasche seiner Hose, die über dem Stuhl hing.

»Nicky?«

»Ja, ich bin es!« Ihre Stimme klang klein und verzagt. »Das lief nicht gut heute, oder?«

»Das kann man so sagen!«

»Oh, je, das tut mir so leid, Michi! Mein Vater hat uns alles erzählt. Jetzt will er eine Eingabe an das Landratsamt machen.« Wie aufgebracht der Vater heimgekommen war, das erzählte sie Michael lieber nicht.

»Das denk ich mir!«

»Michi?«

»Ja!«

»Du bist so wortkarg. Ich kann nichts dafür, ich setze mich wirklich für die Anlage ein, aber mein Vater will das einfach nicht hören!« Stille. »Bist du noch da?«

»Ja, ja!«

»Hast du mich noch lieb?«

»Klar hab' ich dich noch gern, das hat doch damit nichts zu tun. Ich bin einfach müd'!«

»Ja, das verstehe ich schon. Ich wäre jetzt so gern bei dir! Möchte mich an dich kuscheln.«

»Ja, das möcht' ich auch gern.«

»Wann sehen wir uns denn wieder?«

»Du, ich weiß es noch nicht. Muss erst mal meine Gedanken sammeln und schauen, wie die Stimmung daheim ist. Aber ich ruf' dich auf jeden Fall morgen an!«

»Okay! Ich hoffe, es wird alles gut. Michael, kennst du die Geschichte von Romeo und Julia? So komm ich mir fast vor, wie Romeo und Julia. Jetzt, wo zwischen unseren Familien Krieg ist.«

Michael lachte leise. »Aber so schlimm, dass wir uns gleich umbringen, nur weil unsere Väter zerstritten sind, wird es doch nicht werden.«

»Eben! Schau, jetzt lachst du schon wieder ein bisschen.« Sie schickte ein paar Küsse durchs Telefon. »Also, jetzt schlaf gut und ruf mich morgen bitte an, ja?«

»Ja, mach' ich. Schlaf du auch gut!«

Noch ein paar Küsse flogen durch das Handy hin und her, dann legte Michael auf.

Doch er fand lange keine Ruhe, wälzte sich schlaflos hin und her und als er endlich einschlief, träumte er wirres Zeug. Einmal sah er seinen Vater im Wald, wie er mit der Flinte auf Dr. Belling zielte. Er fuhr auf und sah sich in seinem Zimmer um, durch das die ersten Sonnenstrahlen fielen. So ein Blödsinn! Sein Vater schießt auf den Belling, Nicoles Vater! Er schüttelte sich und sprang energisch aus dem Bett. Höchste Zeit zur morgendlichen Stallarbeit!

***

Dr. Belling hatte seinen Mitarbeiter Peter Gössler in sein Chefzimmer gebeten.

»Also, Gössler, ich habe dummerweise bereits im Sommer diese Reise nach Gran Canaria gebucht. Da hatte ich noch keine Ahnung von dieser Biogasanlage. Am liebsten würde ich die Reise stornieren, aber das würde mir meine Frau nicht verzeihen. Verstehe ich ja auch, ich vernachlässige sie viel zu sehr. Der Winter hier kann sehr lang sein und sie braucht etwas Auszeit vom vielen schlechten Wetter und dem Schnee!«

Peter Gössler nickte zustimmend.

»Also, zum ersten: Wie war es in Singapur? Hat das alles so geklappt, wie wir es uns gedacht haben?«

Gössler nickte zustimmend. »Ein paar kleine Fragen blieben noch offen, aber das habe ich im Griff. Da können Sie sich auf mich verlassen, Herr Dr. Belling!«

»Okay, die diversen Unterlagen und Berichte fertigen Sie mir bitte an, bis ich wieder zurück bin!« Peter Gössler nickte.

»Jetzt noch die leidige Biogasgeschichte. Natürlich habe ich bereits eine Eingabe an das Landratsamt geschickt, mit allen unseren Bedenken. Aber damit möchte ich es nicht bewenden lassen! Ich habe vor, eine Bürgerinitiative auf die Beine zu stellen und habe bereits ein erstes Informationsblatt abgefasst mit allen Punkten, die gegen diese Anlage sprechen. Man muss die Leute aufrütteln, Gössler!« Dr. Belling war aufgesprungen und ging nun unruhig in seinem Büro auf und ab.

»Nun, so schnell wird diese Anlage nicht genehmigt werden, Herr Dr. Belling. Vierzehn Tage sind da keine Zeit, um nervös zu werden.«

»Da haben Sie wohl Recht. Trotzdem – man muss die Leute sensibilisieren! Rechtzeitig, noch bevor ich weiß nicht wie viele Stellen mit der Genehmigung befasst sind. Gleich den Hahn zudrehen, wehret den Anfängen!«

Peter Gössler nickte stumm.

»Also, dann! Ich lasse das Informationsschreiben von meiner Sekretärin ausdrucken, sagen wir mal so fünfhundert Mal, und ich bitte Sie dafür zu sorgen, dass das in den Haushalten verteilt wird, als Wurfsendung. Übrigens, spannen Sie auch ruhig meine Tochter dazu ein. So ein Rundgang durchs Dorf schadet ihr für die gute Sache auch nicht.« Er baute sich vor Gössler auf. »Und nochmals wegen der Asiensache. Sie wissen, wie wichtig dieser Auftrag für die Firma ist?«

Peter Gössler nickte wieder stumm. »Sie wissen also, dass da alle Kraft und Energie nötig ist. Es wäre eine Katastrophe, wenn das nicht klappen würde! Ich habe Ihnen die Sache anvertraut, jetzt können Sie zeigen, was Sie können! Das ist Ihre Chance!« Er sah seinen Mitarbeiter streng an und Peter Gössler nickte wieder stumm.

»Gut, dann haben wir uns verstanden. Zwei wichtige Dinge: Der Vertrag mit Asien und die Verhinderung der Biogasanlage!«

Peter Gössler nickte wieder und als sich Dr. Belling hinter seinen Schreibtisch setzte und ihn nicht weiter beobachtete, stand er auf. Als er in der Tür stand, rief ihm Dr. Belling noch zu: »Und sorgen Sie dafür, dass die Zettel überall verteilt werden, und spannen Sie ruhig Nicole dafür ein!«

»Ja, geht in Ordnung, Herr Dr. Belling.« Devot gebückt verließ er das Büro.

Dieser Gössler! Halte ihn für keinen guten Mann, dachte Dr. Belling bei sich, als sein Mitarbeiter das Büro verlassen hatte. Kein Rückgrat! Und dann diese dumme Sache mit seiner Frau! Hat einfach sein Leben nicht im Griff! Und das will mal mein Nachfolger werden! Na gut, einige Jahre werde ich der Firma noch erhalten bleiben und bis dann … wer weiß, was bis dahin geschieht.

Kapitel 7

»Michi? Kannst du sprechen?« Nicoles Stimme klang leise durch Michaels Handy.

»Ja, freilich! Wo bist du denn, Nicky, du klingst so leise.«

»Ich wollte nur nicht zu laut sein, falls jemand mithört.«

»Ach geh', wer soll denn mithören? Ich bin draußen im Wald, nachschauen wegen der Fütterung. Die damischen Leut' lassen im Wald immer wieder ihre Hunde frei laufen, obwohl jeder Hundebesitzer wissen müsste, dass des nicht erlaubt ist. Zum einen verschrecken's mir das Wild und zum anderen, wenn die Hunde in der Nähe der Futterstelle rumlaufen, traut sich kein Wild mehr hin. Die nehmen doch die Witterung auf. Ärgerlich ist des! Und wenn man dann so einen Hundebesitzer anspricht, dann wird der oft auch noch frech, sagt, er könne in der freien Natur seinen Hund laufen lassen wie er will!«

»Oh je, heute bist du aber geladen. Dabei hätte ich so eine schöne Nachricht für dich!«

»Eine schöne Nachricht? Ja, das könnte ich mal wieder brauchen, nach all dem Ärger in der letzten Zeit!«

»Also, meine Eltern sind heute abgeflogen, für zwei Wochen! Jetzt haben wir hier sturmfreie Bude!«

Michael zögerte. »Na, ich weiß nicht recht, Nicky. Irgendwie taugt mir das nicht so ganz. Bei euch daheim?«

»Warum denn nicht? Wir können uns doch in meinem Zimmer aufhalten, wenn du willst.« Stille. »Also, was ist? Willst du oder willst du nicht?«

»Natürlich will ich mit dir beisammen sein, aber bei euch daheim, also das passt mir, ehrlich gesagt, gar ned.«

»Michi!« Nicoles Stimme umschmeichelte ihn. »Warum denn nicht? Kein Mensch muss dich sehen, wenn du im Dunkeln kommst und im Dunkeln gehst.«

»Pah, wie ein Dieb in der Nacht.«

»Ach geh, Michael, jetzt sei nicht kindisch! Ich habe mich so auf dich gefreut!«

»Na, gut!« Widerstrebend stimmte Michael zu. »Aber heute hab' ich keine Zeit. Morgen vielleicht.«

»Okay, dann morgen! Du wirst sehen, es gefällt dir hier!«

»Also, da bin ich nicht so sicher. Aber du hast ja Recht, wir haben wenig andere Gelegenheiten!«

»Na, siehst du! Ich freue mich auf dich!«

Michael antwortete nicht mehr und drückte auf die »Beenden«-Taste seines Handys. Alles schien zur Zeit schief zu laufen, die schöne Stimmung und die Freude von Silvester schienen ewig lang zurück zu liegen.

Erst war da die misslungene Bauausschutzsitzung; inzwischen hatte er natürlich längst erfahren, dass Nicoles Vater eine Eingabe an das Landratsamt geschrieben hatte. Dann die Nachricht, dass Dr. Belling ein Informationsblatt verfasst hatte, das er, Michael zwar noch nicht gelesen hatte, aber sich denken konnte, was es enthielt. Heute der Ärger mit den Hundehaltern hier im Wald, die so unvernünftig waren. Jetzt wollte sich Nicole mit ihm im Haus ihrer Eltern treffen! Das ging ihm gehörig gegen den Strich, aber er wollte ihr den Wunsch auch nicht abschlagen, schließlich freute er sich auch auf sie. Alles nervte ihn.

Er schüttete den Apfeltrester, den er mitgebracht hatte, in die Futterkrippe. Das mochten die Rehe besonders gerne. Wenigstens eine gute Tat!

Er schulterte die Büchse und machte sich auf den Weg nach Hause. Auch dort nervte ihn alles: der Vater, der sich wegen der Biogasanlage immer mehr aufregte, die Mutter, die an ihm rummäkelte, weil er öfters wegging, sogar die Oma ging ihm auf die Nerven mit ihrer ewigen Fragerei, ob er denn bald einmal eine »Hochzeiterin« heimbrächte.

Vielleicht war es doch nicht so schlecht, morgen Nicole zu Hause besuchen zu gehen. Wenigstens eine kleine Freude!

Es war dunkel, als er auf den Hügel hinaufging. Gottlob war Bellings Haus das letzte in der Reihe und der nächste Nachbar war, bei den großen Grundstücken hier oben, etwas entfernt. Er musste sich also nicht wie ein Dieb ins Haus schleichen. Trotzdem – Vorsicht war besser als Nachsicht! Auf jeden Fall hatte er Nicole angerufen, dass er sich auf den Weg machte und in ungefähr zehn Minuten bei ihr wäre.

Nicole schaute aus dem Fenster nach ihm aus und als sie ihn sah, lief sie gleich zur Tür, um ihm aufzumachen. Sie flog ihm entgegen.

»Das ist ganz lieb, dass du hierher kommst.« Michael gab keine Antwort, küsste sie leidenschaftlich.

»Endlich wieder zusammen! Seit Silvester haben wir uns nicht mehr gesehen!«, schmollte Nicole.

»Tja, da kann ich auch nichts dafür, Schatz!« Er zuckte mit den Schultern.

»Es ist kein Vorwurf! Ich bin nur traurig darüber!«

»Jetzt ist ja alles gut!«

Er sah sich in der großen Halle um. Dicke Teppiche lagen auf dem Marmorfußboden, ein Lüster hing von der Decke, goldgerahmte Bilder an den Wänden, eine Wendeltreppe mit schmiedeeisernem Geländer führte nach oben in das Obergeschoss. Das war alles sehr nobel, aber ob er sich hier wohl fühlen könnte?

»Komm rein, ins Kaminzimmer. Ich habe bereits Feuer gemacht. Ich kann das nämlich auch, Feuer machen!« Sie sah ihn stolz an. Er betrat das Zimmer. Ein riesiger, offener Kamin beherrschte den Raum. Davor gruppiert eine tiefe Ledercouch und etliche Sessel, auf dem Marmortisch standen zwei Gläser und eine Flasche Wein.

»Ich habe Papas Weinkeller geplündert«, lachte Nicole. Sie nahm die Flasche in die Hand, drehte sie herum und las vor: »Ein Rioja aus Spanien, das ist Papas Lieblingswein!«

»Und? Wird er da nicht sauer sein, wenn du den wegtrinkst?«

»Iwo! Der hat doch den ganzen Keller voll davon, das merkt er bestimmt nicht. Und außerdem – ich als Tochter des Hauses darf doch wohl auch eine Flasche nehmen!« Sie hatte die Flasche bereits geöffnet und goss jetzt die zwei Gläser voll.

»Zum Wohl, auf einen schönen Abend bei mir!« Sie stand vor ihm, das Glas in der Hand und schaute erwartungsvoll zu ihm auf. Michael war eher unbehaglich zumute.

»Zum Wohl!« Er trank einen kleinen Schluck. »Mhm, schmeckt gut!«

»Schmeckt gut!« Sie verdrehte die Augen »Du, das ist der allerbeste Wein!«

»Ja, kann schon sein. Ich bin kein Weinkenner!«

»Ja, weil ihr hier immer Bier trinkt!«

Michael sah sie an, fragte sich, ob es wirklich gut war, dass er hier hergekommen war.

Nicole nahm ihm das Glas aus der Hand. »Komm, ich habe ein schönes Essen für uns gemacht.«

Sie öffnete eine Schiebetür in das Esszimmer; antike Möbel, Teppiche, ein großer Esstisch in der Mitte des Zimmers, Blumengestecke auf den Nebentischchen. Michael sah auf seine Schuhe. Ob die wohl sauber genug waren?

»Komm, schau, was ich gemacht habe!« Nicole führte ihn stolz an den Tisch.

Sie hatte den Tisch sehr schön gedeckt, weißes Porzellan, Silberbesteck. Auf den Platten lagen verschiedener Schinken, Lachs und irgendetwas, was er nicht kannte.

»Was ist denn das?« Er zeigte auf die Platte.

»Das ist Sushi!«

»Was?!«

»Sushi! Das ist etwas Japanisches. Schmeckt echt lecker!«

Bei dem Wort »lecker« zuckte er leicht zusammen. Das war ein Wort, das in der bayerischen Sprache besonders unbeliebt war, genauso wie »Tschüss«, was Nicole auch oft sagte.

Doch Nicole bemerkte es nicht. Munter plapperte sie weiter. »Ich mache nämlich zur Zeit einen Kochkurs, drinnen in München, an der Volkshochschule!«

»Wirklich!« Überrascht und interessiert schaute er auf. »Und was hast du da schon alles gelernt?«

»Na eben, einen Sushi-Kochkurs. Das hier ist mein erster Versuch! Hoffentlich ist es was geworden.«

Michael sah wieder auf die Platte, auf der kleine Häppchen lagen, grün eingewickelt, Reis schien dabei zu sein. Reis war nun etwas, was er nicht besonders mochte, eher schon Nudeln, Kartoffeln oder Knödel.

»Jetzt setz dich!« Nicole war sichtlich aufgeregt in ihrer Rolle als Gastgeberin. Michael nahm sich von dem Brot, er erkannte es sofort als Brot aus dem Hofladen seiner Mutter, er nahm von dem Schinken und dem Käse, alles aus dem Laden seiner Mutter. Gottlob!

»Jetzt musst du unbedingt von meinen Sushi probieren.« Sie drückte ihm Essstäbchen in die Hand. »Schau, so!« Sie packte eines der Röllchen zwischen die Stäbchen, tunkte sie in eine dunkle Soße, die in einem kleinen Schälchen vor ihr stand und dann steckte sie das Sushi in den Mund. Bedächtig kaute sie und verdrehte entzückt die Augen. »Himmlisch! Komm, probier mal!«

Widerwillig nahm er die Stäbchen in die Hand, versuchte unbeholfen, eines der Röllchen damit aufzunehmen, was ihm gründlich misslang.

»Nein, nicht so! Schau, so!« Sie zeigte ihm, wie man die Stäbchen hielt, aber Michael schüttelte den Kopf. »Ich nehm lieber die Gabel, das ist mir zu kompliziert.« Er lachte kurz auf, aber es war eher ein Lachen der Verzweiflung.

»Und, schmeckt es dir?«

»Mhm, ganz lecker!«, meinte er ironisch. »Aber ich bleib' lieber beim Schinken und Käse – und den Feigen!«, fügte er hinzu. »Ehrlich gesagt, sei mir nicht bös', ich glaub' es wäre besser, du würdest einen soliden Grundkochkurs machen, bevor du dich an solche Spezialitäten wagst.«

Nicole verzog enttäuscht den Mund. »Dann esse ich das halt alleine!«

»Ja, freilich, wenn es dir schmeckt! Ist ja auch nicht schlecht«, fügte er begütigend hinzu.

In diesem Moment erklang melodiös die Haustürglocke, der Klang von der Uhr des Big Ben in London.

»Was war denn das?«, fragte Michael irritiert.

Nicole stand hastig auf. »Die Haustürglocke! Wer kann denn das sein? Am besten bleibst du hier sitzen, Michael«, meinte sie nervös, als sie aus dem Zimmer ging, die Tür hinter sich zuschiebend.

Michael hörte, wie sie die Haustür öffnete und mit jemandem sprach. Eine männliche Stimme ertönte, dann wieder Nicole. Ein Hin und Her. Dann hörte er Nicole laut sagen: »Nein, das geht jetzt nicht. Lassen Sie die Sachen einfach hier. Ich melde mich morgen.« Wieder die männliche Stimme, jetzt drängend.

Michael stand auf, spähte durch den schmalen Türspalt hinaus. Da stand ein Mann im Mantel, den Kragen hochgeschlagen, er hatte einen großen Aktenkoffer in der Hand. Nicole stand vor ihm, mit dem Rücken zu Michael, sodass er ihr Gesicht nicht sehen konnte. Wieder redete der Mann auf sie ein, doch sie blieb hart. »Nein! Gehen Sie jetzt bitte. Ich melde mich. Morgen!«

Für einen Moment überlegte Michael, ob er hinaus gehen sollte, um Nicole zu Hilfe zu kommen, doch er ließ es dann doch sein, Nicole schien ganz gut zurecht zu kommen.

Der Mann schüttelte ärgerlich den Kopf, dann öffnete er den Koffer und nahm einen Packen Papier heraus, legte ihn auf einen Tisch in der Halle. Nicole drängte den ungebetenen Gast zur Tür.

»Also, tschüss dann!«

Widerstrebend ging der Mann, schaute noch einmal neugierig ins Haus, als ob er nach etwas suchen wollte. Die Tür fiel ins Schloss. Michael setzte sich schnell wieder auf seinen Stuhl, Nicole sollte nicht das Gefühl haben, dass er ihr hinterher spionierte. Irgendwie war ihm der Mann bekannt vorgekommen, doch ihm fiel nicht ein, wo er ihn schon mal gesehen hatte.

»Wer war denn das?« Nicole war zurück ins Zimmer gekommen.

»Ach, der Gössler, unser Nachbar. Wollte unbedingt mit mir quatschen, dabei weiß er genau, dass meine Eltern nicht da sind.« Michael runzelte die Stirn.

»Und was wollt' er genau von dir?«

Nicole sah betreten aus, zögerte mit der Antwort.

»Jetzt sag' schon, was der von dir wollt'!« Michael stellte die Frage voller Argwohn.

»Ach, nicht das, was du vielleicht meinst.« Die Frage war ihr offensichtlich peinlich, doch Michael sah sie weiter fragend an, drehte den Stiel seines Weinglases, abwartend.

»Also, du weißt doch, dass mein Vater ein Informationsschreiben an alle Haushalte in Altdorf verteilen will«, begann sie endlich. »Gegen die Biogasanlage. Diese Blätter hat er mir gebracht. Ich soll einen Teil davon austragen, ausgerechnet ich!« Sie lachte höhnisch.

»Und wo sind die Blätter jetzt?«

»Draußen auf dem Tisch. Also, ganz ehrlich, der kann mich mal!« Man sah Nicole an, wie peinlich ihr das Ganze war.

Michael stand auf, ging hinaus in die große Diele, Nicole kam ihm nach.

»Ach, lass jetzt, Michael. Das hat doch noch Zeit!«

»Nein, das hat keine Zeit!«

Er nahm eines der Blätter zur Hand. »Bürgerinitiative gegen Biogasanlage in Altdorf« stand dort als Überschrift. Michael setzte sich auf einen Stuhl und überflog das zweiseitige Informationsblatt. Dahinter war ein weiteres Blatt angefügt. »Unterschriftensammlung gegen die Biogasanlage, abzugeben bei Dr. Belling oder Peter Gössler. Vertraulich! Jede Stimme zählt, ob jung oder alt! Gemeinsam sind wir stark! Wenn viele mitmachen, erreichen wir unser Ziel, die Verhinderung der gefährlichen Biogasanlage.«

»Das, das ist ja unglaublich! Das ist ja alles erstunken und erlogen!«, rief Michael erbost, nachdem er das Schreiben überflogen hatte. »Warum redet denn dein Vater ned vorher mit uns oder mit dem Herrn Feicht, bevor er ein solches Schreiben verfasst. Da müssen die Leut' doch Angst kriegen!« Er war aufgesprungen und hielt Nicole aufgebracht das Blatt hin.

»Ich habe es noch nicht gelesen! Ich weiß nicht, was drin steht!« Nicole war den Tränen nahe.

»Dieser Idiot! Hat uns den ganzen Abend verpasst.«

»Welcher Idiot? Meinst du deinen Vater?«

»Ja, den auch! Aber ich meine den doofen Gössler. Muss der auch ausgerechnet jetzt kommen!«

Nicole fing an zu weinen.

»Jetzt wein' nicht, Nicky, das hilft auch nichts. Die Blätter werden wohl morgen verteilt, oder in den nächsten Tagen!« Michael zuckte resigniert mit den Schultern.

»Von mir nicht!«, heulte Nicole.

Er klopfte ihr beruhigend auf den Rücken. »Das weiß ich schon, aber das nützt uns nichts. Dann verteilt sie eben jemand anderes. Ja, jetzt sind die Fronten eröffnet, jetzt ist Krieg und wir mitten drin!«

Er sah Nicole ernst an. Sie umarmte ihn und schluchzte laut.

»Jetzt beruhig' dich, Schatz!« Michael versuchte, bei allem Frust gelassen zu bleiben. »Ich werd' morgen mit dem Feicht vom Ministerium reden, was man machen kann.« Nicole hob das Gesicht zu ihm, die Wimperntusche war vom Weinen verwischt, sie sah jämmerlich aus. Vorsichtig wischte er ihr mit den Händen über das Gesicht.

»Jetzt können wir es erst recht nicht mehr sagen, dass wir uns lieben, nicht wahr?«, fragte sie kläglich.

Michael schüttelte den Kopf. »Ich glaub', das wär jetzt der schlechteste Moment. Das würde alles noch komplizierter machen.«

»Liebst du mich denn noch, Michi?«

»Klar, hab' ich dich gern, das hat doch damit nichts zu tun.« Doch auch er ließ den Kopf hängen, war ratlos. »Ich nehm ein paar von den Blättern mit, Nicky, ich will sie morgen dem Feicht zeigen, in München, was der dazu meint.«

Sie schniefte. »Ich fahr morgen auch nach München, habe keine Lust mehr hier zu bleiben.«

»Ach was, das ist doch wirklich Blödsinn.« Er strich ihr die feuchten Haare aus der Stirn. »Soll ich denn morgen nochmal kommen?« Er wollte sie mit dieser Frage trösten.

»Nein!« Sie schüttelte energisch den Kopf. »Du hattest schon Recht, es war doch keine so gute Idee. Ich glaube, ich muss noch viel lernen!«, meinte sie zerknirscht.

»Ach komm', mein Tschapperl, das konntest doch nicht ahnen, dass dieser, dieser ...«

»Gössler, heißt er!«, schniefte Nicole.

»Also, dass dieser Gössler ausgerechnet heute hier auftaucht. Vielleicht war es sogar ganz gut, dann weiß ich wenigstens gleich über die Kampagne Bescheid. Vielleicht kannst ihn überreden, mit dem Verteilen noch ein paar Tage zu warten, bis ich mit dem Feicht geredet hab'.«

»Ich versuch's, aber vielleicht läuft er schon rum damit! Ich traue es ihm zu. Ich kann den Kerl ohnehin nicht leiden!«, stieß sie böse hervor.

»Also, Nicky, dann geh' ich jetzt lieber. Vielleicht lauf' ich ihm gar über den Weg, wenn er die Zettel einwirft.« Er schüttelte den Kopf. »Es wird immer verrückter!«

Sie verabschiedeten sich an der Haustür, nach diesem verunglückten Abend. Vorsichtig spähten sie aus der Tür, ob nicht Peter Gössler sich irgendwo rumtrieb.

»Machst ihm nicht auf, falls er nochmals kommt«, schärfte Michael Nicole noch ein, bevor er die Stufen hinunter zur Straße ging.

»Nein, ganz bestimmt nicht, ich versprech es dir! Ich gehe jetzt gleich ins Bett, alleine«, schniefte sie.

»Ich bin morgen in München beim Herrn Feicht. Vielleicht komm' ich noch bei dir vorbei, wenn es im Ministerium nicht zu lange dauert.«

»Das wäre schön! Damit ich wieder alles gut machen kann.«

»Geh', du hast doch nichts Schlechtes gemacht. Hast dir so viel Mühe geben mit der Einladung. Mir tut's auch leid, dass der Abend so ausgegangen ist. Aber – heute ist nicht alle Tage – ich komme wieder – keine Frage!«, zitierte er Paulchen Panther aus der Kinderfernsehserie. Da musste selbst Nicole unter Tränen lachen.

»Na schau, jetzt hab' ich es doch geschafft, dass du wieder lachst. Es wird alles gut werden, mein Schatz!«

Ein letzter, inniger Kuss, dann verschwand Michael in der Dunkelheit.

Er ging durch die stille Nacht nach Hause, aufgewühlt von den Ereignissen. Ruhig bleiben, redete er sich zu. Erst mal alle Argumente durchgehen, die in dem Blatt standen und mit Herrn Feicht darüber reden. Der würde sicher mit ihm zum Landratsamt gehen, noch bevor diese Unterschriftenliste eingereicht wurde. Immerhin waren sie zeitlich im Vorteil. Ein geringer Vorteil, wie er zugeben musste.

Als er endlich im Bett lag und Nicole noch einmal angerufen hatte, um sie zu beruhigen, dachte er über den

Abend bei Nicole nach. Sein Gefühl, nicht dorthin zu gehen, hatte ihn nicht getrogen. Er hatte es nur Nicole zuliebe getan. Sushi! Oh je! Aber das war das wenigste!

Er hatte wieder das Bild vor Augen, Nicole und der Mann in der Diele. Irgendwoher kannte er ihn. Er zermarterte sich das Gehirn, manchmal schien die Erinnerung fast greifbar zu sein, dann war sie wieder weg. Mein Gott, ich werd' doch nicht schon ganz blöd werden, dachte er grimmig und drehte sich im Bett um.

Gerade, als er am Einschlafen war, fiel es ihm ein: Er hatte den Mann vor kurzem im Wald getroffen, abends, als er auf dem Weg zum Hochsitz war. Der hatte ihn angesprochen und sich mit ihm über die Jägerei unterhalten, wollte alles Mögliche wissen: Über die Pacht, die Jagdgenossenschaft, wie die Abschussquote sei und so weiter. Er schien sich auszukennen und auf Michaels Frage erzählte er, dass er vor Jahren aus beruflichen Gründen in Südafrika gewohnt hatte und dort öfters auf die Jagd gegangen sei.

»Aha, ein Großwildjäger?«, hatte Michael lachend gefragt und der Mann hatte auch gelacht.

»Nein, natürlich kein Großwild. Diese Zeiten sind weitgehend vorbei für normale Jäger. Aber Gnus und Antilopen und ähnliches, das darf man schießen! Aber wenn ich hier auf die Jagd gehen wollte, müsste ich erst die Jagdprüfung machen, nicht wahr?«

»Ja, das müssen Sie auf alle Fälle! Haben Sie denn keinen Jagdschein? Wenn Sie doch in Afrika gejagt haben?«, hatte Michael ihn verwundert gefragt.

Peter Gössler hatte abfällig gegrinst. »Iwo, dort ist das alles ganz egal, zumindest in manchen Gebieten und bei bestimmten Leuten. Man muss halt Beziehungen haben.« Diese Antwort hatte Michael gar nicht gefallen.

Sie hatten sich dann noch über allerlei unterhalten und der Mann hatte Michaels Büchse inspiziert. »Ach, eine Anschütz! Kleinkaliber 22, long rifle?«, hatte er interessiert gefragt. Michael nickte. »Ein gutes Gewehr!«

Eigentlich hatte er den Mann ganz nett gefunden, vielleicht ein wenig großspurig, aber doch ganz in Ordnung. Das war also der Nachbar von den Bellings, und auch ein Gegner der Biogasanlage! Verdammt nochmal!

Am nächsten Tag fuhr Michael nach München, um Herrn Feicht zu sprechen und auch, wenn noch genügend Zeit bliebe, Nicole zu besuchen.

»Tja, eine dumme Sache, das mit der Bürgerinitiative.« Herr Feicht fuhr sich durch das schüttere Haar. »Aber – es wird nichts so heiß gegessen, wie es gekocht wird, Herr Rechenauer. Ich werde mal nachdenken, wie wir den Leuten den Wind aus den Segeln nehmen können. So schnell wird die Anlage nicht genehmigt, das dauert, bis die verschiedenen Behörden ihre Stellungnahme abgegeben haben. Trotzdem – so ein geharnischter Einspruch macht die Sache natürlich nicht leichter.«

»Aber sollten wir nicht schon mal vorsorglich beim Landratsamt vorsprechen?«

»Ach, das bringt nichts.« Er gab Michael zum Abschied die Hand. »Nicht verzagen, Herr Rechenauer, wir schaffen das schon, wäre doch gelacht!«

Michael verließ unbefriedigt Herrn Feichts Büro. Irgendwie hatte er sich von dem Besuch bei ihm mehr versprochen gehabt.

An seinem Wagen angekommen, versuchte er, Nicole per Handy zu erreichen, etwas Zeit wäre noch, sie zu treffen. Er hatte das dringende Gefühl, nach dem gestrigen, verpfuschten Abend wäre es nötig, sie zu sehen. Doch sie meldete sich nicht, hatte ihr Gerät offensichtlich ausgeschaltet! Dumm aber auch! Aber da war ja noch die Festnetznummer, eigentlich rief er nie dort an, heute musste es eben sein.

Es meldete sich Thilo, der mit Sandra und Nicole in der WG wohnte.

»Hallo, Thilo! Hier ist Michael. Ist die Nicole da? Ich hab' sie auf dem Handy nicht erreichen können.«

»Tja, dann wird sie es wohl ausgeschaltet haben!«

»Ist sie denn daheim?«

»Nee, ich hab' sie nicht gesehen!«

»Kannst du ihr sagen, dass ich versucht hab', sie zu erreichen oder ihr einen Zettel hinlegen?«

»Könnte ich machen!«

»Na, dann kann halt«, gab Michael patzig zurück und legte auf.

So ein Depp! Diesen arroganten Angeber hatte er noch nie leiden können. Er fragte sich wirklich, wie Sandra und Nicole es mit dem in der WG aushielten.

»Bist du denn eifersüchtig?«, hatte ihn Nicole einmal gefragt, als er sich abfällig über Thilo geäußert hatte.

»Nein, wirklich nicht. Oder soll ich es sein?«, hatte er misstrauisch gefragt.

Nicole hatte gelacht. »Nein, das brauchst du wirklich nicht! Der Thilo, der ist doch stockschwul!«

Das hatte ihn Michael nicht gerade sympathischer gemacht.

Ob er seinen Anruf wohl ausrichten würde? Heute schien aber auch nichts gut zu laufen. Langsam reichte es ihm! Wo Nicole wohl steckte? Er hatte ihr doch gesagt, er wäre heute in München und würde eventuell vorbeikommen. Verdammt ärgerlich!

So schnell es ging verließ er die Stadt und fuhr nach Hause.

»Und? Was hat er g'meint, der Feicht?«, empfing ihn der Vater schon beim Aussteigen aus dem Auto.

Michael hatte seinen Eltern von den Wurfzetteln, die vermutlich in den nächsten Tagen verteilt werden würden, noch nicht berichtet, deshalb sagte er jetzt nur wie beiläufig: »Der Herr Feicht meint, wir sollen uns nicht aufregen wegen dem Schreiben ans Landratsamt.« Michael wusste, dass das nicht der Wahrheit entsprach, aber er wollte den Vater nicht beunruhigen, er war ohnehin gesundheitlich nicht gut beisammen in letzter Zeit. Zu viel Aufregung war die Sache mit der Biogasanlage für ihn.

Auch die Mutter kam fragenden Blickes daher. »Wie war's in München, Michi?«

»Ganz gut, das dauert halt alles mit der Genehmigung. Da müssen wir einen langen Atem haben.«

Die Mutter sah unglücklich aus. »Was des für eine Aufregung im Dorf verursacht! Jeden Tag werd' ich im Hofladen deswegen ang'redet.«

»Und? Was sagen die Leut'?«

»Unterschiedlich. Manche sagen, wir sollen uns von denen da droben«, sie zeigte mit der Hand in Richtung Hügel, »nichts dreinreden lassen. Aber es gibt auch welche, sogar Einheimische, die meinen, das wäre alles Schmarrn, was wir da machen. ›Schuster, bleib' bei deinem Leisten‹, hat sogar neulich die alte Angerin zu mir g'sagt.«

»Was? Die? Ausgerechnet die alte Angerin? Mit der bin ich in d'Schul gang'n! Die war damals schon so siebengescheit! Die hat leicht reden mit ihren fünfundachtzig Jahren. Die paar Krautherbst, die die noch lebt!«, geiferte die Großmutter, die dazu gekommen war. Michael musste schmunzeln, als er die Rede der Großmutter hörte, die ja immerhin auch ihre fünfundachtzig Jahre auf dem Buckel hatte.

»Die Angerers! Die haben sich ja auch sauber gesund g'stoßen beim Verkauf ihrer Grundstücke als Bauland. Und ausgerechnet die sagen, Schuster, bleib bei deinem Leisten! Des ist ja doch unerhört!«, ereiferte sich jetzt wieder Michaels Vater.

»Jetzt hört's auf!«, entgegnete Michael so heftig, dass ihn seine Leut' erschrocken anstarrten.

»Er hat ja Recht, der Michi«, die Mutter legte ihrem Sohn begütigend die Hand auf die Schulter. »Dieses ewige Gerede und Geschimpfe bringt doch nichts. Wir müssens halt abwarten, wie sich alles richtet, gell Michi?«

Michael nickte nur stumm.

»Aber g'fallen lassen brauchen wir uns des auch nicht!« Die Großmutter ließ sich das letzte Wort nicht nehmen.

»Ja, ja, Oma! Aber jetzt muss Ruh' sein!«

Michael ging in sein Zimmer. Dieser Diskurs mit seiner Familie hatte ihm noch den Rest gegeben. Mit hängenden Schultern saß er an seinem Schreibtisch, als sein Handy klingelte. Es war Nicole.

»Michi, wo bist du denn? Ich warte die ganze Zeit auf deinen Anruf!«

»Auf meinen Anruf? Ja, du bist gut! Ich war in der Stadt und hab' versucht, dich zu erreichen. Dein Handy war ausgeschaltet und daheim warst auch nicht!«

»Was?! Ich war die ganze Zeit in meinem Zimmer, habe gelernt und auf deinen Anruf geantwortet. Bei meinem Handy war unglücklicherweise die Batterie leer, aber warum hast du nicht auf dem Festnetz angerufen?«

»Hab' ich doch! Da war der Thilo dran, er hat g'sagt, du wärst nicht da. Hat er dir nichts von meinem Anruf g'sagt?«

»Kein Wort! Dem werde ich was erzählen, Idiot!«

»Des kannst laut sagen!«

»Ach, der Thilo, der hat zur Zeit Probleme. Liebeskummer!«

»Liebeskummer? Wie des? Der ist doch schwul, hast du g'sagt.«

»Aber deswegen kann man doch auch Liebeskummer haben, Michi! Das ist wie bei den Normalen. Sein Freund hat ihn verlassen und jetzt ist der Thilo völlig durch den Wind.«

»Kann schon sein«, brummte Michael unwillig. »Aber uns hat er verpatzt, dass wir uns sehen können. Ich find', das wär' nach dem gestrigen Abend wichtig gewesen!

»Ach ja, ich hätte mich auch gefreut. Ein blöder Abend war das. Aber erzähl mal, wie es im Ministerium war. Hast du denn Herrn Feicht angetroffen?«

»Ja, schon! Aber das war alles andere als ergiebig. Ich weiß nicht, Nicole, ob ich das alles nicht abblasen soll mit der Biogasanlage?«

»Was?! Aber was dann?« Nicoles Stimme klang aufgeregt.

»Ich weiß es auch nicht!«, klang es resigniert durch das Telefon.

»Nein, Michael! Du darfst jetzt nicht kampflos aufgeben! Du schaffst das! Du tust es für uns!«

Michael seufzte auf, Nicoles Ermunterung gab ihm wieder Mut.

»Und den Thilo, den werde ich mir jetzt vorknüpfen! Das kannst du mir glauben!«

»Ach, der Thilo! Dieser Trottel, der kann mir doch gestohlen bleib'n!«

»Sind denn schon Wurfzettel aufgetaucht, Michi?«, fragte Nicole besorgt.

»Bis jetzt hab' ich noch nichts g'hört oder g'sehen. Aber bei uns wird dieser Gössler vermutlich auch keinen einwerfen. Und wenn er es tut, dann pack ich ihn am Krawattl!«

Nicole lachte. »So gefällst du mir schon wieder besser! Wir lassen wir uns nicht unterkriegen! Es wird alles gut!« Fast beschwörend sprach sie den letzten Satz durchs Telefon.

Kapitel 8

Zwei Tage später war es soweit. In jedem Briefkasten in Altdorf lag einer der Wurfzettel, die Peter Gössler mit Hilfe einiger Personen vom Hügel eingeworfen hatte. Selbst wer es bisher nicht mitbekommen hatte, dass am östlichen Ortsrand eine Biogasanlage gebaut werden sollte, jetzt wusste es jeder in Altdorf!

Die Bewohner vom Hügel waren von Dr. Belling und Peter Gössler entsprechend instruiert und informiert. Sie waren weitgehend gegen eine Errichtung der Anlage eingestellt und hatten auch die Unterschriftsliste unterzeichnet, bis auf einige wenige Familien.

Im alten Dorf war die Meinung unterschiedlich. Sie reichte von Zustimmung aus Solidarität mit dem Bauernstand mit Aussagen wie: »Von denen da droben lassen wir uns nix dreinreden« über das tolerante, bayerische Motto »Leben und leben lassen«, bis hin zu sachlicher Ablehnung oder Zustimmung.

Auf jeden Fall wurde heftig diskutiert.

Für die alten Rechenauers war der Brief, der auch bei ihnen im Briefkasten lag und von dessen Existenz sie keine Ahnung hatten, wie ein Schlag ins Gesicht.

»Ich geh' nauf zu dem Belling und sag' ihm die Meinung«, brüllte der alte Rechenauer aufgebracht, nachdem er die dreiseitige Informationsschrift gelesen hatte.

»Geh, Vater, das wirst schön bleiben lassen«, versuchte seine Frau ihn zu beruhigen. »Du hast ja jetzt schon fast einen Herzkasperl vor lauter Aufregung. Dabei hat dir der Doktor genau g'sagt, dass du dich ned aufregen darfst.«

»Da soll man sich ned aufregen, wenn die einem die ganze Zukunft versau'n!« Er ließ sich erschöpft auf die Bank der Essecke sinken, hochrot im Gesicht, die Halsschlagader geschwollen.

»Geh, jetzt beruhig' dich wieder!« Der Rechenauerin wurde angst und bange, als sie ihren Mann so sah.

»Wo nur der Michi wieder ist?«, fragte sie die Großmutter, die mit am Tisch saß und ängstlich auf ihren Sohn blickte. Die zuckte nur mit den Schultern. »Ich weiß auch ned, wo er sich wieder rumtreibt, der Bub'«, meinte sie hilflos und nickte zustimmend, als ihre Schwiegertochter das Fläschchen mit den Herztropfen holte, um sie ihrem Mann zu verabreichen.

Michael fuhr indessen mit seinem Auto zu einem geheimen Treffen mit Nicole. Die Orte sich zu treffen, wurden immer spärlicher, vor allem jetzt, im Winter. Die Scheune, in der sie sich früher oft verabredet hatten, fiel nun weg. Zum einen, weil es dort viel zu kalt war, zum anderen, weil oft Gruppen von Spaziergängern dorthin spazierten, sozusagen zum »Tatort« des umstrittenen Bauvorhabens. Für dieses Mal hatte Michael eine kleine Lichtung in einem Wald außerhalb eines nahe gelegenen Ortes ausgemacht. Auf dem Weg dorthin, seitlich der Strasse, hatte Nicole auf seine Anweisung hin geparkt. Michael hatte sie dort abgeholt und fuhr nun mit ihr zu dem kleinen Waldweg, den er am Vortag ausgekundschaftet hatte. Es dämmerte, als sie dort ankamen, Nicole starrte gebannt aus dem Fenster.

»Wo sind wir denn hier, Michael? fragte sie, fast ängstlich.

»Brauchst keine Angst haben, ich kenn' mich hier gut aus. Der Wald gehört dem Roman seinen Leuten, ich war früher oft hier, mit Roman, auf der Jagd.«

Er hatte fürsorglich eine Decke mitgebracht und legte sie jetzt über sich und Nicole, dabei nahm er sie in die Arme.

»Es kommt mir allmählich vor, als wenn wir auf der Flucht wären. Na ja, im Sommer wird es wieder besser, wenn es nicht mehr so kalt und so verschneit ist«, meinte Nicole tapfer und schmiegte sich an ihn.

»Ich hab's satt, Nicky. Sich verkriechen müssen wie Aussätzige, wenn man sich treffen und ein bisschen gern haben will.«

»Mich nervt es ja auch, Michael. Aber was sollen wir tun? Wenn ich es jetzt meinem Vater sage, ich glaube, den würde der Schlag treffen.«

»Bei meinem habe ich so schon Angst, dass ihn der Schlag trifft, wie er sich aufregt wegen dem Schrieb von deinem Vater. Da steht aber auch zu viel Blödsinn drin, klar, dass die Leute da Angst kriegen.«

»Ich ehrlich gesagt auch, Michael. Neulich stand in der Zeitung, dass es in einer Biogasanlage bei Kempten zu einer Verpuffung gekommen war, weil sich explosives Gas gebildet hatte, durch Gülle. Drei Arbeiter wurden schwer verletzt, dabei war die Anlage noch nicht einmal in Betrieb. Ich hab' schon jetzt Angst um dich!«

»Ach was! Das war nur falsche Bedienung. Da darfst natürlich ned mit offenem Feuer, zum Beispiel mit einer brennenden Zigarette, reingehen. Aber des ist doch bei jeder Tankstelle so und da gibt's tausende davon in Deutschland und nix passiert!«

Nicole nickte, aber beruhigt sah sie dabei nicht aus.

»Schau, Nicole! Diese Anlagen täten doch nie genehmigt werden, wenn sie so gefährlich wären! In ein paar Jahren wird in fast jedem Dorf eine stehen und kein Mensch wird sich mehr d'rüber aufregen. Nur jetzt, bei den Vorreitern, gibt's Proteste. Das war doch schon immer so. Damals, als die erste Eisenbahn von Nürnberg nach Fürth g'fahren ist, haben die Gegner auch behauptet, ein menschlicher Körper könnt' diese Geschwindigkeit ned aushalten! Ja, die haben gar g'sagt, man könnt' bewusstlos oder sogar wahnsinnig werden, oder der Qualm der Dampflok tät einen vergiften!«

Jetzt musste auch Nicole wieder lachen.

»Weißt was«, meinte er resolut, »wir fahren jetzt nach Bad Aibling in eine nette Weinstube, da können wir in Ruhe alle Argumente durchreden. Und warm ist es da auch, du hast ja eiskalte Finger.« Er nahm ihre Hände und hauchte sie mit seinem warmen Atem an. »Nicht, dass du mir noch erfrierst, ich glaub', heut' hat es an die zehn Grad minus draußen. Da ist es sogar mir hier zu kalt, da vergeht einem ja alles!«

»Wirklich alles?«, fragte sie scherzhaft.

»Ja, alles!« Er sah sie in komischer Verzweiflung an.

In der Weinstube war es warm und gemütlich, nur wenige Gäste waren hier und die Beiden setzten sich in eine der hinteren Nischen.

»Wir müssen eine Möglichkeit finden, die Situation zu entschärfen und die Fronten zusammenbringen.«

Nicole sah Michael eindringlich an. »Ja, aber wie?«

»Am besten, glaube ich, wäre eine Informationsveranstaltung! Dann hätte die Bürgerinitiative, also auch mein Vater, das Gefühl, dass ihre Sorgen ernst genommen werden. Weißt du, nur so zum Spaß machen die das auch nicht. Viele ihrer Argumente kann ich schon verstehen und die muss man entkräften!«

Michael nickte zustimmend.

»Da muss natürlich auch ein Fachmann dabei sein. Dir und deinem Vater werden sie nicht alles glauben, schließlich wollt ihr die Anlage bauen.«

»Da wär' der Herr Feicht gut! Der wär' sicher einverstanden, da mitzumachen. Ich hoff' es wenigstens. Reden kann er auf alle Fälle gut, wenn er mag!«, fügte er noch hinzu.«

»Genau, das ist wichtig! Weißt du, die sind euch natürlich rhetorisch überlegen, wenn ich das so sagen darf.« Sie sah Michael entschuldigend an. »Die reden euch sonst in Grund und Boden. Ich kenne meinen Vater! Lasst doch im nächsten Gemeindeblatt verkünden, dass ihr eine Informationsveranstaltung durchführt.«

»Mhm! Damit endlich mal alle an einem Tisch sitzen und die Sach' ausdiskutieren können!«

»Genau, Michi! Vielleicht löst sich dann alles, oder zumindest vieles, in Wohlgefallen auf oder zumindest in gegenseitiger Akzeptanz. Und dann«, sie sah ihn strahlend an, »dann lüften wir unser Geheimnis!«

»Gleich an dem Abend?«, fragte Michael überrascht und ungläubig.«

»Nein, natürlich nicht da!« Nicole schüttelte den Kopf. »Aber bald darauf! Es wird auch höchste Zeit, solche Abende wie neulich und heute möchte ich nicht mehr zu oft erleben. Ich möchte endlich mit dir zusammenleben, bei dir sein und mich nicht immer verstecken müssen. Ich liebe dich doch!« Jetzt schimmerten ihre Augen feucht und Michael war ergriffen und gerührt über ihr Liebesgeständnis.

Er nahm ihre Hand, führte sie an seine Lippen, küsste zärtlich ihren »Verlobungsring« und sah ihr in die Augen. »Das will ich auch Nicole, für immer und ewig. Ich will, dass du meine Frau wirst. Bald!«

***

»Einen Informationsabend? Ja, glaubst denn, dass des was nutzt?« Der alte Rechenauer sah seinen Sohn voller Zweifel und Misstrauen an.

»Ich glaub' schon! Sonst redet man dauernd aneinander vorbei! Der Herr Feicht kommt auch, mit einer power-point-Präsentation, hab' schon mit ihm geredet.«

»Mit was kommt der?«

»Mit einer power-point-Präsentation. Da schmeißt er Bilder und auch Texte an die Wand und erklärt den Leuten genau, wie so eine Anlage funktioniert und auch welche echten Risiken da sind.«

»Soso, Bilder schmeißt der an die Wand! Ja, sauber!« Der Rechenauer schüttelte irritiert den Kopf. »Na ja, ihr werdet des schon wissen, das mit dem neumodischen Zeug! Schmeißen Bilder an die Wand! Ja, mir gangst!«

»Der Bürgermeister kommt ja auch, den haben's nämlich auch an'griffen, weil er die Anlage ›so schnell durchgewinkt‹ hat. Der wird ihnen dann auch Wind aus den Segeln nehmen, nämlich, dass er gar nicht anders kann!«

»Ja mei, ich kenn' mich nimmer aus in der Sach'!«, seufzte der Rechenauer.

»Eben, Vater, drum ist's am besten, du bleibst daheim! Lassen wir doch den Bürgermeister und den Feicht reden und ich bin auch noch da!«

»Was!? Ich soll daheim bleiben? Das kommt ja gar nicht in Frage! Das wär' ja noch schöner, wenn ich mich um mein eigenes Zeug nicht mehr selber kümmern darf!« Der Rechenauer war aufgesprungen und ging erregt in der Küche auf und ab. Michael warf seiner Mutter einen hilfesuchenden Blick zu.

»Geh, der Michi meint's doch nur gut, Franz. Ich sorg' mich auch um dich, weil du dich gar so aufregst wegen der G'schicht. Ich mein' auch, es wär besser, du bleibst daheim.«

»Des kommt gar nicht in Frage!«, polterte der Rechenauer los. »Da geht's immer noch um mein Sach', noch hab' ich ned übergeben!«

Michael verdrehte die Augen, wieder die alte Leier!

»Dann gehst halt alleine hin, wenn eh alles dir g'hört!«, rief er verärgert, ging aus der Küche und knallte die Tür hinter sich zu.

»Oh mei, oh mei! Dauernd dieser Unfrieden und alles wegen der Anlage!«, jammerte die Mutter. »Ich weiß schon nimmer, ob des eine gute Idee war!«

Auf seinem Zimmer telefonierte Michael mit Nicole um ihr das Neueste zu berichten. »Ach, lass deinen Vater nur mitkommen. Das ist doch auch wichtig für ihn«, beschwichtigte Nicole Michael. »Ich habe noch überlegt, ob es nicht vielleicht gut wäre, du würdest meinen Vater, als Kopf der Initiative, anrufen und ihn direkt zu der Versammlung einladen. Ich glaube, das käme gut an bei ihm!«

»Meinst wirklich?« Michael zögerte.

»Ja, Michael, mach das! Ich glaube, das wird meinem Vater imponieren!«

»Also, ehrlich g'sagt will ich deinem Vater gar ned imponieren, ich möcht' nur meine Anlage bauen.«

»Michael! Das wird einmal dein Schwiegervater werden! Da schadet es sicher nicht, wenn du einen guten Eindruck machst!«

Michaels Aufstöhnen war durchs Telefon zu hören. »Also gut, wennst meinst. Dann ruf ich ihn halt an. Für dich tu ich ja alles, oder sagen wir mal fast alles!«

»Na schau, du wirst sehen, es wird alles gut!«

»Ja, ja sag's nur recht oft, bald glaub' ich es selber!«

»Am besten wäre, du rufst gleich heute Abend an, da ist Paps zu Hause! Und ich auch! Dann kann ich gleich sehen, wie er reagiert!«

Am Abend wählte Michael die Nummer der Bellings, ganz wohl war ihm nicht dabei. »Nicole Belling!«

»Hallo, Nicky! Ich bin's! Ist dein Vater da?«, flüsterte er in den Hörer.

»Ja! Einen Moment, bitte!«, ganz geschäftsmäßig kam das herüber. Dann hörte Michael, wie Nicole ihren Vater rief. »Daddy! Da ist der Herr Rechenauer dran, der möchte dich sprechen!« Und dann hörte er sie wispern: »Ich glaube, es ist wegen der Biogasanlage«.

»Belling!«, erklang Dr. Bellings dröhnende Stimme.

»Hier ist Michael Rechenauer. Ich bin der, der die Biogasanlage bauen will. Äh, Herr Dr. Belling, Sie haben wahrscheinlich schon gehört, dass wir eine Informationsveranstaltung wegen der Anlage machen und da wollt ich Sie extra dazu einladen!«

»Ha, ha! Einladen! Das ist sehr gut! Darauf dürfen Sie sich verlassen, dass wir kommen. Übrigens fällt Ihnen das recht spät ein, Herr Rechenauer! Eigentlich wäre es fair gewesen, uns vor dem Bauantrag darüber zu informieren.«

»Also, Herr Dr. Belling, darüber möcht' ich jetzt nicht mit Ihnen streiten. Der Informationsabend ist ja dazu da, dass Unstimmigkeiten ausgeräumt werden.«

»Nun, das werden wir dann sehen. Ich habe jedenfalls meine Informationen und die werde ich auch auf den Tisch legen.«

Michaels Stimme wurde unsicher. »Ja, freilich, Herr Dr. Belling, dafür ist ja die Veranstaltung da. Auch wir werden unsere Anschauung vertreten.«

»Nun gut! Dann, also! Auf in den Kampf!«

»Also, so kriegerisch sehe ich die Veranstaltung nicht, eigentlich soll es dabei zu einer gütlichen Übereinkunft für alle Teile kommen.«

»Nun, wir werden sehen, Herr Rechenauer! Es war auf jeden Fall gut, dass Sie mich angerufen haben. Das finde ich sehr okay!«

»Also, dann, einen schönen Abend noch, Herr Dr. Belling!«

Michael legte auf. Oh, je, mit dem war nicht gut Kirschen essen!

»Wer hat denn da angerufen?« Marion Belling hatte das Gespräch mitbekommen.

»Dieser Rechenauer, der diese Biogasanlage bauen will!«

»Oh! Und was wollte er?«, fragte sie verwundert.

»Hat mich zum Informationsabend eingeladen. Pah, als wenn ich nicht gekommen wäre, auch ohne Extra-Einladung!«

»Aber das finde ich doch sehr nett von dem jungen Mann! Das zeigt doch, dass es ihm um gutes Einvernehmen geht.«

»Das finde ich auch, Paps!«, mischte sich Nicole ein, die im Hintergrund ängstlich dem Gespräch zwischen ihrem Vater und Michael gelauscht hatte.

»Gutes Einvernehmen! Ich will und werde diese Anlage verhindern und damit basta!«

»Aber Paps! Jetzt warte doch einmal die Veranstaltung ab. Vielleicht kommt da das eine oder andere Argument für die Anlage zur Sprache.«

Dr. Belling sah seine Tochter genervt an: »Wie oft soll ich dir noch sagen, dass meine Meinung dazu steht. Ich habe mich gründlich informiert, das darfst du mir glauben. Übrigens«, fügte er in versöhnlichem Ton hinzu, »ich habe nichts gegen die Rechenauers. Wie sollte ich auch! Das mögen ganz anständige Leute sein. Aber mir liegt das Gemeinwohl am Herzen, unser aller Wohl! Da darf es nicht um den Vorteil eines Einzelnen gehen, Nicole. Das musst du doch einsehen, nicht wahr?«

Nicole kämpfte mit den Tränen.

Erschrocken legte der Vater seinen Arm um sie. »Also, Mäuschen, ich verstehe nicht, warum dich diese

Sache so bewegt. Vertrau nur deinem Vater, der macht schon das Beste für uns alle.«

***

Der Tag der großen Informationsveranstaltung war gekommen!

»Ich glaub', wir machen das am besten oben im Saal«, hatte der Wirt gemeint, doch Michael war anderer Meinung.

»Ich glaub, die Wirtstube unten reicht!«

»Na, na, des glaub' ich ned«, meinte der Wirt. »Ich glaub', da geht's ganz schön her! Das Ganze hat gehörig Staub aufgewirbelt. Sogar in der Zeitung ist neulich wieder ein Artikel dringestanden.«

»Ich weiß! Aber der war gar ned schlecht für uns.«

»Wie man's nimmt! Wer kommt denn alles?«

»Na, der Herr Feicht vom Ministerium mit seiner power-point-Präsentation, der Bürgermeister und dann der Vater und ich.«

»Oh je! Meinst ned, du solltest deinen Vater daheim lassen? So wie sich der immer aufregt! Du kennst ihn doch!«

»Freilich! Aber der lässt sich halt nix sagen, er will auf alle Fälle dabei sein!«

»Da werd' ich vorsichtshalber den Sanka bestellen!« Der Wirt hielt sich den Bauch vor Lachen über seinen gelungenen Witz.

»Na, so schlimm wird's schon ned werden. Sind doch alles vernünftige Leut' und es geht doch ned um einen Atomreaktor!«

»Na, ja, ich weiß ned! Schau'n mer mal, gell!« Der Wirt rieb sich vergnügt die Hände. »Es hat schon lang keine Rauferei mehr geben im Dorf, so wie früher.«

»Ach geh, ich glaub' du spinnst!« Michael tippte sich an die Stirn! »Also, bis heut' Abend dann!«

Michael war nervös, seine Handflächen waren feucht vor Aufregung. Er sah auf die Uhr. »Ich glaub, ich geh' schon mal los. Vielleicht braucht mich der Herr Feicht noch beim Aufbau.«

»Wart', ich komm gleich mit!«, rief der Vater bestimmt. Der alte Rechenauer war von grimmiger Entschlossenheit »es denen da zu zeigen«. Also gingen sie gemeinsam zum Wirt, die Mutter blieb zu Hause, sie wollte sich die Aufregung ersparen.

Auf dem Weg zum Wirt sah Michael, dass eine große Schar von Leuten in der Dunkelheit dem Wirtshaus zustrebten. Es schien, als würde das ganze Dorf zusammenströmen. Keiner wollte sich das entgehen lassen, endlich mal was los! Nun war es doch gut, dass der Wirt den Saal reserviert hatte; selbst dieser war, als die Veranstaltung begann, fast voll.

Vorne, auf der Bühne, hatte Herr Feicht die Leinwand und den Projektor zur Präsentation seiner Folien aufgebaut. Daneben stand ein Tisch mit drei Stühlen, einer für den Bürgermeister und zwei für die Herren Rechenauer.

Michael sah sich unter den Ankommenden um, ob er Nicole sehen würde. Sie hatte versprochen zu kommen, zusammen mit Roman und Sandra. Endlich erspähte er sie. Sie stand in einer kleinen Gruppe von Leuten in der

Nähe des Saaleingangs, ein Vertreter der Presse, Roman und Sandra waren dabei. Er wand sich durch die Anwesenden, um zu ihnen zu gelangen.

»Grüß euch, schön, dass ihr gekommen seid.« Er sah etwas beklommen drein.

»Grüß dich, Michi!« Roman klopfte ihm auf die Schulter. »Schau, meine Eltern sind da, die interessieren sich auch dafür, wie das heute so läuft.«

Erst jetzt erkannte Michael Romans Eltern, in seiner Aufregung hatte er sie nicht bemerkt. »Ah, Frau und Herr Senckenberg!« Er gab beiden erfreut die Hand.

»Na, Michael, da hast du dir ja einiges vorgenommen mit der Veranstaltung!« Herr Senckenberg blickte um sich. »Die ist jedenfalls auf großes Interesse gestoßen.«

»Das kann man wohl sagen.« Michael blickte nervös um sich.

»Das wird schon, Michael«, nickten beide Senckenbergs ihm aufmunternd zu und Frau Senckenberg fügte hinzu: »Lass dich doch wieder mal blicken bei uns droben in Berg. Wir haben dich schon lange nicht mehr gesehen. Dann können wir über alles diskutieren.«

Michael nickte, Nicole hatte sich inzwischen neben ihn gestellt und verstohlen seine Hand genommen und gedrückt. Auch sie blickte ihn aufmunternd an.

Die Glocke klingelte, das Zeichen sich zu setzen. »Also, drückt uns die Daumen«, Michael sah bittend in die Runde, dann ging er zum Podium, setzte sich neben seinen Vater.

»Du sagst nix«, zischte er ihm noch zu, dann begann die Veranstaltung.

Bürgermeister Hutterer war der erste Redner zur Begrüßung. Danach begann Herr Feicht mit seiner Präsentation. Bild um Bild, Skizze um Skizze, Texte und Berechnungen projizierte er nacheinander auf die Leinwand. Eine dreiviertel Stunde ging das so. Selbst Michaels Aufmerksamkeit wurde langsam lahm; er sah, wie einigen der Leute in den ersten Reihen fast die Augen zufielen, während im hinteren Teil des Saales Gemurmel zu hören war, das immer mehr anschwoll zu unmutigem Gerede.

Plötzlich erklang eine Stimme aus dem Hintergrund. »Nun hören Sie doch auf mit Ihrer Präsentation. Wir wollen Fakten über die Anlage in Altdorf. Wie viel und welches Material soll hier fermentiert werden, wie wollen Sie die Zufahrtswege regeln, welche Gefahren kommen auf uns zu und – last but not least – mit welcher Verminderung unserer Besitzwerte müssen wir rechnen«. Michael erkannte sofort Dr. Bellings Stimme. »Das, was Sie uns hier zeigen, interessiert uns nicht! Es geht hier um die Anlage in Altdorf! Nur die interessiert uns. Und dann noch, warum die Gemeinde das Vorhaben so mir nichts, dir nichts, genehmigt hat.«

»Dazu komme ich noch! Nur Geduld!« Herr Feicht reagierte noch gelassen und warf das nächste Bild auf die Leinwand.

»Aufhören! Aufhören!« , riefen jetzt einige Stimmen aus dem hinteren Teil des Saales.

»Wir möchten jetzt über den Bau der Anlage abstimmen!« Wieder war es Dr. Belling, der nach vorne rief.

Herr Feicht sah irritiert zum Bürgermeister, der aufstand und das Wort ergriff: »Also, das ist hier eine Informationsveranstaltung, die die Familie Rechenauer veranlasst hat. Hier geht es in keiner Weise um eine Abstimmung! Und was unsere Genehmigung anbelangt, ich habe ihnen schon in der Bauausschusssitzung gesagt, dass die Gemeinde nur eine Empfehlung ausspricht, und selbst die müssen wir nach dem privilegierten Baurecht so aussprechen, wie wir es getan haben. Das hier ist nur eine Information durch das Ministerium, das Herr Feicht vertritt. Hören sie sich das doch erst mal an!« Er wirkte leicht verärgert.

Michael sah, wie die Leute in den ersten Reihen wieder munter wurden und sich nach hinten, zu den Rufern, umdrehten. Unruhe entstand im Saal.

»Soll ich nun mit meiner Präsentation fortfahren?« Herr Feicht schaute verunsichert in den Saal.

»Ja!« – »Nein!« – »Von mir aus!« – »Aber schneller!« Verschiedene Zurufe drangen nach vorne zum Podium, es herrschte geladene Stimmung.

Der alte Rechenauer erhob sich schwerfällig. »Ja, was glaubt's denn ihr? Glaubt's ihr eben, des macht uns Spaß da heroben!?« Michael zerrte an des Vaters Joppe.

»Sei ruhig und hock dich hin!«

»Nix da!«, wehrte er ihn energisch ab, ließ sich nicht beirren. »Kommt's daher und möchtet's uns sagen, wie wir leben sollen! Das wär' ja noch schöner!«

Beifälliges Gemurmel aus den vorderen Reihen, wo überwiegend Alteingesessene des Dorfes saßen.

»Vater, des bringt doch nix! Setz dich hin!«, zischte Michael seinem Vater zu und auch der Bürgermeister machte eine beschwichtigende Handbewegung zum alten Rechenauer, der auf seinen Stuhl zurückplumpste.

»Abstimmung! Abstimmung! Abstimmung!« Wieder die lauten Rufe von hinten.

»Da gibt's keine Abstimmung!« Einer der Bauern aus einem der umliegenden Dörfer war aufgestanden und brüllte es den Rufern zu. »Habt's des ned verstanden?«

Wieder stand der alte Rechenauer auf. »Mir lassen uns des ned verbieten von eurer Mafia!«

»Vater!« Michael packte seinen Vater grob am Arm und zog ihn auf den Stuhl zurück.

Laute Buh-Rufe! Auch wenn nicht mehr geraucht werden durfte, war die Luft stickig.

»Ich bitte um Ruhe!« Der Bürgermeister klingelte anhaltend mit der Glocke. Endlich wurde es stiller.

»So macht das keinen Sinn! Ich bitte Alle«, er betonte dieses »Alle« ganz besonders, »um eine ruhige und sachliche Diskussion. Vielleicht sollte uns der junge Herr Rechenauer erklären, warum er den Bau dieser Anlage für den weiteren Bestand seiner Landwirtschaft so wichtig findet.«

Michael stand auf, er hatte sich mit Herrn Feicht und dem Bürgermeister gut auf diese Situation vorbereitet. Trotzdem war ihm unbehaglich zumute, er war kein großer Redner und schon gleich gar nicht vor einem so großen und vor allem so aufgebrachten Publikum. Der Notizzettel in seiner Hand zitterte. Nicole, im Publikum, zitterte ebenso vor Aufregung und Mitgefühl.

»Also, ich möchte mal anfangen beim jetzigen Stand unserer Landwirtschaft und ihnen darlegen, warum sich diese in der Form nicht mehr rentiert. Zumindest nicht für zwei Familien, die alte Generation und meine. Ich will ja auch einmal heiraten und eine Familie gründen«, fügte er tapfer hinzu. Nicole war gerührt, sie wusste, dass diese Worte ihr galten.

»Super, Michi! Hast' denn schon eine?« Irgendeine junge, männliche Stimme aus der Mitte des Saales war das, dazu Gelächter.

»Geh halt zu ›Bauer sucht Frau‹ ins Fernsehen. Da find'st schon eine!«, schrie ein anderer frech.

»Eine mit einem Riesenbusen«, rief ein anderer unter lautem Gejohle seiner Freunde.

Michael lief rot an, er kannte die Burschen genau! Lauter Saufköpfe und Randalierer waren es, dumme Kerle halt. Trotzdem ärgerte es ihn, die Veranstaltung drohte zu einem Komödienstadel zu werden. Bevor er noch antworten konnte, kam eine weitere Stimme aus dem Hintergrund des Saales »Heiraten können Sie doch, aber nicht zu unserem Nachteil!« Wieder lachten einige, dieses Mal von hinten im Saal.

Michael versuchte, trotz aller Schmähungen, ruhig zu bleiben. »Also, ich fange noch einmal an. Unsere Landwirtschaft ...« Weiter kam er nicht, es entstand Tumult im Saal. In der Mitte waren einige der jüngeren Männer aufgestanden und fingen eine lautstarke Diskussion mit den weiter hinten sitzenden an. Die in den vorderen Reihen standen ebenfalls auf und verrenkten sich schier die Hälse, um auch ja alles mitzubekommen.

»Jetzt gebt's denen da mal eine auf den Deckel!«

»Wir lassen unser schönes Altdorf nicht verunstalten!« Solche und viele andere Bemerkungen flogen hin und her.

»Leut', bleibt's vernünftig, Ruhe, Ruhe!« Das war der Bürgermeister und die Glocke klingelte wieder schrill.

Der alte Rechenauer war wieder aufgesprungen, ging einige Schritte vor an den Rand des Podiums, dann griff er sich ans Herz und wankte. Michael und Herr Feicht stürzten zu ihm, um ihn zu stützen und halfen ihm zurück auf seinen Stuhl. Er war blaurot im Gesicht und ächzte.

»Ist hier ein Arzt?« Der Bürgermeister war nun ebenso aufgeregt. »Ist der Herr Dr. Tomm da?« Dr. Tomm war der Landarzt der Gegend; er eilte schon aufs Podium. Im Saal ging der Tumult munter weiter, nur die auf den vorderen Reihen hatten den Schwächeanfall des alten Rechenauers mitbekommen und schauten jetzt interessiert auf das Podium.

»Am besten ist, wir rufen den Rettungsdienst, um Herrn Rechenauer vorsichtshalber ins Krankenhaus zur Beobachtung zu bringen.« Dr. Tomm sprach auf den Wirt ein, der inzwischen aufs Podium gekommen war.

»Ich hab' ihm schon oft gesagt, er soll jeder Aufregung aus dem Weg gehen!« Dr. Tomm hatte sich an Michael gewandt, der zuckte nur resigniert mit den Schultern.

»Die Veranstaltung ist geschlossen, bitte verlassen Sie den Saal! Ruhe! Bitte verlassen Sie den Saal.« Bürgermeister Hutterer schwenkte energisch die Glocke.

Langsam leerte sich der Saal, im Flur, auf der Treppe und vor allem draußen bildeten sich gestikulierende Gruppen. Inzwischen bog der Sanitätswagen mit Blaulicht um die Ecke, der alte Rechenauer wurde, wenn auch unter Protest, auf einer Tragbahre in den Wagen geschoben.

Als endlich auch Michael aus dem Haus kam, wurde er sofort umringt, auch Roman und Sandra, sowie die Senckenbergs waren dabei. Er suchte nach Nicole, sah sie in einiger Entfernung stehen, klein und blass. Sie sah ihn voller Verzweiflung an. »Ich kümmere mich um Nicole«, flüsterte ihm Sandra zu und eilte zu ihrer Freundin. Roman und die Senckenbergs sahen ernst drein.

»Das war wohl nichts! Das ist mehr als dumm gelaufen. Ich kann nicht verstehen, warum die Leute so unvernünftig sind. Das war doch eine gute Idee, diese Veranstaltung.« Herr Senckenberg schüttelte seinen Kopf. »Eine vertane Chance!« Roman war sauer, sein Freund tat ihm leid, wie er so da stand, völlig durcheinander.

»Ich muss heim zur Mutter, ihr sagen, dass der Vater im Krankenhaus ist.«

In dem Moment kam die Rechenauerin schon um die Ecke. »Was ist denn passiert, ich hab' den Sanka g'hört. Was ist denn los? Ist was mit dem Vater?«

Als ihr Michael die Situation knapp schilderte, fing die Mutter zu weinen an. »Ich hab' ihm gleich gesagt, er soll daheim bleiben«, dann fügte sie mit anklagendem Blick auf Michael hinzu. »Diese Anlage, die bringt so viel Unglück über uns!«

Michael stand hilflos da, auch er war den Tränen nahe. Frau Senckenberg nahm die Rechenauerin fürsorglich am Arm. »Ich geh' mit ihnen heim. Mein Mann kann Sie später ins Krankenhaus bringen. Ich denke, es ist es gar nicht so schlimm, es war halt die Aufregung!«

»Michi, zünd' dem Belling eine nauf, dem Deppen! Lass dir nichts g'fallen!«, schrie eine übermütige Stimme über die Straße und einige lachten dazu.

»Die sind so dumm wie jene, die keinen Argumenten zugänglich sind.« Herr Senckenberg sagte es abfällig.

»Ich glaube, sogar noch dümmer. Mit Gewalt kann man wirklich nichts erreichen, das sollte man doch wissen!«, gab ihm seine Frau recht und führte dann die Rechenauerin heim zu ihrem Hof.

Michael ging nach Hause, mit hängenden Schultern. Er fühlte sich wie erschlagen. Noch schlimmer hätte die Veranstaltung nicht ausgehen können, so hatte er sich das in seinen ärgsten Vorstellungen nicht ausgemalt. Statt sich wenigstens ein bisschen anzunähern, war nun alles nur noch schlimmer geworden. Die uneinsichtigen Gegner hatten alle seine Anstrengungen zunichte gemacht, doch fast noch mehr war er erbost über die dummen und hämischen Bemerkungen einiger Einheimischer. Sie hatten die Veranstaltung, von der er sich so vieles erhofft hatte, fast zu einem »Komödienstadel« degradiert, hatten ihn der Lächerlichkeit preisgegeben.

Zu Hause saß die Großmutter und er hatte alle Hände voll zu tun, die alte Frau zu beruhigen. »Oma, jetzt bleiben wir hier sitzen und warten bis die Mutter aus dem Krankenhaus kommt. Ich glaub', dem Vater geht's ned so schlecht, der kommt bestimmt morgen wieder! Er nahm ihre zitternden Hände und drückte sie. »Weißt ja, Unkraut verdirbt ned!« Er versuchte sie anzulächeln, aber es wurde eher eine unbeholfene Grimasse.

»Ja mei, oh mei, Bub'! Was soll denn des noch alles werden? Was ist denn das für eine Zeit?«

»Ach geh, Oma! Da hast doch schon viel schlimmere Sachen erlebt, damals im Krieg und in der schlechten Zeit, oder etwa ned?«

»Ja, freilich, freilich. Aber lernen denn die Menschen gar nix dazu. Muss denn immer wieder Streit und Unfrieden sein?« Sie schüttelte traurig den Kopf, dann sah sie Michael zweifelnd an: »Glaubst denn wirklich, dass des mit der Anlage gut ist für uns und für Altdorf?«

»Jetzt fängst du auch noch an!« Michael sah enttäuscht aus, doch dann sagte er entschlossen: »Ich glaub' schon, Oma! Und weißt, man darf ned immer gleich aufgeben, wenn's schwierig wird«, er dachte dabei an seine Liebe zu Nicole, die durch diese Geschehnisse auch immer komplizierter wurde.

Endlich kam die Mutter nach Hause. »Der Vater muss noch zur Beobachtung im Krankenhaus bleiben, aber der Doktor meint, es wäre soweit alles in Ordnung. Die Aufregung war halt zu viel für sein Herz. Jetzt haben's ihm eine Spritze geben, dass er sich wieder beruhigt und schlafen kann. Na, ja, vielleicht ist es ganz gut, wenn er mal richtig untersucht wird, er hat mir in der letzten Zeit gar nimmer g'fallen!« Sie stellte Wasser auf für Tee.

»Die Veranstaltung ist ja echt in d'Hos'n g'gangen, wie mir der Herr Senckenberg erzählt hat, Michi?«

Michael nickte nur stumm.

»Und? Wie soll's jetzt weitergehen?«

Michael zuckte mit den Schultern. »Der Plan liegt beim Landratsamt und wir werden sehen, ob die Genehmigung kommt.«

Die Mutter sagte nichts, dachte sich nur ihren Teil, schweren Herzens. Ob es wirklich so gut war, dass der Michael seinen Landwirtschaftsmeister machte? Ob es nicht besser wäre, er würde versuchen, einen anderen

Beruf zu erlernen? Schreiner vielleicht oder ein anderes Handwerk? Sie sah ihren Sohn bekümmert an, der bedrückt in seiner Teetasse rührte. Sie wusste, Bauer zu sein, das war sein Traum und den durfte man ihm nicht zerstören. Es musste irgendeine Möglichkeit geben, ihre Landwirtschaft rentabel zu machen. Da führte kein Weg daran vorbei. Aber wie?

Auch bei den Bellings war keine gute Stimmung.

»Paps, das war unmöglich, was ihr da heute inszeniert habt.« Nicole war voller Zorn auf ihren Vater.

Dr. Belling sah etwas unsicher drein, räusperte sich. »Nun, Mäuschen, so wollte ich das auch nicht, es hat sich eben so ergeben.«

»Eben so ergeben?«, fragte sie aufgebracht. »Ihr habt die Leute nicht zu Wort kommen lassen, nicht diesen Herrn Feicht mit seiner Präsentation und schon gar nicht den Michael!« Wütend stand sie vor ihm.

»Den Michael? Ah, du meinst den jungen Rechenauer! Nun, ich glaube, der ist eher ein Opfer seiner einheimischen Freunde geworden, die sich über ihn amüsiert haben.«

»Ach pah! Ihr habt es so weit getrieben, dass der alte Herr Rechenauer fast einen Herzanfall bekommen hat!«

»Nun, Mäuschen, das tut mir natürlich auch leid.« Er seufzte und man sah ihm an, dass auch ihm unbehaglich war. »Ich werde morgen bei den Rechenauers anrufen und fragen, wie es dem alten Herrn geht.«

»Das nutzt nun auch nichts mehr«, gab Nicole böse zurück.

»Nun, Mäuschen, aber es zeigt doch meine Anteilnahme«.

»Du kannst dir deine Anteilnahme an den Hut stecken – und dein Mäuschen bin ich schon lange nicht mehr!« Wütend rannte sie aus dem Zimmer.

Marion Belling hatte die Szene genau beobachtet, sah ihren Mann, dem offensichtlich nicht wohl in seiner Haut war, und wunderte sich über ihre Tochter, die so aufgebracht war. Irgendetwas stimmte hier nicht!

An diesem Abend herrschte Funkstille zwischen Michael und Nicole, zu müde, aufgewühlt und zu enttäuscht waren sie, um noch miteinander zu telefonieren.

Erst am nächsten Morgen wagte Michael, Nicole auf ihrem Handy anzurufen. Sie meldete sich sofort, hatte auf seinen Anruf gewartet.

»Michi? Wie geht's dir denn?«, fragte sie zaghaft.

»Na ja, wie soll's mir schon gehen? Des war echte Scheiße gestern. Ich glaub', jetzt ist alles noch schlimmer g'worden.«

»Ja, ich fürchte es auch. Es tut mir so leid, Michi!«

»Des muss dir ned leid tun, du kannst ja nix dafür!«

»Doch, irgendwie fühle ich mich schuldig, es war ja meine Idee mit der Informationsveranstaltung! Dabei habe ich es gut gemeint, ich hatte mir so viel davon versprochen. Und dann ging der Schuss nach hinten los!«

»Ja, das kann man so sagen.« Er versuchte, seine Stimme positiv klingen zu lassen. »Es ist ned aller Tage Abend, Nicky. Jetzt müssen wir halt schauen, wie es weitergeht. Du, übrigens, ich hab' auch eine gute Nachricht!«

»Was?«, ihre Stimme klang hoffnungsvoll. »Eine gute Nachricht?«

»Ja! Der Roman hat mich heute früh angerufen; wir sind bei den Senckenbergs eingeladen. Am Sonntag, zum Kaffee!«

»Wer? Wir? Du meinst wohl du!«

»Nein, wir gehen beide hin. Ich hab' es dem Roman schon gesagt. Die Sandra ist auch dabei!«

»Ach, die Glückliche! Die Eltern vom Roman haben es ja gut aufgenommen, dass die beiden heiraten wollen, nicht wahr? Ich freu mich für die Zwei!«

»Ich auch und gerade deshalb nehme ich dich mit zu den Senckenbergs. Damit du siehst, dass es auch anders geht, als wir das gemacht haben!« Leichter Vorwurf lag in seiner Stimme.

»Findest du das wirklich gut, dass ich mitkomme?«

»Ja! Das find' ich sehr gut! Die Senckenbergs sind sehr feine Leut', sie werden es nicht rumtratschen und wenn, dann wär's mir auch egal. Jetzt vertrau mir einfach mal!«

»Ja, das tu ich«, stimmt Nicole kleinlaut zu.

Kapitel 9

Am nächsten Sonntag fuhren Michael und Nicole nach Berg zu den Senckenbergs.

»Jetzt wirst gleich Augen machen, wenn du denen ihren Hof siehst. Das ist eigentlich kein Hof, das ist ein Gut. Die Familie Senckenberg ist dort schon seit Generationen ansässig, ich glaub' sogar, sie waren früher adelig. Zumindest die Frau Senckenberg ist eine geborene ›von‹.«

»Oh je! Dann wird es für sie besonders schlimm gewesen sein, keine eigenen Kinder zu haben und Roman, der verschmäht das Erbe.«

Michael lachte. »Na ja, des Erbe wird er nicht verschmähen, aber Bauer will er halt nicht sein. Er träumt von einer Karriere als Dirigent, aber des wird schwierig sein, das weiß er selbst. Da ist doch etwas Geld im Hintergrund nicht schlecht, oder?«

Sie waren inzwischen beim Berg angekommen.

»Da oben, schau, das ist das Gut Senckenberg!«

Das Haus der Senckenbergs war ein wunderschöner alter Gutshof, prächtig in Schuss, an den beiden Seiten des fast schlossähnlichen Haupthauses waren die Wirtschaftsgebäude im rechten Winkel angebaut.

»Schau hier!« Über der prächtig geschnitzten, alten Holzeingangstüre war eine Jahreszahl markiert.

»Erbaut 1816«, entzifferte Nicole. »Das ist der Wahnsinn! Dann ist das Haus fast zweihundert Jahre alt.«

Jetzt öffnete sich die Tür und Roman kam heraus.

»Ich hab' euch schon kommen sehen, kommt rein!«

Sie kamen in eine große Halle, Jagdtrophäen schmückten die Wände. Roman öffnete die Tür zu einem geräumigen, stilvollen Raum. Frau Senckenberg stand am Tisch, der für die Kaffeetafel gedeckt war.

»Das freut mich, dass du kommst, Michael. Und das ist also deine Freundin, die Nicole.« Sie gab der jungen Frau die Hand. »Schön, dass wir Sie kennenlernen.«

Nicole, die sonst nicht auf den Mund gefallen war, nickte nur, dann stotterte sie: »Ja, das freut mich auch!«

»Setzt euch doch! Mein Mann kommt gleich mit Sandra. Er ist rüber zum Reitstall, ihr die Pferde zeigen. Wissen Sie, Nicole, wir haben hier keine landwirtschaftliche Tierhaltung mehr, sind ganz auf Feld- und Waldwirtschaft umgestiegen. Aber ein paar Pferde haben wir uns noch behalten. Wir sind alle begeisterte Reiter, nicht wahr, Roman? Und da freut es uns besonders, dass die Sandra auch reitet.«

»Wenn auch nicht so gut wie du, Mama«, sagte Roman und legte liebevoll den Arm um seine Mutter.

»Ach, das kommt mit der Übung und dazu hat sie ja nun jede Gelegenheit.« Nicole war gerührt über diese Aussage, fast war sie etwas neidisch auf Sandra.

Jetzt kamen auch Herr Senckenberg und Sandra zurück ins Haus. Nicole staunte, wie freundlich und familiär die Senckenbergs zu Sandra waren; sie hatten sie doch erst vor wenigen Wochen kennengelernt! Auch Sandra schien sich hier wohl zu fühlen. Beneidenswert!

Es wurde viel geredet, vor allem natürlich über die geplante Biogasanlage und die missglückte Informationsveranstaltung. Ob die Senckenbergs wussten, dass sie,

Nicole, die Tochter von Dr. Belling war? Offensichtlich nicht, zumindest machten sie keinerlei Andeutungen darüber.

Später machten die vier jungen Leute einen kleinen Rundgang um den Hof, die zwei Männer voraus, Sandra und Nicole hinterher.

»Sandi, fast bin ich neidisch auf dich. Nein«, fügte sie schnell hinzu, als sie Sandras erschrockenes Gesicht sah, »ich freue mich, dass dich Romans Eltern so gut aufgenommen haben. Dann wirst du also mal eine Gutsherrin?« Nicole konnte sich die Frage nicht verkneifen.

»Nein, das sicher nicht. Der Roman und ich werden in der Stadt wohnen bleiben und was später einmal wird, das kommt drauf an, wie sich Romans Karriere entwickelt.«

Nicole schwieg, sie gönnte ihrer Freundin ihr Glück, trotzdem oder vielleicht gerade deshalb war ihr Herz schwer.

»Ach, ich glaube, Michael und ich haben alles vermurkst. Aber jetzt, in dieser Situation, zu sagen, dass wir heiraten wollen, das wäre wohl unmöglich.«

Sandra war stehen geblieben und nahm Nicoles Hand. »Ja, das ist echt bescheuert bei euch im Moment. Aber lasst euch etwas Zeit. Wenn ihr fest zusammenhaltet, dann wird alles gut!«

Erst am Abend verließen sie das Gut der Senckenbergs und Frau Senckenberg gab Nicole zum Abschied die Hand, zog sie dabei etwas von den anderen weg.

»Liebe Nicole! Sie haben mit Michael einen sehr lieben, anständigen Mann gefunden. Wir kennen ihn gut, schon seit er noch ein Schulbub war.«

Sie drückte Nicoles Hand. »Auch wenn im Moment alles schwierig erscheint, halten Sie zusammen! Michael ist es wert!« Sie lächelte Nicole aufmunternd zu.

»War das ein schöner Nachmittag! Das hat mir wieder Mut gemacht!« Michael und Nicole fuhren nach Altdorf zurück.

»Ich möchte auch einmal so ein gastfreundliches Haus haben wie die Senckenbergs!«

Michael schmunzelte. »So ein prächtiges Anwesen kann ich dir natürlich nicht bieten, aber ein Haus, nach deinem Geschmack, das werden wir uns bauen!«

»Und dann leben wir glücklich, bis ans Ende unserer Tage!«

Michael sah sie von der Seite an. Es freute ihn, dass sie so glücklich war. Er liebte dieses Mädchen, trotz aller Schwierigkeiten.

***

»Also, Nicole«, Dr. Belling wandte sich an seine Tochter, »›Mäuschen‹ darf ich ja nun nicht mehr sagen«, fügte er etwas spitz hinzu. »Ich habe bei den Rechenauers angerufen und mich nach dem Gesundheitszustand des alten Herrn erkundigt. Ich bin schließlich kein Unmensch!«

»Und? Was haben sie gesagt?« Natürlich wusste es Nicole längst von Michael.

»Na ja, besonders freundlich waren sie nicht, verstehe ich ja auch, irgendwie! Ich habe dann versucht, mit ihnen über die Anlage zu sprechen, aber da habe ich bei der Frau Rechenauer auf Granit gebissen. Sie möchte ihren Mann nicht damit belasten, hat sie gesagt.«

»Das kann ich gut verstehen, sie tut mir leid«, mischte sich Marion Belling mitfühlend ein.

»Vielleicht könnten wir den jungen Rechenauer mal zum Kaffee einladen, was meinst du, Marion?«

»Ach, ich weiß nicht. Aber gut, wenn du meinst. Wenn er denn kommt?!« Marion Belling war unsicher.

Nicole sah überrascht auf, sollte bei ihrem Vater etwa ein Gesinnungswandel stattgefunden haben? Mein Gott, Michael hier in der Höhle des Löwen und das nach dem missglückten Sushi-Abend und der verkorksten Informationsveranstaltung! Nein, das war unmöglich!

»Ich wollte ihm einen Vorschlag machen! Ich will ihm vorschlagen, die Anlage woanders zu bauen, weiter vom Dorf entfernt, mehr hinunter nach Thal!«

Nicole sah ihn ungläubig an. »Hinunter nach Thal? Ich weiß nicht, ob die Rechenauers da Grund besitzen und außerdem, Paps, das finde ich nun schon höchst eigenartig. Du willst die Anlage hier nicht haben, wegen des Gestanks und des Verkehrsaufkommens, aber die Leute in Thal drunten, die sollen das schon aushalten. Was ist denn das für eine Moral?« Nicole war wütend.

»Nun ja«, antwortete ihr Vater ausweichend, »wir müssen sehen, was für Möglichkeiten es gibt. Vielleicht spreche ich erst mal mit dem Bürgermeister darüber. Auf jeden Fall werde ich eine weitere Informationsschrift verfassen, in der ich meine Vorschläge unterbreite. Damit die Leute sehen, dass ich kompromissbereit bin.«

Abends, als Nicole sich mit Michael traf, erzählte sie ihm von der Idee mit dem Grundstückstausch.

»Was hältst du denn davon?«

»Da sieht man, dass dein Vater keine Ahnung hat. Ein Grundstückstausch, um eine Biogasanlage bauen zu können.« Er tippte sich an die Stirn. »Also, einen größeren Blödsinn hab' ich noch nie g'hört. Wir haben dort keinen Grund und glaubst du denn, ein Bauer in Thal wird mit uns tauschen, um dann vor seinem Haus eine Biogasanlage zu haben? Und jetzt will er nochmals ein Rundschreiben verfassen?« Michael stöhnte.

»Ich versuche es ihm auszureden. Aber das wird sicher schwierig!«

Michael schüttelte fassungslos den Kopf, ballte die Hände zur Faust. »Wenn's ned dein Vater wär, dann tät ich ihm schon mal gerne Bescheid sagen. Aber richtig!«

***

Auch Bürgermeister Hutterer sah diesen Vorschlag als äußerst schwierig zu bewerkstelligen an.

»Wissen Sie, Herr Dr. Belling, ich verstehe ihre Bedenken. Glauben Sie ja nicht, dass ich begeistert von der Sache bin, aber Sie müssen auch die Probleme der Landwirte sehen! Und Biogasanlagen sind zur Zeit der Renner! Werden von oben propagiert und subventioniert; wenn das so weiter geht, steht bald in jedem Dorf mindestens eine. Ich habe keine Ahnung, was in ein paar Jahren sein wird. Der Bund Naturschutz meutert jetzt schon gegen Biogas, aus vielen verschiedenen Gründen. Vielleicht dreht sich der Wind ja auch bald wieder und dann werden diese Anlagen nicht mehr so einfach genehmigt.«

Er geleitete Dr. Belling zur Tür. »Bleiben Sie gelassen! Warten Sie es doch ab.«

»Nein, auf keinen Fall«, beharrte Dr. Belling. »Ich weiß, was ich zu tun habe!«

Am Abend setzte er sich an seinen Computer, um ein neues Rundschreiben zu verfassen.

Darin legte er noch einmal alle seine Argumente in gekürzter Form dar und beendete sein Schreiben mit: »Leider konnten uns die Herren Rechenauer bei der Informationsveranstaltung mit ihren Argumenten nicht überzeugen. Auch meine Vorschläge bezüglich eines eventuellen Grundstückstausches werden, sowohl bei den Bauherren wie auch beim Bürgermeister, kein Gehör und keine Zustimmung finden. Bleiben wir gemeinsam stark, gegen die Verschandelung der Landschaft und gegen die Verminderung unserer Besitzstandes.«

»Was für ein Scheiß!«, schrie Nicole wütend, als sie das Blatt las und warf es ihrem Vater hin. »Ihr habt die doch gar nicht zu Wort kommen lassen! Glaub ja nicht, dass ich so ein Geschreibsel austrage! Das kann dein blöder Gössler tun!«

»Nicole!« Marion Belling sah sie verärgert an. »Ich möchte nicht, dass du in diesem Ton über unsere Freunde sprichst. Noch dazu ist Peter ein Mitarbeiter deines Vaters! Und ein guter!«, fügte sie voll Überzeugung hinzu und sah nicht, wie ihr Mann schmerzlich das Gesicht verzog.

***

Eine Woche später lag das zweite »Informationsblatt« in den Briefkästen der Altdorfer Häuser und Wohnungen, doch es hatte nicht mehr dieselbe explosive Wirkung wie das erste.

Die Leute hatten sich beruhigt, viele sahen die Einmischung ohnehin als sinnlos an: »Die da droben, die Politiker, die tun ja eh, was sie wollen, egal, was wir meinen oder sagen! Warten wir's ab!«

»Nein, ich will nicht abwarten! Eben nicht!«, beharrte Dr. Belling. »Das ist ja das Problem unserer Zeit, dass wir uns nicht mehr auflehnen gegen Ungerechtigkeiten! Der Einzelne kann sehr wohl etwas bewirken, man muss nur seine Meinung selbstbewusst vertreten und sich nicht gleich unterkriegen lassen!«

Marion Belling sah besorgt zu ihrem Mann. Er hatte sich verändert in letzter Zeit, war noch ungeduldiger und auffahrender geworden, als er früher schon war. Zudem sah er schrecklich abgespannt und müde aus! Was war los mit ihm? Das konnte doch nicht wegen dieser bescheuerten Anlage sein! Man kam so schlecht an Günther ran, immer wieder wich er ihren Fragen aus und Nicole, die sprach ohnehin kaum mehr mit ihrem Vater.

Marion Belling machte sich Sorgen! So viel Unfrieden hatte diese Anlage in ihre Familie gebracht! Fast war sie geneigt, ihrem Mann Recht zu geben: Wenn diese Anlage nur nie geplant worden wäre! Sie nahm sich vor, mit Peter Gössler zu reden. Ob es in der Firma Schwierigkeiten gab?

***

Marion Belling wählte Peter Gösslers Nummer.

»Peter, könnten Sie in den nächsten Tagen mal kommen, ich möchte etwas mit Ihnen besprechen, das heißt, eigentlich wollte ich Sie etwas fragen, etwas sehr persönliches. Am besten, wenn mein Mann nicht zu Hause ist. Ich brauche Ihre Hilfe, Peter!«

Über Peter Gösslers häufige Besuche hatte sich Marion Belling anfangs unbefangen gefreut, hatte Mitleid mit dem Nachbarn, den seine Familie verlassen hatte. Doch zunehmend hatte sich Peter Gösslers Verhalten ihr gegenüber verändert. Er machte ihr ganz offensichtlich den Hof, flirtete ungeniert mir ihr, allerdings nur, wenn sie alleine waren. Anfangs hatte sie sich fast geschmeichelt gefühlt, Peter Gössler war ein attraktiver Mann; dann fing sie an, sich über sein Verhalten zu amüsieren. Er konnte doch nicht allen Ernstes annehmen, dass sie zu mehr als nachbarschaftlicher Freundlichkeit bereit war. Immerhin war ihr Ehemann sein Chef!

Trotzdem gefiel ihr seine aufmerksame, charmante Art; Günther hatte kaum mehr Zeit für sie, selbst im Urlaub auf Gran Canaria war er oft wie abwesend gewesen. Ja, sie würde Peter Gössler fragen, ob er eine Erklärung für das merkwürdige Verhalten ihres Mannes hatte.

Am Abend kam Peter Gössler, mit einer Flasche Rotwein in der Hand.

»Liebe Marion«, er sah ihr, wie er es immer tat, in die Augen, »Ihr Mann ist noch in einer Sitzung, das wird noch lange dauern. Zeit genug, dass Sie mir von Ihren Sorgen berichten. Ich bin sehr glücklich, dass Sie mich ins Vertrauen ziehen.«

Marion nickte, holte zwei Gläser aus dem Schrank. »Gut, dass Sie gekommen sind, Peter. Ich mache mir Sorgen um meinen Mann. Er ist so nervös in letzter Zeit, kommt immer öfter spät nach Hause. Und dann noch das mit dieser Biogasanlage. Ich finde, er engagiert sich viel zu viel in dieser Sache!«

Peter Gössler legte seine Hand vertraulich auf Marion Bellings Arm. »Sie Arme, ich verstehe, dass Sie das nervt! Doch irgendwie muss ich ihm recht geben, so geht es nun auch nicht, wie man sich das vorstellt. Uns mir nichts dir nichts so etwas vor die Nase zu setzen!«

»Ja, aber die Biogasanlage mache ich nicht alleine für seine Nervosität verantwortlich. Gibt es denn Probleme in der Firma? Das müssten Sie doch wissen, Peter!«

Peter Gössler räusperte sich und rückte etwas von Marion ab. »Ja, nun«, begann er zögernd, »es gibt da bestimmte Probleme. Also«, er räusperte sich wieder, »es wundert mich, dass Ihr Mann Ihnen davon nichts erzählt hat, Marion!«

»Nein, hat er eben nicht, aber so reden Sie doch endlich Peter!« Marion Belling sah sich in ihren Sorgen bestätigt.

»Nun, ich will da nicht vorgreifen.« Er wand sich sichtlich.

»Peter! Ich bitte Sie! Es bleibt natürlich unter uns, was Sie mir sagen!«

Er sah nachdenklich zu Boden, dann begann er: »Also, Ihr Mann hat da offensichtlich etwas versiebt in der Firma. Es handelt sich um einen Millionenauftrag in Asien, der nun auf der Kippe steht. Sie können sich vorstellen, was das bedeutet!«

»Oh je!« Marion Belling erschrak. »Dabei hatte er doch alle Chancen, in den Vorstand berufen zu werden! Das wäre die Krönung seines Berufslebens!«

»Tja, das wird wohl nichts werden – unter diesen Voraussetzungen.« Peter Belling konnte eine gewisse Schadenfreude nicht verbergen, doch Marion Belling war über die Neuigkeiten so bestürzt, dass sie es nicht bemerkte.

»War das nicht der Auftrag, dessentwegen er Sie nach Singapur geschickt hatte, damals, als diese Bauausschusssitzung war?«

»Ja, genau! Doch da hatte er bereits alles vergeigt, ich konnte da leider nichts mehr dran ändern.« Er hob bedauernd die Hände. »Ja, er sitzt ziemlich in der Patsche!« Er sah sie an und verzog dabei kläglich das Gesicht. »Aber, liebe Marion«, er rückte wieder näher zu ihr und legte tröstend den Arm um ihre Schulter. »Sie sollten sich nicht darüber grämen. In seiner Position kann ihm nicht groß etwas passieren, allerhöchstens wird er in den vorgezogenen Ruhestand versetzt, vermutlich mit einer schönen Abfindung. Das wird ihm die ganze, leidige Angelegenheit versüßen, nicht wahr.«

Marion Belling sah ihn mit großen Augen an. »Aber Peter, darum geht es doch nicht! Ich finde das absolut schrecklich!«

»Wäre es denn wirklich so schrecklich, wenn er immer zu Hause wäre?« Er sah sie fragend an.

»Ach, was! Irgendwann, vielleicht in drei bis vier Jahren wäre er ohnehin in Pension gegangen. Nein, das ist es nicht! Es tut mir nur so leid, wenn er nach den vielen erfolgreichen Jahren in seinem Job nun irgendwie, ja fast unehrenhaft, entlassen werden könnte. Ich kann mir gar nicht vorstellen, dass ihm so ein eklatanter Fehler passiert sein kann.«

»Nun, auch dem Besten kann das passieren und diese Asiaten sind schwer zu durchschauen. Ich habe mich jedenfalls mächtig ins Zeug gelegt, um zu helfen und das Verhängnis abzuwenden. Leider ohne Erfolg.« Er sah sie bedauernd an.

»Mein Gott, diese Situation muss schrecklich für ihn sein!« Marion sah verstört vor sich hin. »Ich weiß nicht, was ich tun soll.«

»Am besten gar nichts. Und –«, er sah sie beschwörend an, »das bleibt unter uns, nicht wahr? Das haben Sie mir versprochen!«

Er griff nach ihrer Hand und führte sie zu einem Kuss an seine Lippen. Marion Belling fiel diese Intimität in ihrer Aufregung nicht auf. Peter Gössler nahm ihr Glas, gab es ihr in die Hand und prostete ihr zu.

»Es wird alles gut!«

Marion sah ihn irritiert an. »Wie meinen Sie denn das, Peter?«

»Nun, so wie ich es sage! Es wird alles gut. Und wenn Ihr Mann in Pension ist, kann er sich auch viel ausführlicher um diese leidige Biogasangelegenheit kümmern, nicht wahr?«

»Was? So schnell könnte das mit dem Rausschmiss gehen?«

»Rausschmiss! Was für ein hässliches Wort für eine vorzeitige Pensionierung, ich bitte Sie, Marion!«

Marion Belling war erregt aufgestanden und ging nun im Zimmer auf und ab.

Das war es also! Dass irgendetwas nicht in Ordnung war, hatte sie gespürt. Aber dass es gleich so schlimm kommen würde! Sie konnte es nicht fassen und noch mehr, dass er ihr nichts davon erzählt hatte. Hielt er sie für so wenig vertrauenswürdig?

Auch Peter Gössler war aufgestanden und kam auf Marion Belling zu. »Beruhigen Sie sich, Marion«, flüsterte er. »Das ist doch nicht das Ende Ihres Lebens! Ganz im Gegenteil! Wer weiß, was die Zukunft noch Schönes für Sie bereithält!«

Marion Belling sah ihn verunsichert an. »Nein, nein Peter! Das muss ich erst verdauen. Zu dumm, dass ich nichts zu ihm sagen kann! Ich würde ihm gerne helfen!«

»Irgendwann wird er es Ihnen sagen müssen! Es ist nur eine Frage der Zeit.«

Marion Belling schüttelte den Kopf. »So schnell können sie ihn nicht entbehren, schließlich muss er erst einen Nachfolger einarbeiten.«

Peter Gössler lächelte süffisant. »Nun, liebe Marion, ich denke, das hat er bereits getan. Sie wissen doch, wie er meine Mitarbeit schätzt und dass er mich immer mehr ins Vertrauen gezogen hat. Ich denke, die Nachfolgeregelung wird für die Firma kein Problem sein.«

»Ach ja, Sie, Peter! Da kann ich Ihnen nur gratulieren«, fügte sie lahm hinzu. Sie ging zur Tür und öffnete sie. »Ich möchte jetzt alleine sein, Peter. Ich muss über die ganze Sache nachdenken.

»Das verstehe ich. Und – nicht vergessen!« Er legte verschwörerisch seinen Zeigefinger auf ihre Lippen. »Stillschweigen, wie versprochen!«

»Ja, das verspreche ich Ihnen. Also, gute Nacht!«

»Gute Nacht! Und grämen Sie sich nicht. Alles wird gut!«

Marion Belling sank in einen Sessel, als Peter Gössler weg war. Seine Nachricht hatte sie wie ein Schlag getroffen. Günther in Pension, vorzeitig entlassen, hieß das im Klartext. Das würde ihn schrecklich treffen! Die Firma hatte immer an erster Stelle gestanden in seinem Leben, noch vor der Familie! Wie nur könnte sie ihrem Günther helfen?

***

Wenn Marion Belling gedacht hatte, dies wäre ihre einzige Sorge und die einzige Komplikation in ihrer Familie, so hatte sie sich geirrt.

Wenige Tage nach der Unterredung mit Peter Gössler hörte sie, als sie in den oberen Räumen der Villa aufräumte, eigenartige Geräusche aus Nicoles Zimmer. Eigentlich war es nicht ihre Art zu lauschen, aber die Aufregung der letzten Tage hatte sie misstrauisch gemacht.

Sie blieb vor der Tür zu Nicoles Zimmer stehen und lauschte angestrengt. Auf jeden Fall hörte sie Musik, aber dazwischen immer wieder –, sie legte das Ohr an die Tür, war das Schluchzen? Weinte Nicole?

Sie entschloss sich zu klopfen. Keine Antwort, aber das Schluchzen hatte aufgehört. »Nicole? Ist alles in Ordnung?«

Ein klägliches »Ja«. Also, da war doch etwas nicht in Ordnung! Entschlossen drückte sie auf die Klinke und lugte ins Zimmer.

»Nicole? Wie geht es dir?«

Erneut Schluchzen. Sie sah ihre Tochter auf dem Bett sitzen, zusammengekauert, das Gesicht zur Wand gedreht. Ein Häufchen Elend!

»Mäuschen! Was ist denn los?«

Schnell ging sie ins Zimmer und setzte sich auf die Bettkante zu ihrer Tochter, die sie sie mit rot verweinten Augen ansah.

»Um Himmels Willen, Nicole, so sag doch! Hast du Probleme im Studium?« Marion Belling sah ihre Tochter besorgt, aber auch gerührt an. Das wäre doch wirklich kein Thema! Doch Nicole schüttelte nur den Kopf.

»Bist du krank?«

Wieder heftiges Kopfschütteln, dann umarmte Nicole plötzlich ihre Mutter und brachte unter Schluchzen heraus: »Ich bin so unglücklich, Mama!«

»Oh je!« Marion Belling war bestürzt, ihre kleine Nicole war unglücklich! Aber weshalb nur?

»Willst du mir nicht sagen, was los ist?«

Heftiges Schniefen, dann: »Ich habe großen Kummer, Mama!«

»Na, so sag doch! Vielleicht kann ich dir helfen!?«

Nicole ließ ihre Mutter los und Marion Belling strich ihr über das verweinte Gesicht.

»Ich habe auch Kummer, Nicole!«, gestand sie ihrer Tochter. »Weißt du was? Wir setzen uns jetzt zusammen, trinken eine Tasse Kaffee und erzählen uns unsere Probleme, ja?« Nicole nickte dankbar.

Kurz darauf saßen Mutter und Tochter zusammen in der Küche. Wie lange das nicht mehr vorgekommen war, dachte Marion Belling bei sich; jeder lebte inzwischen sein eigenes Leben innerhalb der Familie.

»Du zuerst!«, meinte Nicole.

»Okay«, seufzte Marion Belling. Dann erzählte sie ihrer Tochter von ihren Sorgen um den Vater, der bevorstehenden, unehrenhaften Entlassung, von der ihr Peter Gössler berichtet hatte. »Ich darf nicht daran denken, wie das deinen Vater treffen wird.«

»Und Peter Gössler hat dir das erzählt, nicht Papa?«, fragte Nicole verwundert.

»Ja, ich hatte ihn gefragt und da hat er es mir erzählt. Ach, der Peter, wegen dem mache ich mir auch so Gedanken.«

»Was ist mit ihm?« Nicole verzog misstrauisch das Gesicht.

Marion Belling war unsicher. Sollte sie mit Nicole wirklich über dieses Thema sprechen?

»Na, sag schon«, fragte Nicole ungeduldig.

»Na, du weißt doch, dass ich mich sehr um ihn gekümmert habe, nachdem er alleine war. Aber nun fürchte ich, er hat sich in mich verliebt!« Marion Belling sah ihre Tochter mit großen Augen an. »Stell dir das vor!«

»Und wie kommst du darauf?«

»Ich merke es an seinem Benehmen. Ich weiß nicht, ob ich darüber lachen, weinen oder mich sogar geschmeichelt fühlen soll!«

»Mama! Bist du noch zu retten?! Der Gössler!«

»Das sagst du so einfach! Weißt du, Papa vernachlässigt mich schon lange, da tut so ein bisschen Bewunderung ganz gut!« Sie sah traurig vor sich hin. »Aber du musst dir keine Gedanken machen, Mäuschen!« Sie legte beschwichtigend ihre Hand auf den Arm ihrer Tochter. »Ich weiß sehr wohl, was ich zu tun habe. Ich werde ihm demnächst ganz offen sagen, dass ich seine Schmeicheleien nicht mehr möchte.«

»Ja, mach das!« Also, dieser Gössler!« Nicole schüttelte empört den Kopf.

»Ach, und weißt du, das mit dieser Biogasanlage, das nervt mich auch, vor allem, dass Papa sich da so engagiert!« Zu Marion Bellings großem Schrecken löste sie mit diesem Satz bei ihrer Tochter eine neue Sturzflut von Tränen aus. »Oh je, Nicole! Das darfst du dir nicht so zu Herzen nehmen, das geht dich doch eigentlich gar nichts an!«

Nicole schüttelte vehement den Kopf, dann sah sie ihre Mutter ernst, aber auch ängstlich an. »Mama, ich muss dir etwas sagen!«

»Na, komm! Du kannst mir alles sagen, das weißt du doch!«

Nun redete sich Nicole alles vom Herzen: Sie erzählte von ihrer Liebe zu Michael, die sie bisher geheim gehalten hatten, weil Nicole das, aus Angst vor der Reaktion ihrer beider Familien, so wollte. Sie sprach davon, wie die Probleme um die Biogasanlage ihr ohnehin schon schwieriges Verhältnis belasteten. Sie versuchte zu erklären, wie wichtig diese Anlage für ihre und Michaels gemeinsame Zukunft wäre und sie sprach von ihren Ängsten und Zweifeln, ob ihre Liebe den Schwierigkeiten, die ihnen bevorstünden, gewachsen wäre. »Manchmal weiß ich nicht mehr ein und aus und diese ewige Heimlichtuerei, dieses Lügen, das macht mich ganz krank und Michael auch«, schloss sie ihr Geständnis.

Zuerst war Marion Belling fassungslos. Mit so etwas hätte sie zuallerletzt gerechnet: Ihre Tochter Nicole wollte einen Bauernsohn aus Altdorf heiraten! Was sollte sie dazu sagen? Die Gedanken drehten sich in ihrem Kopf, aber letztlich siegten ihre mütterlichen Gefühle für Nicole. Warum hatte sich Nicole ihr nicht anvertraut, sondern trug ihre Probleme alleine mit sich herum, genau wie Günther. War sie denn so wenig vertrauenswürdig? Sie hatte immer gedacht, eine gute Ehefrau und Mutter zu sein und jetzt das!

Sie sah die unglückliche, junge Frau, die ihre Tochter war, an. »Nicole, das wird alles gut! Ich helfe dir, ich bin immer für dich da!« Sie zögerte, meinte aber dann: »Papa sagen wir es im Moment besser nicht. Er hat schon genug Probleme zur Zeit. Damit warten wir lieber auf einen anderen Zeitpunkt, hm? Lass es vorerst unser Geheimnis bleiben, ja?«

Lange saßen Mutter und Tochter noch beisammen, wie zwei gute Freundinnen. Endlich stand Nicole auf.

»Danke, Mama!« Sie schniefte noch ein bisschen. »Ich gehe jetzt zu Michael und erzähle ihm alles.« Ein tiefer Seufzer der Erleichterung folgte. »Ich bin so froh, dass du alles weißt, Mama!«

»Ist schon gut, Nicole«, sie strich ihrer großen Tochter liebevoll übers Haar. »Sag Michael einen Gruß von mir!«

»Das mache ich!« Glücklich lächelnd lief Nicole die Treppen hinunter, zu ihrem Treffen mit Michael, hinter der Scheune.

»Mein Kind ist erwachsen!« Zum ersten Mal empfand Marion Belling dies ganz klar und es erfüllte sie zum einen mit Freude, zum anderen mit einem Gefühl von Wehmut und Traurigkeit.

***

Bereits wenige Tage nach dem Gespräch zwischen Mutter und Tochter ergab es sich, dass Peter Gössler Marion Belling erneut besuchte. Günther Belling war, wie oft, bei einer Sitzung und das wusste Peter Gössler.

Wieder hatte er eine Flasche Wein mitgebracht, »für einen gemütlichen Abend zu zweit«, wie er meinte.

Marion Belling stand in der Küche, drapierte Scheiben von Schinken auf eine Platte und schnitt mit einem Messer Käse ab. Ein spätes Abendessen für Günther, wenn er irgendwann nachts nach Hause käme und sie vermutlich, wie so oft, bereits im Bett lag.

»Der Glückliche«, meinte Peter Gössler und seufzte. »Wie gern hätte ich auch eine so liebe und treusorgende Frau! Und noch dazu eine so kluge und gutaussehende wie Sie, Marion!«

Marion Belling sah ihn spöttisch lächelnd an.

»Nun, Peter, machen Sie nicht zu viele Komplimente, vor allem keine so übertriebenen!«

»Aber Marion!«, entrüstete er sich. »Ich meine das ganz ernst! Ich kenne keine Frau, die so wunderbar ist wie Sie! Glauben Sie mir das?«

Er kam näher, stand hinter ihr und versuchte, die Arme um sie zu legen.

»Peter! Lassen Sie das!« Marion Belling drehte sich um und versuchte, sich frei zu machen, doch er hielt sie fest.

»Peter, bitte!«

»Marion!« Er drängte sie in eine Ecke der Küche, hielt sie fest und versuchte sie zu küssen.

»Peter, lassen Sie das!« Marion Belling wehrte sich energisch.

»Du willst es doch auch, ich weiß es!« Er drückte sich mit seinem ganzen Gewicht auf sie.

»Lassen Sie mich los oder ich schreie!«

»Schrei doch! Ich weiß, dass niemand hier ist«, keuchte er an ihrem Ohr. Er begann, an ihrer Bluse zu zerren, schwer atmend vor Erregung. Sie wusste sich nicht zu helfen, er ließ nicht von ihr ab, trotz ihrer Gegenwehr.

»Verdammt, lassen Sie mich los, oder ...« Mit einer energischen Bewegung hatte sie sich befreit, hielt, mit entschlossenem Gesichtsausdruck, das Messer vor seinem Gesicht bereit, im Notfall zuzustoßen.

»Bist du verrückt?«, schrie er sie an. Er war hochrot, Schweiß stand auf seiner Oberlippe.

Er packte grob ihre Hände, drehte sie nach unten, sodass sie das Messer fallen ließ.

Marion war selbst zutiefst erschrocken. Mein Gott, es hätte nicht viel gefehlt und sie hätte ihn mit dem Messer verletzt.

Er sah sie hasserfüllt an. »Das wirst du noch bereuen – und dein Mann auch! Dieser Idiot!«, stieß er hervor, bevor er das Haus verließ und die Tür hinter sich zuschmetterte.

Marion Belling sank auf einen Stuhl, aufgewühlt und schockiert. Sie hob das Messer vom Boden auf. Sie schauderte, war entsetzt darüber, was hätte passieren können!

Dann begann sie zu weinen, vor Wut, Ohnmacht und Verzweiflung. War denn nichts mehr in ihrem Leben in Ordnung, geriet alles aus den Fugen?

Nur langsam beruhigte sie sich. Wenn sie ehrlich zu sich war, hatte sie selbst zu dieser Situation beigetragen. Sie hatte doch bemerkt, wie aufdringlich der Mann in letzter Zeit geworden war. Schon längst hätte sie da einen Riegel vorschieben, sich distanzierter verhalten müssen. Gottlob war nicht wirklich etwas passiert und weder Günther noch Nicole würde sie davon erzählen, das schwor sie sich. Die beiden hatten Probleme genug!

Sie selbst allerdings auch!

Kapitel 10

Michael und Nicole saßen wieder in der netten Weinstube, wie damals, in der kalten Winternacht.

Sie hatten inzwischen das gemütliche Lokal zu ihrem Treffpunkt erkoren.

»Hast denn noch ein bisserl Zeit?«, fragte er sie, als sie spätabends, nach vielem Reden und Erzählen, das Lokal verließen.

»Ja, habe ich! Ich fahre von hier aus gleich nach München, dann muss ich nicht Papas vielen Fragen ausweichen, wo ich war und mit wem?«, kicherte sie.

Sie machten es sich draußen im Wald in Michaels Auto bequem, das war ihre einzige Möglichkeit, sich zu lieben. Später kuschelte sich Nicole an Michael. »Ach, war das wieder schön, ich will gar nicht mehr von dir weg!«

»Des können wir bald immer haben, jeden Tag, wenn wir wollen. Du, ich will, dass wir unbedingt noch heuer heiraten. Fast zwei Jahre sich verstecken müssen, das reicht! Und vielleicht bekommst du ja im Herbst eine Referendariatsstelle in der Nähe, des wär' doch super! Auch wenn wir noch kein eigenes Haus haben, eine kleine Wohnung fürs Erste finde ich bestimmt.«

Nicole sah betreten drein. »Du, Michael, ich muss dir etwas beichten!« Er sah gespannt zu ihr hinüber auf den Beifahrersitz.

»Ich habe mich noch gar nicht für das Staatsexamen angemeldet.«

»Was!? Du wolltest es doch jetzt im Frühjahr machen, damit du im Herbst eine Stelle kriegst.«

»Ja, schon! Aber irgendwie kriege ich es nicht auf die Reihe, ich bin einfach noch nicht so weit mit dem Stoff!«

Michael legte die Hände auf das Steuer und sah hinaus in die Dunkelheit, schwieg. Nicole saß schuldbewusst und bedrückt neben ihm, auch sie sagte nichts.

»Ich hab' mich so drauf verlassen, Nicky«, es klang enttäuscht.

»Es ist so viel Stoff und dann die Biogasanlage, die hat mich auch ganz durcheinandergebracht!«, versuchte sie sich zu verteidigen.

Michael schnaubte hörbar durch die Nase. »Was sollte ich da sagen! Ich arbeite ganztags in der Landwirtschaft, kümmere mich um die Biogasanlage, was mich auch nervt, vor allem, da dein Vater mir dauernd Prügel zwischen die Füße wirft und dazu muss ich mich noch auf die Meisterprüfung vorbereiten! Glaubst du denn, da wird einem was geschenkt?« Michael hatte sich aufgerichtet und sah gereizt auf Nicole herab.

»Entschuldige bitte, Michi!« Nicole sah ihn betreten an. Er suchte, ohne etwas zu erwidern, nach dem Autoschlüssel in seiner Jackentasche, sah auf die Uhr.

»Ich muss los, noch ein bisschen Schlaf kriegen vor der Stallarbeit in der Früh«, es klang resigniert.

»Michi, bitte sei mir nicht böse! Ich möchte nicht, dass wir so auseinandergehen. Vielleicht schaffe ich es ja doch noch, die Anmeldefrist ist noch nicht vorbei.«

»Das musst du wissen, Nicole, da kann ich mich nicht auch noch drum kümmern!« Er startete den Anlasser.

Nicole beugte sich zu ihm und küsste ihn auf die Wange.

»Sehen wir uns am Sonntag? Vielleicht kannst du nach München kommen?«

Er starrte schweigend nach draußen, endlich antwortete er. »Ich glaub', besser nicht! Vielleicht geh' ich in die Berge, allein! Um Ordnung in meinen Kopf zu bringen!«

»Meldest dich dann wieder bei mir?«

»Klar!« Er sah sie an und sein Ärger schmolz dahin, als er ihre Zerknirschtheit sah.

»Du bist schon noch ein rechtes Tschapperl, eine verwöhnte Prinzessin halt!« Er nahm sie am Kinn, hob ihr Gesicht zu sich und küsste sie, doch nur kurz.

Beide fuhren, jeder in seinem Auto, auf Altdorf zu.

Nicole mit schlechtem Gewissen wegen ihrer Nachlässigkeit im Studium, die Michael verärgert hatte und Michael voller Bedenken: Manches wäre leichter, wenn er dieses Mädchen nicht über alles lieben würde! Ob sie denn wirklich auf Dauer zusammenpassten?

***

Es war ein trüber, kalter Sonntagmorgen, der Wind fegte ums Haus und nach dem Regen kamen sogar wieder vereinzelte Schneeflocken vom Himmel.

Marion Belling sah aus dem Fenster, wollte dieser Winter denn nie ein Ende nehmen? Schade! Die ganze Woche war schönstes Vorfrühlingswetter gewesen und ausgerechnet jetzt, zum Wochenende musste es wieder regnen und kalt war es noch dazu! Dabei hatte sie sich so auf ein sonniges Wochenende, zusammen mit Günther, gefreut.

Sie hatte den Frühstückstisch für zwei gedeckt, es war so düster im Zimmer, dass sie die Esstischlampe angeknipst hatte. Im Garten hatte sie einige Schneeglöckchen entdeckt, die jetzt, als erste Frühlingsboten, auf dem Tisch standen.

»Günther!«, rief sie nach oben, »das Frühstück ist fertig!«

Endlich kam er die Treppe herab, in seinem weißen Bademantel. Die Haare standen ihm wirr zu Berge, er hatte Ringe unter den Augen und gähnte. Marion Belling sah ihn verwundert an, so kannte sie ihren korrekten Mann gar nicht.

»Oh, je! Habe ich heute Nacht schlecht geschlafen!« Er sah auf den Tisch. »Du hast für zwei gedeckt, ist Nicole denn nicht hier?«

»Nein, Nicole kommt heute erst gegen Mittag, war gestern in der Stadt aus, mit Sandra und Thilo.«

»Aha! Hat sich die Liebe zu Altdorf schon erledigt?« Marion Belling schwieg und schweigend saßen sie sich am Frühstückstisch gegenüber.

Wann wird er mir endlich sagen, dass er Schwierigkeiten in der Firma hat, fragte sich Marion Belling und sah ihren Mann nachdenklich an. Soll ich ihn doch einmal drauf ansprechen?

»Günther, ich mache mir Sorgen!«

»Sorgen? Geht es dir nicht gut?« Er sah irritiert auf.

»Ich mache mir Sorgen um dich! Du siehst so abgespannt aus, schläfst keine Nacht mehr richtig, jedenfalls höre ich dich rumgeistern!«

Er winkte ab. »Nein, nein es ist alles in Ordnung. Ein bisschen Stress vielleicht, aber das kommt wieder ins Lot!«

»Willst du mir nicht davon erzählen? Lass uns doch nach dem Frühstück einen Spaziergang machen, auch wenn es scheußlich draußen ist! Das würde dir trotzdem sicher gut tun!«

Er winkte ab. »Vielleicht später. Ich muss erst noch einige Akten durchsehen. Was gibt es denn heute zu Mittag?«

»Ich dachte, nur eine Kleinigkeit, vielleicht gehen wir heute Abend essen mit Nicole, wenn sie denn hier bleibt und Zeit und Lust dazu hat.«

Er nickte nur und stand auf. Dann sah sie, wie er mit müden Schritten hinauf in das obere Stockwerk ging.

Wann würde er endlich sprechen, ihr seine Schwierigkeiten anvertrauen. Es war kaum mehr auszuhalten!

Nachdem Marion aufgeräumt und die Betten gemacht hatte, ging sie in die Küche, um einen kleinen Imbiss vorzubereiten. Endlich hörte sie Günther kommen. Er war in seinem dicken Wintermantel, hatte eine Mütze auf dem Kopf und warme Schuhe an.

»Na, so was, du hast mir gar nicht gesagt, dass du startbereit bist! Warte, ich ziehe mich noch schnell an!«

»Nee, nee! Ich gehe alleine!«

»Was?! Warum denn das?«

»Ach, ich brauche etwas Ruhe, muss mir einige Sachen durch den Kopf gehen lassen!«

Marion Belling atmete tief durch. »Und ich störe dich dabei?« Es klang ärgerlich und enttäuscht.

»Aber nein! Natürlich störst du mich nicht. Ich bin ja auch bald zurück, spätestens zum Mittagessen«, sagte er und verließ das Haus.

Marion Belling schüttelte den Kopf, sie sah auf die Uhr. Es war elf Uhr, vor eins aßen sie selten zu Mittag und bis dahin würde auch Nicole hier sein. Sie hatte also genügend Zeit für sich. Sie zog sich einen Sessel an das Fenster, legte eine CD mit klassischer Musik ein und nahm das Buch zur Hand, das sie gestern begonnen hatte.

Wie ruhig und friedlich der Morgen war! Sie sah aus dem Fenster und konnte ihren Mann sehen, wie er, den Mantelkragen wegen des kalten Wetters hochgeschlagen, den schmalen Feldweg in Richtung Thal ging.

Er würde doch hoffentlich nicht wieder über dieser Biogasanlage brüten! Seit sie wusste, wie sehr Nicole damit verquickt war, war ihr sein Engagement dagegen noch unangenehmer als vorher. Aber das alles war nichts im Gegensatz zu seinen beruflichen Schwierigkeiten.

Sie konnte weiter nichts darüber erfahren, Peter Gössler hatte sich seit dem Zwischenfall in der Küche nicht mehr blicken lassen und sie war heilfroh darüber.

So vertieft war sie in ihre Lektüre gewesen, dass sie Nicoles Auto nicht hatte vorfahren hören, erst als diese ins Zimmer kam, bemerkte sie ihre Tochter.

»Hey, Mami. Ist das nicht ein grässliches Wetter heute?« Sie umarmte ihre Mutter zärtlich. »Wo ist Paps?«

»Er ist spazieren gegangen, hinunter nach Thal!« Beide Frauen sahen sich an und zogen eine Grimasse.

»Doch nicht schon wieder wegen der Anlage, oder?«

»Ich weiß nicht, er wollte jedenfalls alleine sein. Ich durfte nicht mit!«, meinte die Mutter in komischer Verzweiflung. »Komm mit in die Küche! Ich habe ein kleines Essen vorbereitet. Papa wird bald kommen, bis zum Mittagessen will er zurück sein.«

Nicole und ihre Mutter machten sich in der Küche zu schaffen. »Und wie geht es dir? Was macht die Liebe?«

Nicole zog ein Gesicht. »Es geht so«, meinte sie gedehnt.

»Was heißt, es geht so?«

»Michael und ich haben uns etwas gekabbelt. Er hat sich geärgert, weil ich mit meinem Studium so schludere und irgendwie hat er ja auch Recht. Wenn ich dran denke, was er alles zu tun hat!« Sie sah ihre Mutter schuldbewusst an.

»Na, dann klemm dich mal dahinter! Eigentlich hat dein Michael Recht, wenn ich es so bedenke!«

»Ich werde mich noch anmelden zur Prüfung, muss mich halt dranhalten, damit ich es schaffe, habe es Michael noch gar nicht gesagt.«

»Trefft ihr euch denn heute?«

»Nein, heute nicht! Ich fahre nachmittags wieder nach Hause, zum Lernen! Michael hat sich heute eine Auszeit gegönnt, ist in die Berge, alleine!«

»Bei dem Wetter?«, Marion Belling sah besorgt aus dem Fenster.

Nicole zuckte mit den Achseln. »Ich finde es auch scheußlich, aber er wird wissen, was er tut! Er ist nicht zimperlich.«

Marion Belling hatte den Mittagstisch gedeckt, sah auf die Uhr.

»Wo Papa nur solange bleibt? Es ist schon nach ein Uhr!«

»Ach, der kommt schon. Kennst ihn doch! Wenn er mal ins Laufen kommt, kennt er kein Ende. Vermutlich ist er die große Runde bis hinauf nach Langkofen und hinunter nach Pausmühle gegangen. Lass uns doch schon mal anfangen, ich habe einen Mordshunger!«

Schon lange hatten sie die Teller abgeräumt und saßen sich bei einer Tasse Kaffee gegenüber.

»Ich muss los!« Nicole sah auf ihre Armbanduhr. »Bin mit Sandra um drei Uhr verabredet, sie fragt mich ab. Schade, dass ich Paps nicht gesehen habe!«

»Wo er nur solange bleibt? Das ist doch gar nicht seine Art, sich zu verspäten, ohne etwas zu sagen.« Marion Belling war besorgt.

»Hat er denn sein Handy dabei?«

»Ich denke schon. Lass mich mal versuchen, ihn zu erreichen.« Sie ging zum Telefon und tippte Günthers Handynummer ein, doch es meldete sich niemand.

»Komisch! Das passt gar nicht zu ihm!« Sie schüttelte beunruhigt den Kopf

»Mach's dir gemütlich, Mama und genieße die Ruhe. Man darf sich von Männern nicht zu abhängig machen«, fügte sie altklug hinzu.

Marion Belling schmunzelte. Das Küken!

Nicole fuhr los, doch am Ende des Hügels entschloss sie sich, nach Thal hinunterzufahren, vielleicht würde sie ihren Vater doch noch treffen.

Sie lenkte den Wagen auf die schmale Straße, fuhr hinunter zum Wald. Von weitem schon konnte sie auf der

Wiese am Waldrand das rotierende Blaulicht eines Wagens sehen und als sie näher kam, erkannte sie zwei Polizeiautos und einen Notarztwagen. Einige wenige Leute standen herum und sie sah, wie Sanitäter eine Tragbahre hochhoben und zum Notarztwagen trugen.

Ihr Herz schlug bis zum Hals, konnte es sein, dass ihrem Vater etwas passiert war, vielleicht ein Herzanfall? Mutter hatte so oft voll Sorge davon gesprochen, dass er so erschöpft sei.

Sie fuhr mit ihrem Wagen quer über die nasse, noch halb verschneite Wiese, ungeachtet des Schmutzes, den sie dabei aufwirbelte, sprang aus dem Auto und lief zu dem Notarztwagen. Die Sanitäter und der Arzt sahen sie unfreundlich an. Neugierige Zaungäste, das konnten sie gerade brauchen!

»Wer ist das?« Sie deutete aufgeregt auf den Notarztwagen. »Ist es ein Mann? Ein älterer Mann?«

Einer der Sanitäter nickte.

»Wir vermissen meinen Vater, seit Stunden!«

Die Männer sahen sich an. »Kommen Sie!« Der Notarzt winkte sie zu sich. »Hier!« Er nahm sie an der Hand und führte sie zu der Tür, durch die man die Liege geschoben hatte. »Ist das ihr Vater?«

Nicole schreckte zurück. Da lag ihr Vater, mit einem Laken zugedeckt, leichenblass, die Augen geschlossen.

»Ja, das ist er«, brachte sie tonlos heraus. »Was ist passiert?« Sie sah die Männer mit schreckgeweiteten Augen an. »Hat er einen Herzinfarkt?«

Der Arzt schüttelte den Kopf. »Nein, er hat eine Schussverletzung, wir müssen ihn sofort ins Krankenhaus bringen, er hat viel Blut verloren.«

Sie schlossen die Klappen des Krankenwagens und stiegen ein.

»Eine Schussverletzung? Halt! Wohin bringen sie ihn denn?«

»Keine Zeit! Reden Sie mit den Polizisten dort drüben!« Und schon brausten sie mit Blaulicht und Martinshorn davon. Erst jetzt sah Nicole, dass bei den Leuten zwei Polizisten in Uniform dabeistanden. Sie stapfte hinüber.

Aufgeregt sprach sie die Beamten an. »Guten Tag! Ich bin Nicole Belling. Das ist mein Vater, der da weggebracht wird! Was ist denn passiert?« Sie sah, dass einer der Polizisten die Brieftasche ihres Vaters und sein Handy in der Hand hatte.

»Belling? Ja, genau, hier im Personalausweis steht: Dr. Günther Belling!«

Nicole brach in Tränen aus. »Ich sagte Ihnen doch, es ist mein Vater! Lebt er denn noch?«

»Ja, er lebt, aber er ist schwer verwundet, hat viel Blut verloren. Jemand muss ihn angeschossen haben, vielleicht ein Jagdunfall!«

»Angeschossen!? Aber das ist doch nicht möglich!«, brach es aus Nicole heraus.

Der Polizist deutete auf einen Mann, der einen aufgeregten Hund an der kurzen Leine hielt.

»Der Herr da hat ihn gefunden.«

»Wo denn, wann denn?!«

»Vor vielleicht einer halben Stunde. Ich ging mit dem Hund spazieren, wie jeden Tag, wollte ihn frei laufen lassen im Wald. Plötzlich hat er wild gebellt, ich hinterher. Im Gebüsch habe ich dann den Mann gesehen. Er lag mit dem Gesicht auf dem Boden, hatte einen riesigen Blutfleck auf dem Mantel, ungefähr da!« Er deutete mit der Hand auf seinen Rücken. »Grässlich!«

»Und dann?«

»Er war bewusstlos. Ich wollte ihn umdrehen, aber er war zu schwer und ich wusste auch nicht, ob das gut wäre. Dann habe ich die Polizei gerufen. Gott sei Dank hatte ich mein Handy dabei.«

Ein anderer Mann, der das Gespräch verfolgt hatte, gesellte sich zu ihnen. Er war in Zivil. »Kurz, Kriminalpolizei! Sie sind also die Tochter des Verletzten. Wieso kommen Sie ausgerechnet jetzt hierher?«

»Ich war bei meinen Eltern zu Besuch, zum Mittagessen, wollte nach München zurück. Aber nachdem mein Vater von seinem Spaziergang nicht zurückgekommen war, bin ich hier runtergefahren. Meine Mutter sagte, er wäre in Richtung Thal gegangen!«

»Und wann war das?«

»Ich weiß es nicht genau, vielleicht gegen zehn, elf Uhr. Ich kam erst nach zwölf hier an und habe dann alleine mit meiner Mutter zu Mittag gegessen.«

Erst jetzt bemerkte Nicole, wie sie zitterte. »Wo hat man denn meinen Vater hingebracht?«

»Ins Krankenhaus, wohin genau, das wissen wir nicht, aber wir werden benachrichtigt.«

»Und wenn er stirbt?« Sie war voller Panik. »Ich hätte mitfahren sollen!«

Die Beamten schüttelten den Kopf. »Nein! Im Notarztwagen geht es nicht und hinterher zu fahren wäre viel zu gefährlich, so aufgeregt wie Sie sind! Lassen Sie uns noch die Personalien von dem Herrn, der ihn gefunden hat, aufnehmen, dann fahren wir mit Ihnen nach Hause, Ihre Mutter benachrichtigen!«

Erst jetzt fiel Nicole ihre Mutter ein! Mein Gott, sie ahnte noch nichts! Wie durch einen Schleier sah sie, dass die anderen Beamten die Stelle, an der ihr Vater gefunden worden war, mit Bändern absperrten, das Gelände fotografierten und durchsuchten.

Als die Formalitäten erledigt waren, meinte der Kripobeamte Kurz zu Nicole: »Wir können fahren, am besten sie fahren voraus und zeigen uns den Weg.«

Als Nicole am Hügel ankam, das Polizeiauto, diesmal ohne Blaulicht, dahinter, kam Marion Belling gerade aus dem Haus, warm angezogen. Sie machte große Augen, als sie Nicole und das Polizeifahrzeug sah.

»Nicole? Was ist denn los?« Dann wurde sie blass. »Ist etwas mit Papa? Ich wollte gerade nach Thal hinunter, ihm entgegen gehen.« Sie sah ängstlich von einem zum anderen.

»Mama! Man hat ihn gefunden, unten im Wald!« Nicole fiel ihrer Mutter in die Arme, sie schluchzte so sehr, dass sie nicht mehr sprechen konnte.

»Um Himmels Willen, sagen Sie doch, was geschehen ist?«

»Sind Sie Frau Belling?« Marion Belling nickte nur.

»Kurz, Kriminalpolizei. Ihr Mann wurde im Wald bei Thal gefunden. Er lag in einem Gebüsch!«

Marion Belling schrie vor Entsetzen auf.

»Nein, nein, er ist nicht tot, nur verletzt«, versuchte der Polizeibeamte sie zu beruhigen, »allerdings war er bewusstlos.«

Er sah zum Haus. »Können wir hineingehen? Hier ist nicht der richtige Platz zum Reden.« Mit geübtem Blick hatte er längst bemerkt, dass sich im Nachbarhaus ein Vorhang bewegt hatte. Nun, ein Polizeiwagen am Sonntagnachmittag hier in dieser Wohngegend, das war schon eine kleine Sensation. Die Neugier der Menschen war unersättlich, diese Erfahrung machte er immer wieder in seinem Beruf.

Marion Belling führte die Beamten in das Wohnzimmer. Sie war leichenblass und zitterte.

»Was ist passiert?«

Die Beamten schilderten ihr alles, was sie wussten, hatten inzwischen per Funk erfahren, dass Dr. Belling in das nächstgelegene Krankenhaus nach Rosenheim gebracht worden war.

»Es ist ziemlich sicher, dass ihr Mann angeschossen wurde. Von hinten, ein Steckschuss vermutlich, soweit wir das in der Eile sehen konnten.«

»Angeschossen? Mein Mann? Aber das kann doch nicht sein!«

»Es könnte auch ein Jagdunfall gewesen sein, aber das halten wir für unwahrscheinlich. Der Jäger hätte sich sicher gemeldet.«

»Oder auch nicht«, warf der andere Beamte sarkastisch ein.

»Egal. Wie auch immer, auf jeden Fall werden wir, die Kriminalpolizei, ermitteln. Das riecht sehr nach einem Verbrechen!«

Marion Belling schlug vor Entsetzen die Hand vor den Mund.

»Aber – wer sollte denn meinem Vater etwas tun? Das kann ich mir nicht vorstellen«, rief Nicole schrill.

Der eine Beamte hob die Hände. »Keine Ahnung! Wir werden jedenfalls unsere Ermittlungen aufnehmen.«

»Und mein Mann, wie geht es ihm?« Marion Belling schossen die Tränen in die Augen.

»Wir haben über Funk erfahren, dass er gerade operiert wird. Am besten ist, sie rufen im Krankenhaus an und erkundigen sich, bevor sie in ihrer Aufgeregtheit dorthin fahren. Vielleicht ist es nicht so schlimm«, versuchte er Mutter und Tochter zu trösten. »Wir melden uns morgen wieder bei Ihnen, und wenn sie Fragen haben oder wenn Sie etwas Neues erfahren, melden Sie sich bei uns.« Er legte eine Karte mit seiner Telefonnummer auf den Tisch.

Als die Beamten gegangen waren, sank Marion Belling in einen Sessel und schlug die Hände vors Gesicht. »Mein Gott, was ist denn los? Günther angeschossen! Das kann doch nicht sein, das ist unmöglich! Nein, das kann nur ein Unglücksfall sein.« Sie starrte ihre Tochter entsetzt an. »Und wir sitzen hier, während er im Wald verblutet!« Sie begann hemmungslos zu weinen.

»Mama, jetzt mach dir doch keine Vorwürfe! Das konnten wir nicht ahnen! Komm, Mami, beruhige dich. Papa schafft das!«

Sie erzählte ihrer Mutter nicht, wie leichenblass und eingefallen das Gesicht des Vaters gewesen war.

Zitternd tippte Nicole Michaels Nummer in ihr Handy, doch er meldete sich nicht. Sie wusste, dass er in den Bergen war und dort vermutlich keinen Empfang hatte.

Sie suchte die Nummer des Krankenhauses aus dem Telefonbuch. Es meldete sich die Vermittlung und Nicole brachte ihr Anliegen, etwas über ihren Vater zu erfahren, vor.

»Moment, ich verbinde Sie in die Notaufnahme.« Wieder sagte Nicole ihr Sprüchlein auf.

»Ja, der Patient wurde bei uns eingeliefert, aber mehr kann ich Ihnen nicht sagen!«

»Aber ich muss wissen, was mit meinem Vater ist! Verstehen sie das nicht!«, rief Nicole ungeduldig.

»Ich verbinde Sie weiter in die Chirurgie!« Die Stimme klang unverbindlich.

»Chirurgische Abteilung!« Eine leise junge, weibliche Stimme meldete sich.

Wieder brachte Nicole aufgeregt ihre Fragen vor.

»Entschuldigen Sie, aber am Telefon geben wir keine Auskunft!«

»Verdammt nochmal, verstehen Sie denn nicht, dass wir wissen müssen, was mit meinem Vater los ist! Immerhin ist er angeschossen worden und weiter wissen wir nichts! Aber wenn Sie mir nichts sagen wollen, dann kommen wir eben persönlich vorbei!« Ihre Stimme überschlug sich vor Aufregung.

»Einen Moment bitte, ich verbinde Sie weiter!«

Es schien Nicole wie eine Ewigkeit, bis sich endlich eine männliche Stimme meldete. »Dr. Stark!«

»Hallo, guten Tag! Ich bin Nicole Belling.« Zum wiederholten Mal brachte Nicole ihr Anliegen vor und der Arzt schien endlich ihre Ängste ernst zu nehmen.

»Ich kann Ihnen vorerst leider nicht mehr sagen, als dass der Patient immer noch im Operationssaal ist.«

»Können wir denn anschließend zu ihm?«

»Sagen wir, allerfrühestens gegen zwanzig Uhr könnten Sie ihn sehen, aber er wird nicht ansprechbar sein. Vermutlich wird er in ein künstliches Koma versetzt.«

Nicole atmete auf. »Dann kommen wir gegen zwanzig Uhr. Wir möchten ihn auf alle Fälle sehen!«

»Ja, das verstehe ich. Melden Sie sich bei mir in der Chirurgie. Stark ist mein Name. Sicher können wir Ihnen dann schon mehr berichten.«

Nicole war erleichtert, wenigstens hatte sie das Wichtigste erfahren, ihr Vater lebte noch!

Wieder griff sie zum Handy und versuchte erneut, Michael zu erreichen. Nichts! Gerade jetzt, wo sie ihn so dringend brauchte. Sie war enttäuscht und wusste doch, wie ungerecht das von ihr war.

Zäh vergingen die Stunden, es wurde dunkel. Mutter und Tochter hingen ihren trüben Gedanken nach.

Wer konnte auf ihren Mann und Vater geschossen haben? Gut, die Sache mit der Biogasanlage hatte im Dorf viel Wirbel und Unfrieden ausgelöst, aber deswegen schoss man doch nicht auf einen Menschen! Fragen über Fragen, die Gedanken drehten sich im Kreis. Nicole sah zu ihrer Mutter, die am Fenster stand und in die Dämmerung hinaussah.

»Hast Du es denn schon dem Peter Gössler gesagt, Mami?«

Marion Belling schüttelte stumm den Kopf.

»Aber das müssen wir tun, er muss es wissen, schließlich kommt Paps morgen nicht in die Firma!«

»Lass nur, Nicole! Ich werde morgen früh Dr. Böhmer in der Firma anrufen und es ihm selbst sagen!«

»Aber Peter muss es doch auch wissen! Ist er denn zu Hause?« Marion Belling nickte nur. Sie sah aus dem Fenster, hinüber in das Gössler-Haus, auf der anderen Straßenseite. Im Wohnzimmer brannte Licht; entgegen der üblichen Gewohnheit waren die Vorhänge nicht zugezogen und Marion Belling konnte in das Zimmer sehen. Sie sah Peter Gössler hin- und hergehen, plötzlich stand er am Fenster und sah zu ihr herüber, schnell trat sie vom Fenster zurück

»Ich rufe ihn an«, erklärte Nicole bestimmt und holte ihr Handy aus der Tasche, doch ihre Mutter nahm es ihr aus der Hand.

»Nein, Nicole, lass das!«

»Aber wieso denn, Mama? Ihr seid doch gute Freunde und er ist Papas engster Mitarbeiter!« Nicole sah ihre Mutter irritiert an.

»Ich möchte es nicht, nicht heute! Lass es gut sein, Nicky«, meinte sie begütigend. »Ich möchte nicht weiter darüber sprechen!«

Verwundert steckte Nicole ihr Telefon wieder ein. Nun gut, wenn ihre Mutter es nicht wollte?! Verstehen konnte sie es nicht.

Sie nahm erneut das Handy und versuchte wieder und wieder, Michael zu erreichen. Vergebens! Wie verhext war das! Wo er nur steckte? Es war ihm hoffentlich nicht auch noch etwas passiert! War er denn tatsächlich bei dem schlechten Wetter in die Berge gefahren? Doch selbst wenn, er musste doch inzwischen zu Hause sein!

Die Minuten und Stunden krochen elendiglich langsam dahin. »Komm, Mama, lass uns etwas essen, nur ein belegtes Brot oder so, und dann fahren wir nach Rosenheim ins Krankenhaus. Sicher kann uns der Arzt nach der Operation mehr sagen. Dieses Warten halte ich nicht länger aus!«

Doch auch die Ungewissheit um Michael setzte Nicole zu. Wo er nur war? Sie hatte keine Ahnung, wohin er gefahren war, aber sie wusste, dass er sehr früh losgehen wollte und am Morgen war das Wetter noch besser gewesen. Hoffentlich war er nicht im Gebirge von dem schlechten Wetter überrascht worden; sie hatte gelesen, wie gefährlich so ein Wetterumschwung in den Bergen war. Er müsste doch längst zu Hause sein!

»Komm, Mama, ich halte es nicht länger aus! Lass uns ins Krankenhaus fahren!«

Es war bereits dunkel, als sie in Rosenheim ankamen, zeitig genug. Die Uhr in der großen Halle zeigte auf halb acht.

Während Marion Belling nach der chirurgischen Abteilung fragte, sah Nicole, wie aus dem Fahrstuhl drei Leute in die Halle kamen. Es waren die Rechenauers und Michael!

»Michael!«, rief sie völlig überrascht und lief zu ihm hin. »Michael! Was machst du denn hier?«

Michael sah sie verblüfft an. »Das gleiche könnte ich dich fragen!«

Die Rechenauers sahen verdutzt von ihrem Sohn auf das junge Mädchen. Das war doch die Tochter von dem Belling oben vom Hügel. Frau Rechenauer konnte sich noch gut an das Mädchen erinnern, das an einem Sonntagnachmittag im Hofladen war. Michael zog die junge

Frau zur anderen Seite der Halle, offensichtlich kannten sie sich, gingen recht vertraut miteinander um. Auch Frau Belling beobachtete die beiden. Das war also Michael!

»Michael, ich habe den ganzen Nachmittag versucht, dich zu erreichen. Es ist etwas Schreckliches geschehen!« Jetzt, als Nicole Michael gegenüberstand, schossen ihr wieder die Tränen in die Augen. »Papa ist heute angeschossen worden, unten im Wald, bei der Scheune! Jemand hat ihn im Unterholz gefunden! Die Kripo war auch schon da und jetzt versuchen wir, mit dem Arzt zu sprechen. Er ist operiert worden und wir wissen noch gar nicht, wie es ihm geht!« Es sprudelte nur so aus Nicole heraus.

Michael war blass geworden. »Angeschossen? Des kann doch ned sein!«, stammelte er. Blitzartig erinnerte er sich an den Traum, in dem der Vater mit der Büchse auf Dr. Belling zielte.

»Doch, wenn ich es Dir sage! Ich bin zufällig dazugekommen, als er abtransportiert wurde. Er sah so furchtbar blass aus, ich dachte, er wäre tot!« Sie brach erneut in Tränen aus. »Aber warum bist du denn hier?«

Michael sah kurz zu seinen Eltern hinüber, die wartend dastanden. »Unsere Oma ist gestürzt und hat sich den Oberschenkel gebrochen. Genaueres wissen wir noch nicht. Auf jeden Fall war es eine rechte Aufregung!« Er streichelte sacht über Nicoles Wangen, wischte die Tränen weg, »Aber das ist natürlich nichts gegen das mit deinem Vater!«

Inzwischen war Marion Belling zu ihnen getreten. »Ich bin Nicoles Mutter.« Sie streckte Michael die Hand hin. »Hat Ihnen Nicole schon alles erzählt?« Michael nickte. »Wir müssen jetzt auf die Station, Nicole. Dr. Stark wartet bereits auf uns.« Sie nahm ihre Tochter an der Hand.

»Ich rufe dich an, sobald wir mehr wissen«, schluchzte Nicole.

»Oder kommen Sie doch rauf zu uns, wenn es nicht zu spät wird! Da redet es sich doch besser! Ich glaube, Nicole braucht sie dringend!« Marion Belling sah Michael bittend an. Der nickte nur.

»Ich rufe dich an, sobald wir zu Hause sind!« Nicole winkte ihm im noch zu.

»Waren das nicht die Bellings? Dass du mit denen so freundlich umgehst, wo sie uns solche Schwierigkeiten machen?!« Die Rechenauerin sah ihren Sohn misstrauisch an.

»Ach geh, Mama. Das ist doch nur er, der Vater von der Nicole!« Er blieb stehen und sah seine Eltern sehr ernst an.

»Der Dr. Belling ist heute Nachmittag im Wald drunten, bei Thal, angeschossen worden. Deshalb ist die Nicole mit ihrer Mutter da!«

»Um Himmels Willen!« Die Rechenauerin schlug erschrocken die Hand vor den Mund. »Ja, warum denn? Wer macht denn so was? Bei uns in Altdorf!« Sie sah ihren Mann entsetzt an.

»Ach so, deswegen war heut' so ein Tumult im Dorf, Polizei mit Blaulicht und Martinshorn und allem. Und der Rettungsdienst! Ich hab' mich schon g'fragt, was da los ist?«

Sie standen am Ausgang, als Michael plötzlich meinte: »Fahrt ihr zwei doch allein heim, ich bleib' lieber noch da, bis die Nicole wieder rauskommt und fahre dann mit den Bellings heim. Ich möchte jetzt die Nicole ned alleine lassen!«

»Was!?« Die Rechenauerin sah ihn verdutzt an und wollte noch etwas erwidern, doch da öffnete Michael schon die Tür und schob seine überraschten Eltern hinaus. »Ist schon gut, Mama! Ich weiß schon, was ich tu'! Ich komm dann später!«, fügte er noch beruhigend hinzu.

Auf dem Weg zum Auto konnte sich die Rechenauerin nicht mehr zurückhalten. »Also, Franz, das ist doch schon recht komisch! Der macht ja wegen dem Belling einen besorgteren Eindruck als wegen der Oma ihrem Hax'nbruch! Die Nicole will er ned alleine lassen! Ja, kennt der denn des Madl besser?«

Der Rechenauer brummelte etwas vor sich hin, dann: »Also, den Belling haben's ang'schossen! Ja, wer könnt' denn des g'wesen sein?«

»Vielleicht war's ein Jagdunfall?«

»Ach geh, doch ned jetzt, zu der Jahreszeit!« Der Rechenauer schüttelte energisch den Kopf. »Auf jeden Fall ist jetzt der Kopf von der Anti-Biogas erst mal weg! Vielleicht ist jetzt dann Ruh' mit dem ganzen Zirkus!« Er nickte, fast zufrieden.

»Aber, Franz! Sag mal, spinnst du! So was darf man ned einmal denken, geschweige denn sagen! Und wegen dem Biogasprotest ist der bestimmt ned ang'schossen worden!«

Michael hatte Mutter und Tochter Belling eingeholt und ging mit Ihnen zur Notfallchirurgie, zur Besprechung mit Herrn Dr. Stark. Nicole drückte ihm dankbar die Hand.

»Also! Ich kann Sie beruhigen, der Patient ist außer Lebensgefahr! Dr. Kleinmüller, der Chirurg der ihn operiert hat, musste zwar einen Teil der Leber entfernen, doch das ist nicht lebensbedrohlich, damit kann man gut leben. Er wird gerade auf die Intensivstation gebracht, zur Beobachtung. Sie können zu ihm, aber er ist noch in Narkose und wird für einige Tage in ein künstliches Koma versetzt. Sie können also nicht mit ihm sprechen, aber sie können ihn wenigstens sehen.«

In diesem Moment klopfte es an der Tür des Besprechungszimmers und auf Dr. Starks »Herein« kamen Herr Kurz und sein Kollege von der Kripo herein.

»Nun, wie geht es, Frau Belling?« Herr Kurz gab Marion Belling die Hand.

»Etwas besser«, meinte sie, »mein Mann ist außer Lebensgefahr.«

»Das freut mich aber! Wann kann man denn mit dem Patienten sprechen?«, wandte sich Kurz an den Arzt.

»Auf keinen Fall in den nächsten Tagen.« Dr. Stark zuckte bedauernd mit den Schultern.

»Okay, da kann man nichts machen!«

Kurz nickte. »Wir kommen dann morgen bei Ihnen vorbei, Frau Belling, wir haben jede Menge Fragen!« Kurz sah fragend von Mutter und Tochter Belling zu Michael.

»Das ist ein Bekannter aus Altdorf. Wir haben ihn zufällig hier im Krankenhaus getroffen«, beeilte sich

Nicole zu sagen. »Er war so nett, uns hierher zu begleiten und uns zu unterstützen.«

»Ah, so! Na, dann eine gute Nacht«, und er fügte noch, fast entschuldigend, hinzu, »soweit das heute, nach der ganzen Aufregung, möglich ist.«

Michael brachte Nicole und ihre Mutter nach Altdorf zurück, in das Haus auf dem Hügel. Eine gute Stunde saßen sie beisammen und sprachen über die dramatischen Ereignisse des heutigen Tages.

»Soll ich dich nach Hause bringen, Michi?« meinte Nicole, die Augen fielen ihr vor Erschöpfung fast zu.

Michael sah sie liebevoll an. »Nein, auf keinen Fall. Erstens bist du schon viel zu müde, zweitens geh' ich gerne die paar Schritte ins Dorf. Das tut mir nur gut!«

»Er ist wirklich ein sehr netter Mann, Nicole«, meinte Marion Belling, als Michael das Haus verlassen hatte. »So liebevoll und fürsorglich zu dir!«

»Ja, Mama! Aber er hat viele Sorgen und jetzt – nachdem das mit Papa passiert ist –, wird nichts leichter!« Nicole ahnte nicht, dass sie damit so etwas wie eine Prophezeiung ausgesprochen hatte, die sich bald bewahrheiten würde.

Michael ging raschen Schrittes hinunter ins Dorf. Es war fast Mitternacht, nur die Straßenlaternen leuchteten ihm den Weg, ansonsten war alles dunkel. Nur im Nachbarhaus der Bellings brannte noch Licht.

»Dass du nur endlich da bist!«, wurde er von den Eltern ungeduldig erwartet. »Was ist denn mit dem Belling?«, fragte der Vater neugierig.

»Er ist außer Lebensgefahr! Aber man kann ihn in den nächsten Tagen nicht befragen. Die Kripo wird den Täter schon finden.« Er wandte sich seinem Vater zu. »Wo warst du denn heut' den Tag über?«

»Ich!?« Der Rechenauer sah seinen Sohn fast schuldbewusst an. »Wo werd' ich schon g'wesen sein? Daheim halt und ein bisserl draußen.«

»Bei dem schlechten Wetter?«

»Ja, ich hab's ihm auch g'sagt. Aber zum Kirchgang und zum Mittagessen war er wieder daheim und dann hat er sich ein bisserl auf'd Couch g'legt, bis dann die Oma gestürzt ist. Mei, war das eine Aufregung! So ein Tag aber auch! Es wird höchste Zeit, dass wir ins Bett kommen.«

Erst als sie im Bett lag, fiel ihr ein, dass sie Michael fragen wollte, wie gut er denn diese Belling-Tochter kannte. Aber morgen war auch noch ein Tag! Das würde sie schon noch herausbekommen!

Kapitel 11

Aufruhr im Dorf! Die »Kriminaler« sind da! Natürlich hatten die Geschehnisse längst die Runde gemacht!

»Auf den Belling ist g'schossen worden!«

»Was? Auf den Belling? Der, wo gegen die Biogasanlage ist?«

»Ja, genau! Auf den!«

»Ja, sowas! Wer könnt denn des g'wesen sein? Doch ned etwa einer von uns, aus Altdorf?«

»Nix g'wiss weiß man ned. Da wird sich schon einer einen Vorteil davon versprochen haben, wenn der nix mehr sagen kann!«

»Ah, so meinst du! Na, ja, dann weiß ich schon, wen du meinst!«

»Ich hab nix g'sagt.«

Die Kriminalbeamten waren zu den Bellings gekommen. »Denken Sie doch nochmals nach, Frau Belling. Hatte Ihr Mann Feinde? Gab es in letzter Zeit irgendwelche ernste Probleme?«

»Nicht, dass ich wüsste!« Marion Belling schüttelte den Kopf. »Nun, sein Job ist sicher nicht ganz einfach, ich habe heute Morgen den Chef meines Mannes, Herrn Dr. Böhmer, über den Unfall benachrichtigt. Er war ebenso entsetzt wie wir und konnte sich nicht vorstellen, wie und warum so etwas passieren konnte.«

Marion Belling erinnerte sich an das Gespräch, das sie mit Dr. Böhmer am Morgen geführt hatte: »Herr Dr.

Böhmer, ich war in letzter Zeit sehr besorgt um meinen Mann, er machte mir einen belasteten Eindruck. Gab es denn in der Firma irgendwelche Schwierigkeiten?« Sehr vorsichtig hatte sich Marion Belling ausgedrückt, eingedenk des Versprechens, das sie Peter Gössler gegeben hatte.

»Nun ja«, meinte Dr. Böhmer gedehnt, » da gab es einige Turbulenzen in letzter Zeit, aber das hat sich ja nun alles geklärt. Aber darüber wissen sie doch Bescheid, Frau Belling.« Marion Belling hatte geschwiegen. Nein, sie wusste von nichts!

»Wann glauben Sie denn, dass Ihr Mann wieder einsatzfähig sein wird, oder wird er ...«, Dr. Böhmer stockte im Satz.

»Ich weiß es nicht, man wird die nächsten Wochen abwarten müssen. Aber ehrlich gesagt«, sie zögerte, »ich weiß nicht, ob er jemals wieder voll arbeitsfähig sein wird.«

»Mhm, mhm,« Dr. Böhmer schien zu überlegen. »Dann wird es wohl vorsorglich das Beste sein, sich schon mal nach einer Vertretung und eventuellem späterem Nachfolger für Ihren Mann umzusehen.«

Marion Belling wollte schon den Namen »Gössler« ins Gespräch bringen, behielt es aber für sich. Das waren Betriebsinterna, die sie nichts angingen. Irgendwie war es ihr peinlich, dass Dr. Böhmer annahm, dass sie über gewisse Schwierigkeiten in der Firma Bescheid wusste, sie dagegen von ihrem Mann nicht ins Vertrauen gezogen worden war!

An dieses Gespräch erinnerte sich Marion Belling nun wieder.

»Nein, in der Firma wird nichts Außergewöhnliches vorgefallen sein, das Übliche halt. Allerdings hat sich mein Mann in letzter Zeit sehr gegen eine, hier im Dorf geplante Biogasanlage eingesetzt, das hat natürlich etlichen Wirbel verursacht, doch das kann wohl kein Motiv für einen Mordversuch sein!«

»Oh je, da sind schon wegen ganz anderer Dinge Leute umgebracht worden.« Der zweite Beamte, der sich mit dem Namen Schulz vorgestellt hatte, schob Marion Bellings Einwand zur Seite.

In diesem Moment klingelte es an der Haustür. Marion Belling hob verwundert den Kopf, wer konnte jetzt stören, man sah doch das Polizeiauto vor der Tür stehen! Sie gab Nicole, die schweigend der Unterredung gefolgt war, einen Wink. Kurz darauf kam diese mit Peter Gössler in das Zimmer. »Liebe Marion, welch schreckliche Geschichte.« Er kam auf Marion Belling zu und wollte sie in den Arm nehmen, doch diese wich zurück, wehrte seine Umarmung ab.

»Unser Nachbar, Herr Gössler!«, stellte sie ihn den Beamten vor.

»Ja, und zugleich ist Dr. Belling mein Chef, mein sehr geschätzter Chef!« Er wandte sich an Herrn Kurz. »Was genau ist denn passiert?«

»Tja, das wollen wir noch herausbekommen! Jedenfalls, soviel ist bisher bekannt, ist Herr Dr. Belling angeschossen worden!«

»Angeschossen!? Ja, wie und wo und warum?« Peter Gössler gab sich interessiert und erschrocken.

»Darüber können wir noch nichts sagen, wir warten noch auf diverse Untersuchungen.«

»Ach, wie schrecklich! Liebe Marion, das tut mir unsäglich leid! Ich würde Ihnen ja gerne beistehen, aber ich bin nur noch morgen hier, mache ein paar Tage Urlaub. Die Reise habe ich schon vor längerer Zeit gebucht. Aber wenn ich Ihnen heute oder morgen irgendwie helfen kann?«

Marion Belling schüttelte stumm den Kopf. »Nein, danke! Wir kommen zurecht! Nicht wahr, Nicole?«

Nicole nickte nur, schwieg.

»Ich stehe Ihnen natürlich auch Rede und Antwort, wenn Sie irgendwelche Fragen haben.« Gössler hatte sich an die Kriminalbeamten gewandt. »Heute und morgen bin ich noch hier!« Kurz nickte.

»Nun, Frau Belling, wir werden weiter ermitteln und Sie auf dem Laufenden halten«, wandte er sich an Marion Belling und gab ihr und Nicole zum Ende dieser Vernehmung die Hand.

Die Beamten waren dabei das Zimmer zu verlassen, als Peter Gössler rief: »Warten Sie, ich komme gleich mit Ihnen!«

Nicole spähte hinter dem Vorhang aus dem Fenster und konnte Peter Gössler draußen sehen, wie er mit den Beamten sprach und dabei gestikulierend immer wieder auf das Dorf zeigte oder hinunter zur Scheune. Dann sah sie das Polizeiauto wegfahren; doch Peter Gössler kam nicht zu ihnen zurück, er ging in sein Haus.

»Was hältst du von der Sache, Werner?« Schulz sah seinen Kollegen Werner Kurz an. »Dem Tipp von diesem Gössler mit der Biogasanlage und dem Streit mit diesem Bauern muss man wohl nachgehen.«

»Wir gehen allen Spuren nach«, gab Werner Kurz barsch zurück.

»Was hältst du von diesem Gössler?« Werner Kurz zuckte mit den Schultern. »Ein bisschen sehr interessiert. Recht eifrig mit seinen Erklärungen.«

»Na, ja, immerhin ist es sein Chef!«

»Mhm!«

»Und die Frau Belling? Und die Tochter?«

»Scheinen mir vorerst ganz okay zu sein. Nur dieser Gössler, da waren die beiden nicht so ganz begeistert, als der plötzlich auftauchte. Hast du auch bemerkt, wie sie vor ihm zurückgewichen ist, als er sie umarmen wollte?«

»Na ja, als Frau vom Chef! Ich weiß nicht, wie die Frau von unserem Chef reagieren würde, wenn ich sie umarmen täte!« Er grinste.

Darauf musste sogar Werner Kurz lachen, vor allem, wenn er sich die doch recht korpulente Frau seines Chefs und den eher schmächtigen Kollegen Schulz vorstellte.

»Irgendwie komisch war die Situation schon. Jetzt machen wir uns auf ins Dorf, horchen da mal rum, was uns die Leute alles so erzählen.«

»Ja, am besten fangen wir mal bei diesen Rechenauers an, die die Biogasanlage bauen wollen.«

Das Polizeiauto hielt vor dem Anwesen der Rechenauers. Frau Rechenauer war gerade draußen, kehrte vor dem Haus. Misstrauisch schaute sie den Kriminalbeamten entgegen.

»Grüß Gott! Sind Sie die Frau Rechenauer?«

»Ja!« Die Antwort war knapp und unfreundlich.

»Kriminalpolizei.« Kurz zeigte seinen Dienstausweis. »Wir ermitteln in der Sache Dr. Belling. Sind denn Ihr Mann oder Ihr Sohn da?«

»Mein Mann ist drin in der Stub'n. Der Michael ist ned da!« Widerwillig führte sie die Beamten ins Haus.

»Franz, da ist die Kripo, wegen dem Dr. Belling seinem Unfall!«

Der alte Rechenauer stand vom Sofa auf, auf dem er seinen Mittagsschlaf gehalten hatte. Er fuhr sich mit der Hand durch seine zerzausten Haare. »Ja, dann! Dann fragen's halt, was Sie wissen wollen. Aber ich weiß ned, ob ich Ihnen da helfen kann«, fügte er zweifelnd hinzu.

Eine knappe Stunde dauerte die Unterredung, dann gingen die Beamten wieder.

»Wann ist denn Ihr Sohn zu erreichen?«

»Mei, am Nachmittag vielleicht«, gab die Rechenauerin unwirsch zurück.

»Dann schauen wir heute Nachmittag nochmal vorbei.« Die Rechenauerin nickte ungnädig.

»Was haben's denn g'fragt, die Kriminaler?«, wollte die Rechenauerin von ihrem Mann wissen.

»Ach«, er machte eine wegwerfende Handbewegung, »ziemlich viel. Vor allem wegen der Biogasanlage haben's g'fragt und wegen dem Streit.«

»Wegen welchem Streit denn?«

»Wegen der Informationsveranstaltung. Die haben schon alles g'wusst, wie's da eben zugegangen ist, die ganze Streiterei halt. Da müssen sich Einige vom Dorf ganz schön über uns ausg'lassen haben. Dabei hab' ich gar nix Schlimmes g'sagt! «

»Na, des vielleicht ned, hast ja den Herzkasperl g'habt vor lauter Aufregung. Aber sonst hast schon recht im Dorf umeinanderg'schrien und auf den Belling g'schimpft. Ich hab' immer g'sagt, du solltest besser den Mund halten.«

»Ja, ja, weil du auch immer alles besser weißt«, gab der Rechenauer mürrisch zurück. »Ja, und dem Michi sein Gewehr haben's mitgenommen. Zur Untersuchung, haben's g'meint.«

»Was?! Und des hast du ihnen so mitg'ben?« Die Rechenauerin war empört.

»Ich wollt' ja ned! Aber ich hab' müssen.«

»Da wird der Michi aber sauer sein, wenn er dann kommt.«

»Des macht doch nichts, wir haben ein sauberes G'wissen, oder ned?«

Kurz darauf kam Michael nach Hause. Noch ganz aufgebracht erzählte ihm die Mutter von dem Besuch der Kriminalbeamten, doch Michael behielt stoisch seine Ruhe. »Ja, und? Des ist doch klar, dass die im ganzen Dorf rumschnüffeln. Müssen's ja! Was gibt's denn zum Essen, Mama?«

»Deine Büchse haben's auch mitg'nommen und was von der Munition!«

Jetzt sah Michael doch verwundert auf. »Des können's leicht machen. Ich hab' schon seit Wochen nicht mehr damit g'schossen. Ich glaub', das letzte Mal war's für den Weihnachtsbraten. Aber interessieren tät's mich schon, wie's da drauf kommen!«

Am Nachmittag kamen die Kriminalbeamten wieder, und nun war Michael zu Hause. Die beiden Beamten stutzten, als sie den jungen Bauern sahen. »Wir kennen uns, oder täusche ich mich da?« Werner Kurz führte das Gespräch. »Waren Sie nicht mit den Bellings im Krankenhaus am Abend des Tattages?«

Michael nickte kurz.

»Und wie kam das zustande? Kennen Sie die Bellings gut?«

»Ich kenn' sie nicht besonders gut«, log er. »Wir haben an dem Tag unsere Oma ins Krankenhaus bringen müssen und da hab' ich zufällig die Bellings getroffen und weil sie so aufgeregt waren, hab' ich mir gedacht, ich bleib' bei ihnen und bring' sie heim nach Altdorf.«

»Und da sind Sie gleich mit bis zum Arzt gegangen?«

»Ja, schon, warum auch ned?«

»Wo waren Sie denn am Tattag?«

Michael stutzte. »Halten Sie mich für den Täter?«

Werner Kurz sah ihn an. »Für uns ist erst mal jeder verdächtig. Also, wo waren Sie am Sonntag?«

»Ich war in den Bergen, bin schon früh los, alleine!«

»Aha, alleine. Kann das jemand beweisen?«

»Ja, freilich, ich!«, mischte sich die Mutter ein.

»Waren Sie denn dabei?«

»Nein, aber ich hab' ihn weggehen g'sehen mit seinem Rucksack, in aller Herrgottsfrühe. Dunkel war's noch.«

»Am Sonntag war ja schlechtes Wetter. War es da nicht zu schlecht für eine Bergtour?«

Michael zuckte mit den Schultern. »Ganz früh war's noch ganz gut, später hat's dann zug'macht, deshalb bin ich auch früher wieder heimgekommen.«

»Wann?«

»So gegen fünf Uhr nachmittags und kurz zuvor hat sich die Oma das Bein gebrochen, deswegen waren wir im Krankenhaus.«

»Gesehen hat Sie niemand in den Bergen?«

Michael schüttelte den Kopf. »Nein, denen war es allen zu schlecht zum Wandern.«

»Mhm, gut, das wär's dann!«

»Und wann krieg' ich mein G'wehr wieder?«

»Das ist bei der ballistischen Untersuchung. Wenn alles klar ist, bringen wir es Ihnen wieder vorbei. Die Jagdzeit ist eh aus, oder?«

***

»Waren die Kriminaler schon bei Euch?«, war die tägliche Frage im Dorf, denn Werner Kurz und sein Kollege kamen weiterhin jeden Tag ins Dorf, redeten hier und horchten da und so allmählich, wie bei einem Puzzlespiel, fügten sich die Teile zu einem Ganzen.

Die beiden saßen im Amt und unterhielten sich über den Fall, fügten Fakten um Fakten zusammen: »Also, Michael Rechenauer ist Jäger, sein Revier ist ausgerechnet der Wald, wo Dr. Belling angeschossen wurde.«

»Zudem hat der Michael Rechenauer für den Tattag kein Alibi, behauptet, dass er alleine eine Bergtour zum Gilfert gemacht hat. Angeblich hat ihn kein Mensch gesehen. Nun, bei dem schlechten Wetter wäre das kein Wunder.«

»Was meinst du?«, fragte Schulz seinen Kollegen, »Glaubst ned, dass es der junge Rechenauer war? Ein Motiv hätte er und Alibi hat er auch keines. Jäger ist er auch! Und eines ist schon komisch, finde ich: An dem Tattag war er mit den Bellingfrauen im Krankenhaus, obwohl sie sich gar nicht so gut kennen, das haben er und die Bellingtochter ausgesagt.«

»Aber das mit der Großmutter stimmt.«

»Ja, schon! Kann ja Zufall sein, dass er ausgerechnet da wegen der Oma dort war. Aber dass er dann mit den Bellingfrauen mitgeht, obwohl er die gar nicht so gut kennt? Aus reiner Nächstenliebe, oder weil er so ein Kavalier ist? Irgendwie kommt mir das seltsam vor! Meinst ned, er hat die Situation ausgenutzt, um etwas zu erfahren, was er vielleicht später, bei der Vernehmung, gut für sich verwenden kann?«

Werner Kurz zuckte mit den Schultern. »Man muss an alles denken. Aber für mich ist entscheidend, was das ballistische Gutachten sagt. Immerhin wurde die Munition, eine 22er long rifle im Dr. Belling gefunden. Die Büchse von dem jungen Rechenauer haben wir beschlagnahmt. Schau'n wir mal, was da raus kommt!«

»Irgendwie druckst der immer so rum, der junge Rechenauer. Irgendetwas verschweigt der uns. Im Dorf hört man auch so allerhand unterschiedliches. So ganz gern mögen sie die Rechenauers ned.«

»Ach, Schulz, du musst noch viel lernen, das sag' ich dir. Wenn du glaubst, in so einem gewachsenen Dorf herrscht Friede, Freude, Eierkuchen, dann täuscht du dich. Da gibt's oft jahrzehntelange Streitigkeiten, versteckten Groll und Rivalität. Da ist so etwas eine gute Gelegenheit, dem anderen eins auszuwischen. Ich verlass mich am liebsten auf handfeste Beweise. Warten wir die Ballistik ab!«

Täglich besuchten Nicole und ihre Mutter den Vater im Krankenhaus und endlich, nach Tagen, durfte er die Intensivstation verlassen und wurde in ein Einzelzimmer verlegt.

Marion und Nicole waren dabei, als er langsam aus dem künstlichen Koma erwachte.

»Günther«, Nicoles Mutter strich ihrem Mann gerührt übers Gesicht, »wir sind so froh, dass du wieder bei Bewusstsein bist, das Schlimmste überstanden.«

Dr. Belling versuchte zu lächeln. »Was ist denn passiert? Wo bin ich denn?« Er suchte mit den Augen das Zimmer ab.

»Du bist im Krankenhaus, schon mehrere Tage.«

Dr. Belling versuchte sich aufzusetzen und verzog dabei schmerzhaft das Gesicht. »Warum denn das?«

»Du bist angeschossen worden, im Wald! Erinnerst du dich daran?« Er schüttelte verwirrt den Kopf.

»Jetzt lass mal, ruh dich aus, mein Lieber, damit du bald wieder auf die Beine kommst. Alles andere ist vorerst unwichtig.«

»Paps«, jetzt mischte sich auch Nicole ein, »denk doch mal nach! Was war denn da los, als du neulich im Wald spazieren gingst?« Nicole war voller Sorge, wusste längst von Michael, dass die Kripo mehrere Male bei den Rechenauers gewesen war. »Warst du denn alleine im Wald?«

Dr. Belling starrte seine Tochter unverständig an, antwortete nicht, aber man sah ihm an, wie er krampfhaft versuchte sich zu erinnern.

»Lass mal Papa in Ruhe, Nicole«, warnte die Mutter und dann flüsterte sie ihrer Tochter zu, »darum wird sich schon die Kripo kümmern. Er muss erst mal richtig zu sich kommen.«

Doch auch die Kriminalpolizei konnte bei Dr. Belling nichts in Erfahrung bringen.

»Das kommt vor, dass ein Patient nach so einem Trauma eine Amnesie hat, sich nicht erinnern kann. Manchmal kommt die Erinnerung später wieder, manchmal bleibt sie für immer weg.«

»Die Verletzung von Dr. Belling, wie war die genau?«

»Das Geschoss kam von hinten, streifte eine Rippe und blieb dadurch in der Leber stecken. Dort hat sie eine größere Verletzung der Leber verursacht, deshalb musste ein Teil des oberen Leberlappens entfernt werden. Der Blutverlust war stark, zum Glück wurde er gefunden, sonst wäre er wohl verblutet.«

»Und die Prognose?«

»Die physische Prognose ist soweit gut, eine Leber kann sich wieder regenerieren. Aber wie man psychisch so etwas wegsteckt, das kommt sehr auf die einzelne Persönlichkeit an.«

Endlich trafen sich Nicole und Michael wieder einmal in »ihrer« Weinstube. Die Heimlichtuerei um ihre Liebschaft war noch größer geworden.

»Mir behagt das gar nicht, dass wir die Polizei quasi anlügen und behaupten, wir würden uns nur flüchtig kennen, Nicole.«

»Ja, ich weiß«, gab sie zögernd zu, »aber gerade im Moment ist alles so schwierig, und wenn Papa aus dem

Krankenhaus kommen wird, will ich ihm in seinem Zustand nicht auch noch weitere Aufregungen zumuten.« Sie nahm seine Hand. »Es wird alles gut, Michael, glaub mir!«

Michael lächelte schmal. »Des sagst du so, aber ich hab' immer mehr das Gefühl, alles läuft gegen uns. Wenn man nur endlich wüsste, wer deinen Vater angeschossen hat. Langsam glaube ich, die haben mich im Verdacht!« Er lachte nervös. »Irgendwie, so habe ich das Gefühl, schießen die sich auf mich ein. Müssen wohl einen Täter vorzeigen, jetzt, wo die Zeitung dauernd über den Fall berichtet.«

»Michael! Du warst doch in den Bergen und anschließend im Krankenhaus.«

»Ja, schon! Aber gesehen hat mich kein Mensch, vielleicht heimkommen am späten Nachmittag, aber was sagt des schon. Mein G'wehr haben's immer noch!«

»Das bekommst du sicher bald zurück. Was können sie denn an so einem Gewehr sehen?«

»So genau weiß ich es auch nicht. Aber auf jeden Fall werden sie feststellen können, welcher Waffentyp benutzt wurde und Munition haben's auch, aus der Leber von deinem Vater. Aber dann müssten sie eigentlich feststellen können, dass diese Munition nicht aus meinem Gewehr stammt. Ich war es nämlich nicht!« Er sah Nicole aufgebracht an.

»Das weiß ich doch, Michi!«

»Wie geht's deinem Vater überhaupt?«

»Viel besser, er isst schon wieder, aber was an dem Tag passiert ist, daran kann er sich nicht erinnern. Vielleicht später mal, meint der Arzt.« Sie hob resigniert die

Schultern. »Meinst du nicht, es könnte doch ein Jäger gewesen sein, der meinen Vater dann im Unterholz hat liegen lassen?«

Michael schüttelte den Kopf. »Das glaub' ich nicht. Ich kenne alle Jäger hier bei uns, des trau' ich keinem zu! Außerdem ist die Jagdzeit eh vorbei, da schießt keiner mehr!«

»Und wenn doch?«

»Mein Gott, Nicole, alles ist möglich, aber ich glaub' es nicht!«

»Aber wer war es dann?«

»Keine Ahnung, Nicky, ich war's jedenfalls nicht!«

Wieder befragten die Kripobeamten Dr. Belling, aber wiederum hatten sie kein Glück. Er konnte sich weiterhin nicht an das Geschehnis erinnern.

Aber das ballistische Gutachten brachte einen Hinweis.

»Na, das ist doch schon was! Eine Anschütz, so wie der junge Rechenauer eine hat und eine 22 long rifle Munition. Leider hat sich das Geschoss beim Streifen der Rippe leicht verformt, man kann also nicht mehr mit Sicherheit feststellen, ob es aus genau dieser Waffe abgegeben wurde. Könnte sein, aber auch nicht. Aber etwas haben die Ballistiker doch noch mit Sicherheit ausgesagt: Mit der Büchse wurde vor kurzem noch geschossen, das sagen die Schmauchspuren im Lauf aus.«

»Aha! Da schau an! Und der junge Rechenauer hat behauptet, er hätte die Büchse zuletzt vor Weihnachten in der Hand gehabt! Wegen dem Wildessen, für die Festtage. Da hat er doch glatt gelogen!«

»Na, dann! Dann werden wir den Staatsanwalt benachrichtigen und Anzeige erstatten. Der junge Rechenauer hat kein Alibi, er hat ein Motiv, aus seiner Büchse wurde vermutlich geschossen. Da besteht dringender Tatverdacht!«

»Ja, genau, und mit der Krankenhausgeschichte, da lügt er auch. Das kann er seiner Großmutter erzählen, dass er das aus reiner Nächstenliebe getan hat; ich meine, die Bellingfrauen, die er angeblich kaum kennt, im Krankenhaus bis zum Arzt begleiten. Nein! Da hat er zufällig erfahren, dass der Dr. Belling überlebt hat und da war es für ihn wichtig zu wissen, was los ist!«

»Ja, ich glaube schon, nach dieser Beweislage wird der Staatsanwalt einen Haftbefahl ausstellen. Dann holen wir den Burschen ab!«

Kapitel 12

Der Staatsanwalt hatte aufgrund der Beweise und Indizien den Haftbefehl für Michael Rechenauer ohne weiteres ausgefertigt. Sofort fuhren zwei Polizeiautos bei den Rechenauers vor. Vier Beamte betraten das Haus.

»Herr Rechenauer«, Werner Kurz wandte sich an Michael, der noch beim Frühstück in der Küche saß, »wir haben einen Haftbefehl. Wir verdächtigen Sie, auf Herrn Dr. Belling einen Mordanschlag verübt zu haben. Wir nehmen Sie gleich mit und bringen Sie nach München ins Polizeipräsidium, dort werden Sie dem Haftrichter vorgeführt.«

Michael fiel der Kaffeelöffel aus der Hand. Er stand auf, kreidebleich im Gesicht sah er die Beamten entsetzt an. Seine Eltern saßen wie erstarrt da. »Aber ... aber ...«, er fing an zu stottern, »des kann doch ned sein. Sie verdächtigen mich? Wie kommen Sie denn darauf?«

»Die Beweislage spricht dafür. Sie haben kein Alibi, Sie haben ein Motiv, es wurde aus einer Anschütz geschossen, so einer wie Ihre ...«

Michael fuhr dazwischen. »Aber solche Büchsen gibt's doch hunderte, viele Jäger haben eine.«

»Ja, das stimmt. Aber Sie haben uns in einem weiteren Punkt angelogen!«

Michael wurde noch blasser, der Schweiß trat ihm auf die Oberlippe. Was wussten die denn noch?

»Sie haben behauptet, mit der Büchse seit einigen Wochen nicht geschossen zu haben!«

»Ja, das stimmt!« Michael war fast erleichtert. Das war es also!

»Aber das ballistische Gutachten hat Schmauchspuren festgestellt, aus der Waffe ist erst vor kurzem geschossen worden.«

»Wenigstens putzen hätten Sie sie können«, gab einer der vier Beamten spöttisch an.

»Was?! Aus der Büchse soll erst geschossen worden sein?« Michael lachte rau auf. »Da hat Ihnen aber Ihr Ballistiker einen schönen Bären aufgebunden!«

»Nein, nein, das ist ganz sicher!«

»Ich hab' mit der Büchse nimmer g'schossen seit Mitte Dezember!«, rief Michael aufgebracht.

Da stand plötzlich sein Vater auf, das Messer, das er in der Hand hielt, zitterte.

»Ich war's!«

Alle Anwesenden drehten sich überrascht ihm zu.

»Was? Du hast den Belling ang'schossen?«, rief seine Frau entsetzt.

»Nein, natürlich ned«, wehrte er ab. »Aber mit der Büchse hab' ich g'schossen. Genau an dem Tag, wo des mit dem Belling passiert ist!«

»Was?! Ja ... ja, wie kommst' denn da drauf?« Michael sah seinen Vater wütend an, so wütend, wie die Kripobeamten überrascht waren.

»Michi, du bist an dem Tag in aller Herrgottsfrüh auf in d' Berg'. Ich hab' eh nimmer schlafen können und da bin ich naus in Wald, mit der Büchs'.«

»Ja, und warum?«

»Ja, mei, halt einfach so! Hab' g'dacht, vielleicht bring' ich was heim. War aber ned. Hab' bloß einmal, so aus Spaß g'schossen!« Der alte Rechenauer war verlegen, fing zu stottern an.

»So aus Spaß? Mit meinem G'wehr?«

Michael war auf die Eckbank zurückgesunken, legte die Hände vor's Gesicht und schüttelte den Kopf. »Ich glaub', ich werd' wahnsinnig!«

Die Rechenauerin sah ihren Mann an, fassungslos, sprachlos. Die Beamten warfen sich einen fragenden Blick zu.

»Frau Rechenauer, was sagen jetzt Sie dazu?«

Die Rechenauerin atmete tief durch, auch sie war blass geworden. »Also, des stimmt, dass mein Mann gleich in der Früh naus ist, ich erinnere mich noch an des schlechte Wetter. Aber einem Bauern macht des nix aus. Aber bis zum Kirchgang um zehn war er wieder da. Da gibt's jede Menge Zeugen, das halbe Dorf«, fügte sie eifrig hinzu. »Später dann war er mit den Männern beim Wirt, beim Stammtisch, da gibt's auch Zeugen und dann haben wir Mittag gegessen und später hat er seinen Mittagsschlaf gemacht auf der Couch.« Sie deutete auf ein Sofa in der Küche. »Eigentlich war des ein ganz normaler Sonntag, bis auf das, dass die Oma am Nachmittag gestürzt ist. Aber da ist kurz drauf auch der Michi heimgekommen und wir sind ins Krankenhaus g'fahren. Da haben wir dann des von dem Dr. Belling erfahren.«

»Und – haben Sie gesehen, dass ihr Mann ein Gewehr dabei hatte, als er früh aus dem Haus ging?«

Die Rechenauerin wechselte ihre Farbe von blass zu rot und sah ihren Mann aufgebracht an: »Nein! Des hab' ich ned g'sehn und wenn ich es g'sehn hätt', dann hätt' ich es ihm aus der Hand g'schlagen.«

»Ah so?« Kurz war neugierig geworden. »Und warum das?«

»Des soll er Ihnen selber sagen!« Sie blitzte ihren Mann an.

»Ja, mei«, wand sich der alte Rechenauer. »Da war mal vor Jahren so eine G'schicht.« Er grinste verlegen. »Nix schlimm's, so ein Kavaliersdelikt halt.«

»Gib's nur zu, dass dich beim Wildern erwischt haben!«

»Aber des ist lang vorbei und alles gesühnt!« Der Rechenauer sah trotzig in die Runde. »Und an dem Sonntag, wo der Belling ang'schossen worden ist, da hab' ich nix heimgebracht. Des musst zugeben, Irmi, oder?«

»Des stimmt!«, knurrte seine Frau grimmig.

Michael wusste nichts zu sagen, er war wie vom Donner gerührt.

Kurz winkte Schulz zu und sie gingen aus dem Zimmer. »Was meinst jetzt du dazu, Schulz?«

»Ich glaub's fast, dass der alte Haderlump wildern wollte. Ein Alibi für die Tatzeit scheint er auch zu haben, er war in der Kirche und beim Stammtisch in der Zeit, wo der Dr. Belling angeschossen worden ist. Das ist leicht feststellbar.«

»Saublöd ist es schon, das bringt unser ganzes Gerüst durcheinander. Ich persönlich glaube, der Vater will den Sohn entlasten. Mag sein, dass er draußen im Wald war, aber ohne Büchse.« Er zögerte, meinte dann: »Es bleibt wie's ist. Den Alten vernehmen wir später noch, lassen prüfen, ob seine Fingerabdrücke auf der Waffe sind. Aber den jungen, den nehmen wir mit! Jetzt erst recht, jetzt besteht eventuell sogar noch Fluchtgefahr!«

Kurz darauf legten sie Michael Handschellen an, führten ihn aus dem Haus und setzten ihn in eins der Polizeiautos. Die alten Rechenauers blieben verzweifelt und ratlos zurück.

Kurz darauf wusste das ganze Dorf, dass der Michael Rechenauer verhaftet worden war.

»Hast es schon g'hört? Was glaubst denn du?«

»Ja, ich weiß ned. Der Michael? Auf jemanden schießen?«

»Ach geh, der Alte war doch auch schon mal vor Gericht, wegen Wildern!«

»Aber des ist doch ganz was anderes? Wildern! Des ist doch eher so eine Art Kavaliersdelikt.«

»Des sagst du! Ich find, das ist schon was Kriminelles!«

»Aber doch was anderes als ein Mordversuch!«

»Also, ich glaub's ned, dass des der junge Rechenauer war. So schlecht wird er doch ned schießen! Statt in den Kopf in d'Leber!« Der Mann, der das sagte, lachte.

»Mei, wennst vor Aufregung recht zitterst?«

»Ach, so ein Schmarrn! Na, na, der Rechenauer, der war's ned!«

»Ja, wer dann?«

»Des weiß doch ich ned. Ich war's jedenfalls ned!«

Herzhaftes Lachen und Schulterklopfen.

Auch oben auf dem Hügel machte die Nachricht schnell die Runde.

»Mein Gott! Wegen so etwas! Nur weil man sein Recht sucht, muss man hier um sein Leben fürchten!«

»Wer sagt denn, dass es der junge Bauer war? Vielleicht war es doch ein Jagdunfall?«

»Es ist doch keine Jagdzeit mehr!«

»Vielleicht ein Wilderer, den der Dr. Belling gesehen hat und der den Zeugen ausschalten wollte?«

»Ach was! Was ist denn das für eine Räuberpistole? Wir sind doch hier nicht beim Wildschütz Jennerwein, oder haben Sie zu viel von Ludwig Ganghofer gelesen?«

Man lachte herzlich über diesen Witz.

***

Nicole saß weinend im Wohnzimmer, ihre Mutter ratlos neben ihr.

»Mama! Der Michael hat das nie getan, das schwöre ich dir!«

Marion Belling zuckte mit den Schultern. »Liebes, ich kann dir da nicht helfen. Ich weiß auch nichts!«

»Was soll ich tun? Ich kann nicht mal zu den Rechenauers gehen, ausgerechnet ich, die Tochter von dem Mann, den angeblich ihr Sohn angeschossen hat und der jetzt in Untersuchungshaft sitzt! Sie wissen ja nichts von mir und Michael. Und jetzt mit der Wahrheit rauszurücken, jetzt wo Michael im Gefängnis sitzt?«

»Na, im Gefängnis sitzt er nicht, Mäuschen, er ist in Untersuchungshaft.«

»Aber das ist doch fast das Gleiche!«, fuhr Nicole auf. Marion Belling legte beruhigend den Arm um ihre Tochter. »Wie auch immer, ob es jetzt gerade gut wäre, über eure Bekanntschaft zu reden? Ich weiß nicht!«

»Ich muss mit Michael reden, ich muss versuchen, einen Besuchstermin zu bekommen.«

»Wichtig ist, dass er einen guten Anwalt hat.«

»Darum haben sich die Senckenbergs gekümmert. Der Schwager von Herrn Senckenberg ist ein sehr guter Anwalt für Strafsachen.«

»Na also, das wird sicherlich helfen.« Sie seufzte auf. »Mehr Sorgen mache ich mir um Papa. Er ist so verändert, spricht kaum.«

»Ach, das wird schon wieder. Fahrt erst mal zur Kur, sobald er entlassen wird. Das wird euch beiden nach all der Aufregung gut tun. Dir auch, Mama!«

»Ja, vielleicht. Aber ich will dich auch nicht alleine lassen, Nicole. Du hast es so schwer zur Zeit.« Sie drückte ihre Tochter an sich und weinte still vor sich hin.

»Bitte, Mama, weine nicht. Das kann ich nicht aushalten!« Doch dann brach auch Nicole in Tränen aus. Es war lange still im Zimmer, nur das Schluchzen von Mutter und Tochter war zu hören. Endlich stand Marion Belling auf: »Tja, weinen bringt nichts. Jetzt mache ich uns erst mal eine Tasse Kaffee und dann bereden wir, wie es weiter gehen soll.«

Der Kaffeeduft strömte durch den Raum, Mutter und Tochter saßen sich gegenüber. »Am wichtigsten ist, dass du mit Michaels Anwalt sprichst, soweit er dir Auskunft geben darf, dir als der Tochter des Opfers.«

»Aber Mama, er weiß doch sicher von den Senckenbergs, dass ich mit Michael zusammen bin!«

»Vielleicht. Vielleicht ist es aber auch besser, es nicht zu sagen, jetzt!« Marion Belling sah ihre Tochter bedeutungsvoll an.

»Ach, Mama, ich habe diese Heimlichtuerei und das dauernde Lügen so satt! Heute weiß ich, dass das ein großer Fehler war, von mir! Michael wollte schon lange, dass wir allen klaren Wein ausschenken. Wäre ich ihm nur gefolgt! Dann wäre vielleicht manches anders gekommen und Papa wäre vielleicht auch nicht so gegen diese Biogasanlage gewesen, wenn er gewusst hätte, dass diese von seinem künftigen Schwiegersohn gebaut wird.« Nicole verzog unsicher den Mund und Marion Belling zuckte mit den Achseln.

»Wäre! Hätte! Ich weiß nicht. Wenn sich Vater was in den Kopf gesetzt hat …« Sie schwieg bedeutungsvoll.

»Auf jeden Fall werde ich versuchen, eine Besuchserlaubnis für Michael zu bekommen. Ich muss ihn sehen! Er muss wissen, dass ich ganz fest an ihn und unsere Zukunft glaube.«

Marion Belling nickte zustimmend.

»Was ist übrigens mit Peter Gössler? Hat er sich mal blicken lassen in all der Zeit?«

Marion Belling schüttelte den Kopf. »Nein, er ist offensichtlich nicht da, hat doch gesagt, dass er in Urlaub fährt. Nachdem die Rolläden dauernd unten sind, bin ich sicher, dass er weggefahren ist. Ist auch besser so!«

Nicole sah ihre Mutter fragend an. »Wie? Ausgerechnet jetzt, wo Papa im Krankenhaus ist, wo er doch sein engster Mitarbeiter ist? Und was heißt, dass es auch besser so ist?«

»Ach, nichts!«, wehrte Marion Belling ab, stand auf und ging aus dem Zimmer.

***

Der Haftrichter, bei dem Nicole vorstellig wurde, war ein noch junger Jurist. Nicole brachte nervös ihr Anliegen vor.

Der Haftrichter schaute auf den Bogen, den Nicole mit ihren Personalien hatte ausfüllen müssen.

»Nicole Belling!?« Er sah sie prüfend an. »Belling ist doch der Name des Anschlagopfers, nicht wahr? Dr. Günther Belling!«

»Ja, das ist mein Vater!«

»Ihr Vater?« Der Richter sah sie überrascht an. »Und ausgerechnet Sie wollen den Herrn Rechenauer besuchen? Was haben Sie denn vor? Wollen Sie ihn überreden, die Tat zu gestehen?«

Nicole schüttelte den Kopf. »Michael war es nicht!«

»Michael? Kennen Sie sich denn besser?«

Nun war Nicole entschlossen alles zu beichten: ihre Liebe zu Michael, ihre Heiratspläne und auch, warum sie sich bisher nicht dazu bekannt hatten, vor allem aus Angst vor der Reaktion von Nicoles Vater.

Der Richter kratzte sich nach diesem Geständnis nachdenklich hinter dem linken Ohr. Dann kritzelte er eine Notiz auf das Papier vor ihm. »Nun, Frau Belling, das wirft ein neues Licht auf das Verfahren. Allerdings kein gutes, wenn ich das so sagen darf.« Er sah Nicole streng an.

»Wieso … warum?« Nicole sah ängstlich zurück.

»Weil der Herr Rechenauer damit noch ein zweites Motiv haben dürfte: zum einen den Gegner seines Bauvorhabens auszuschalten und zugleich den störrischen Vater seiner heimlichen Verlobten zu beseitigen. Zwei Probleme, auf einen Schlag erledigt!«

»Oh je!« Nicole schlug die Hand vor den Mund, aber es war zu spät, ihr Bekenntnis war nicht mehr zurück zu nehmen.

»Also, unter diesen Umständen kann ich Ihnen leider keine Besuchserlaubnis erteilen, Frau Belling. Das werden Sie verstehen, nicht wahr?«

Nicole war aufgestanden. »Aber ich muss ihn sehen, verstehen Sie das nicht?« Sie war laut geworden.

»Beruhigen Sie sich, Frau Belling«, meinte der Richter streng.

»Aber was soll ich denn jetzt tun?« Nicole war verzweifelt.

»Das Verfahren abwarten. Wenn ihr Verlobter unschuldig ist, dann wird sich das herausstellen. Immerhin leben wir in einem Rechtsstaat.«

»In einem Rechtsstaat? Was für ein Rechtsstaat ist denn das, wenn ich nicht mal zu meinem Verlobten darf, um ihm Mut zuzusprechen!«

»Nachdem, was Sie mir erzählt haben, besteht Verdunkelungsgefahr! Da kann ich Ihnen keine Besuchserlaubnis erteilen. Sorry, tut mir leid!« Er klappte seinen Aktendeckel zu und stand auf. Nicole stand da wie gelähmt.

»Aber jetzt sind Sie mal nicht so verzweifelt. Er hat ja einen guten Anwalt, durch den können Sie auch Grüße ausrichten lassen!« Er nickte ihr kurz zu und ging zur Tür, öffnete sie und wartete darauf, dass Nicole vor ihm aus seinem Zimmer ging.

Die Senckenbergs, Roman und Sandra sahen unsicher von einem zum anderen, als ihnen Nicole weinend von dem Gespräch mit dem Haftrichter erzählte. Baron von

Koczian, Michaels Anwalt und Frau von Senckenbergs Bruder, saß schweigend dabei.

»Nun, das hat die Situation vermutlich nicht gerade positiv beeinflusst, vermute ich mal. Aber Sie haben es gut gemeint, Nicole«, fügte Herr Senckenberg tröstend hinzu.

Nicole nickte. »Vielleicht war es nicht klug, es gerade jetzt zu sagen! Aber ich wollte ein Zeichen setzen, für Michael! Dass er weiß, ich stehe zu ihm!«

Sandra legte tröstend den Arm um die Freundin. »Ja, das weiß ich, Nicky! Roman und ich, wir haben eine Besuchserlaubnis und wir werden alles an Michael weitergeben, was du ihm sagen willst. Vielleicht auch einen Brief übergeben?« Sie sah Nicole aufmunternd an.

»Der vermutlich erst mal gelesen wird!«, meinte Roman trocken.

»Das kann sein, vielleicht. Aber das macht nichts. Nicole wird ohnehin nichts schreiben, was die Tat anbelangt. Nur etwas Liebes halt, damit Michael weiß, dass sie zu ihm hält.«

»Was hältst du von der Sache, Albrecht?« Frau Senckenberg wandte sich an ihren Bruder.

»Hmm, das Geständnis von Frau Belling war sicherlich nicht gerade förderlich, denn es überführt Herrn Rechenauer der Lüge. Er hat immer behauptet, Nicole Belling nur flüchtig zu kennen und Lügen bei der Polizei zu erzählen, das kommt nicht gut an! Aber das wird zu klären sein! Warten wir es ab!«

***

Roman und Sandra kamen von ihrem ersten Besuch bei Michael im Untersuchungsgefängnis zurück. Nicole erwartete sie voller Spannung und Aufregung.

»Wie war es? Wie geht es ihm? Was hat er gesagt, weil ich alles verraten habe?« Eine Flut von Fragen strömte auf die Beiden ein.

»Mal langsam, Nicole! Alles der Reihe nach!« Roman setzte sich an den Tisch in der Küche der WG von Nicole, Sandra und Thilo. Beide sahen erschöpft und deprimiert aus.

»Also, es geht ihm soweit gut«, begann Sandra, »und er lässt dir liebe Grüße ausrichten. Deinen Brief haben wir ihm auch übergeben.«

»Was hat er gesagt, weil ich alles verraten habe?«

»Ja, das weiß er. Baron von Koczian hat es ihm gesagt und Michael wurde natürlich dazu auch vernommen.«

»Ja – und!?«

»Ja«, antwortete Sandra gedehnt, offensichtlich war ihr die Frage unangenehm. Roman mischte sich ein.

»Das wurde natürlich nicht so gut aufgenommen.«

»Aber Michael hat sich darüber gefreut! Ich meine, dass du endlich den Mut aufgebracht hast, offen zu ihm zu stehen.« Sandra verschwieg, dass Michael über die Nachricht eher niedergeschlagen gewesen war und »ausgerechnet jetzt« gemurmelt hatte.

»Er macht sich Sorgen, wie es dir geht! Wir haben ihm gesagt, dass du eifrig für das Staatsexamen lernst, damit du bald mit deinem Studium fertig bist.«

»Ach, wie es mir geht, das ist doch egal!« Nicole machte eine wegwerfende Handbewegung. »Es ist wichtig, wie es ihm geht!«

»Nein, nein! Du musst auch auf dich schauen, Nicky. Du bist so blass in letzter Zeit! Ich mache mir echt Sorgen um dich! Dumm, dass ausgerechnet jetzt deine Mutter nicht da ist.«

»Das ist schon okay. Der Kurort ist ja nicht allzu weit entfernt, ich werde Mama und Papa demnächst besuchen – und außerdem telefonieren wir jeden Tag! Papa geht es langsam besser, aber er kann sich immer noch nicht an den Tag erinnern, an dem er angeschossen wurde. Das könnte uns so sehr helfen, aber er hat keine Erinnerung.«

»Bis jetzt! Aber das kann noch kommen, oder?«

»Er ist in psychologischer Betreuung, vielleicht hilft das. In die Firma wird er wohl nicht mehr zurück gehen. Es ist erstaunlich, wie er das aufnimmt, ja er scheint fast froh darüber zu sein! Und Mama ist glücklich! Vielleicht ziehen sie wieder zurück in die Stadt und verkaufen das Haus in Altdorf. Man wird sehen!«

Roman und Sandra erzählten Nicole nicht, wie niedergeschlagen, wie wenig mitteilsam Michael gewesen war. Und als die Rede von Nicole war, hatte er nur ein trauriges Lächeln übrig gehabt. Er schien sich in einer tiefen Depression zu befinden, was auch nicht verwunderlich war, angesichts der erdrückenden Indizien.

***

Sandra und Nicole saßen sich am Frühstücktisch gegenüber. »Nein, danke! Ich mag nichts.«

Nicole schob das Brot von sich, das Sandra mit Marmelade bestrichen hatte.

»Aber du musst doch etwas essen! Du bist schon so blass, dass ich mich fast vor dir fürchte!« Sie versuchte ein Lachen, das kläglich misslang.

»Mir ist einfach übel. Habe keinen Appetit! Vielleicht ein bisschen Tee.« Sie hielt Sandra ihre Teetasse hin.

Sandra sah Nicole beunruhigt an. »Was war denn heute Morgen los, du warst ja ewig im Bad!«

»Ich habe mich übergeben müssen!« Sie sah ihre Freundin unsicher an.

»Übergeben? Morgens? Bist du schwanger?«, fragte Sandra neugierig.

»Ich weiß nicht, ich glaube nicht.«

»Ich weiß nicht, ich glaube nicht? Ja, bist du denn verrückt? Das musst du doch klären! Wann war denn deine letzte Periode?«

»Das kann ich nicht genau sagen, ist unregelmäßig!«

»Aber du nimmst doch die Pille, oder?«

Nicole schüttelte den Kopf. »Nein, die vertrage ich nicht so gut, ich mag sie einfach nicht nehmen.«

»Ja – und? Wie verhütet ihr dann?«

»Na ja, Michael kümmert sich darum.«

»Michael? Ja, wie denn?« Sandra sah die Freundin verblüfft an und als diese schwieg fuhr sie fort: »Okay, das geht mich nichts an, wie ihr das macht«, dann fuhr sie resolut fort, »wir gehen heute zusammen in die Apotheke und kaufen einen Schwangerschaftstest, dann wissen wir gleich Bescheid!« Nicole nickte bedrückt, doch irgendwie schien sie erleichtert.

Die Beiden sahen fasziniert auf den Teststreifen, der bei einer Schwangerschaft einen blauen Ring zeigen sollte.

»Da, schau! Hier wird es blau!«

»Also, ich sehe nichts!«

»Doch hier, schau! Ein blauer Ring, noch schwach, aber eindeutig.

»Ja! Jetzt sehe ich es auch!«

Sie starrten sich an. »Du bist schwanger!«, stellte Sandra sachlich fest.

»Oh je!« Nicole ließ sich auf einen Stuhl plumpsen. »Schwanger! Ausgerechnet jetzt!«

»Aber das ist doch Grund zur Freude!«

Nicole ließ den Kopf hängen. »Bei dir wäre es vielleicht ein Grund zur Freude! Aber bei mir? Dass das jetzt auch noch passieren muss!«

»Naja, so ganz von selbst kommt das ja mal nicht!« Sie nahm die Hände ihrer Freundin und versuchte, ihr Mut zuzusprechen. »Michael freut sich bestimmt!«

»Um Gottes Willen! Michael! Der darf das jetzt auf keinen Fall erfahren! Das würde alles noch komplizierter machen. Außerdem will ich es ihm selbst sagen und dazu habe ich, im Moment zumindest, keine Möglichkeit!« Sie sah Sandra eindringlich an. »Versprich mir, dass du zu niemandem ein Sterbenswort sagst! Auch zu Roman nicht! Versprich es mir, Sandra, bitte!«

»Ja, ich verspreche es. Aber nur unter der Bedingung, dass du einen Termin beim Frauenarzt machst! Verstehst du? Das ist ganz wichtig! Du willst das Kind doch behalten, oder?«

Nicole sah sie entgeistert an. »Ich habe überhaupt noch nicht darüber nachgedacht!«

»Jetzt beruhige dich erst mal, Nicole. Geh zum Arzt und lass dich beraten. Dein Geheimnis ist bei mir gut aufgehoben! Du kannst mir vertrauen, das weißt du doch!«

Nicole nickte und umarmte die Freundin. Wie gut es war, dass da jemand war, mit dem sie über die neu entstandene, schwierige Situation reden konnte!

»Und kein Wort zu Michael!«, sagte sie nochmals.

Sandra legte ihren Zeigefinger an die Lippen. »Ich verrate nichts! Ich bin verschwiegen wie ein Grab!«

***

Nicole spazierte mit ihrer Mutter durch den Kurpark der kleinen Stadt, in der ihr Vater, der sich zu einem Mittagsschlaf gelegt hatte, zur Rehabilitation war. »Mama, wie geht es Papa wirklich? Aussehen tut er jedenfalls schon viel besser!«

»Ja, da hast du Recht. Seine Blutwerte haben sich fast schon normalisiert. Die Ärzte sind recht zufrieden damit. Aber die Psyche! Die hat einen Knacks abgekriegt. Ich erkenne Papa fast nicht wieder oder anders gesagt: Er ist fast wieder so, wie er in jungen Jahren war. Weißt du, dein Vater war nicht immer so despotisch, wie du ihn kennst. Ich glaube, das hat sein Job aus ihm gemacht.«

»Glaubst du wirklich, dass er frühzeitig in Rente geht? Ich kann mir das nicht vorstellen!«

»Ich kann es mir auch kaum vorstellen, aber er scheint es ernsthaft zu erwägen. Ich wäre froh darüber!«

»Was sagt denn Dr. Böhmer dazu? Hast du mit ihm gesprochen?«

»Natürlich! Er würde es zwar bedauern, sagt er, aber er hätte auch Verständnis dafür.« Marion Belling blieb abrupt stehen. »›Nach allem was vorgefallen ist‹, hat er dazu noch gesagt.«

»Was meinte er denn damit?«

»Ich weiß es nicht, ich habe nicht gefragt. Er hat vorausgesetzt, dass ich es weiß!«

»Aber Mama! Das musst du doch fragen! Das ist doch wichtig für Papas Gesundung!«

»Du weißt ja, dass er offensichtlich einen großen Fehler begangen hat, der die Firma beinahe einen großen Auftrag gekostet hätte. Dein Vater! Stell dir das mal vor! Der immer so sorgfältig ist!« Sie schüttelte ungläubig den Kopf.

»Ja, ich weiß, das hat dir Peter Gössler erzählt!«

»Genau und das macht mir Sorgen. Warum hat Papa sich mir nicht anvertraut? Bin ich denn so wenig vertrauenswürdig? Das hat mich sehr enttäuscht!«

»Nein, Mama, du bist die liebste und beste Frau auf der ganzen Welt!«

»Peter Gössler wird nun vermutlich Papas Nachfolger werden!«

»Der Peter Gössler! Schau ihn an! Klettert die Karriereleiter hoch!« Nicole verzog abfällig das Gesicht. »Klar, und da muss er ausgerechnet jetzt in Urlaub fahren, ausgerechnet jetzt, wo Papa nicht da ist! Das ist doch nicht zu glauben. Ehrlich gesagt, Mama, ich konnte den Mann noch nie leiden!«

»Ich weiß, und du hattest ein gutes Gespür! Ich hätte mehr auf dich hören sollen.«

»Was meinst du damit?«

»Komm, setzen wir uns auf die Bank dort, ich muss dir etwas erzählen, etwas, was mich sehr bedrückt.«

Dann erzählte Marion Belling ihrer Tochter von dem Vorfall in der Küche, als Gössler sie bedrängt und sie ihn mit dem Messer bedroht hatte.

»Nein! Das glaube ich nicht!«, schoss es aus Nicole heraus.

»Doch, es ist leider wahr! Ich habe mich gewehrt, mit einem Messer in der Hand! Stell dir das vor! Stell dir vor, was hätte passieren können!« Im Gedanken an das damalige Geschehen fröstelte Marion Belling trotz des sonnigen Tages.

»Und? Hast du es Papa erzählt?«

»Nein, natürlich nicht. Der hatte ohnehin schon so viele Sorgen, das wusste ich. Ich wollte es ihm erzählen, irgendwann, doch dann kam dieser Mordanschlag.«

Nicole dachte nach, musste das Geständnis der Mutter erst verdauen. »Und Peter Gössler? Wie hat der darauf reagiert, als du ihn abgewiesen hast?«

»Oh, er war wütend, das kannst du dir wohl vorstellen! Er rannte fluchend aus dem Haus, hat irgendwelche hasserfüllten Drohungen ausgestoßen. Daraufhin habe ich ihn nicht wiedergesehen, bis zu dem Tag als die Polizei bei uns war, nachdem Papa im Wald gefunden worden war. Da kam er doch kurz rüber, um zu fragen, was los sei. Erinnerst du dich?«

Nicole nickte. »Scheiße, verdammt noch mal! Und dieses Ekel wird jetzt Papas Nachfolger!«

»Nun, es wäre wohl wirklich gut, wieder in die Stadt zu ziehen, dann müssen wir, Paps und ich, ihn nicht mehr sehen.«

Langsam gingen die Frauen, nach diesem Geständnis Marion Bellings, wieder zurück ins Kurheim.

»Bitte, erzähl Papa nichts davon, Nicole.« Marion Belling sah ihre Tochter beschwörend an. »Er soll sich nicht aufregen und die Sache ist ohnehin vorbei!«

Nicole nickte nur und dachte bei sich: So viele Geheimnisse! Erst ihre Liebe zu Michael, zu der sie sich nicht zu bekennen wagte, dann Vaters Schwierigkeiten in der Firma, die er niemandem erzählt hatte, der Überfall Peter Gösslers auf ihre Mutter und jetzt auch noch ihre Schwangerschaft!

Kein Wunder, dass sich ihre kleine Welt so dramatisch verändert hatte. Keiner hatte dem anderen vertraut, egal ob aus Angst, Scham oder falscher Rücksichtnahme!

Das musste anders werden!

Kapitel 13

Eigentlich hatte Nicole ihrer Mutter von der Schwangerschaft erzählen wollen, doch dazu war keine Gelegenheit mehr gewesen, da der Vater sie, nach ihrem Spaziergang, in der Halle des Kurheimes erwartet hatte.

Nun, auf der Fahrt zurück nach München, grübelte Nicole über die Geschichte mit Peter Gössler, die ihr die Mutter anvertraut hatte, nach.

Irgendetwas stimmte an der ganzen Sache nicht! Angestrengt versuchte Nicole, die Geschehnisse der letzten Zeit in eine Reihe zu bringen: Da war die offensichtliche Nervosität und Anspannung des Vaters, die Enthüllung durch Peter Gössler, dass der Vater einen kapitalen Fehler gemacht hatte und ihm die Entlassung drohte, dann der Übergriff auf die Mutter und jetzt, nachdem er am Tattag mit der Polizei gesprochen hatte, war er in den Urlaub gefahren. Ausgerechnet jetzt, wo er in der Firma dringend gebraucht wurde! Seltsam! Irgendwo war da ein Knackpunkt! Sie musste mit Dr. Böhmer sprechen!

***

Die Sekretärin von Herrn Dr. Böhmer bat Nicole in das Besprechungszimmer. Dr. Böhmer stand von seinem schweren Schreibtisch auf und begrüßte Nicole herzlich. Er kannte sie seit Jahren, seit der Vater in der Münchner Niederlassung der Firma tätig war. »Was führt Sie zu mir, Nicole? Wie geht es Ihrem Vater?«

»Soweit ganz gut, nur die Erinnerung ist noch nicht zurückgekommen. Ich meine, die Erinnerung an den Tattag. Das ist schlimm, denn das könnte uns helfen, bei der Aufklärung des Falles.«

»Aber das scheint doch klar zu sein, Nicole. Dieser Bauer aus ihrem Dorf sitzt doch bereits in Untersuchungshaft. Das ist nur eine Frage der Zeit bis zur Verhandlung und Verurteilung des Mannes.«

Nicole zuckte zusammen, erwiderte aber nichts dazu. »Herr Dr. Böhmer, ich habe eine, vielleicht indiskrete, Frage.« Sie drehte nervös ihren Schal in der Hand.

»Nur zu! Wenn ich kann, werde ich Ihre Frage beantworten.«

»Was für einen eklatanten Fehler hat mein Vater denn gemacht, dass ihm sogar die Entlassung droht?«

Dr. Böhmer zog die Augenbrauen zusammen, grimmig sah er auf die Platte seines Schreibtisches.

»Wie kommen Sie auf diese Idee?«

»Meine Mutter hat es mir erzählt, aber sie weiß nichts Genaueres. Mein Vater hat nicht mit ihr gesprochen.«

»Was?!« Dr. Böhmer sah sie überrascht an. »Das glaube ich nicht! Ich war ganz sicher, dass Ihre Mutter über die Affäre hier im Haus Bescheid weiß!«

»Nein, eben nicht. Aber das wollte sie vor Ihnen nicht zugeben. Sie war verletzt und enttäuscht darüber, dass mein Vater sie nicht ins Vertrauen gezogen hatte.«

»Aber wie kommt Sie dann auf die Idee, dass Ihr Vater entlassen werden soll und das auch noch wegen eines Fehlers, für den er verantwortlich ist?«

Nicole atmete tief durch. »Gössler hat es ihr erzählt, allerdings unter dem Mantel der Verschwiegenheit.«

»Gössler?!« Dr. Böhmers tiefe Stimme dröhnte durch das Zimmer. »Das ist doch unglaublich! Auch das noch!« Er war aufgestanden und ging erregt im Zimmer auf und ab. »Unglaublich!«, schnaufte er erneut. »Gut, dass wir den Kerl los sind! Aber das wird noch ein Nachspiel haben, verlassen Sie sich drauf!« Er setzte sich wieder hinter seinen Schreibtisch und trommelte erregt mit den Fingern auf die Schreibtischplatte.

»Also, liebe Nicole. Ich weiß nicht, ob ich das mit Ihnen besprechen soll oder lieber doch mit Ihrer Mutter. Ich hatte keine Ahnung, dass sie von nichts wusste!«

»Bitte, Herr Dr. Böhmer, sprechen Sie mit mir! Meine Mutter ist nervlich sehr angespannt, aber ich muss wissen, was wirklich geschehen ist.«

»Nun gut!« Dr. Böhmer sah Nicole ernst an. »Es ging da um einen großen Auftrag in Asien. Ihr Vater hatte alles vorbereitet und sollte eigentlich zu den abschließenden Verhandlungen nach Singapur fliegen. Irgendwie«, Dr. Böhmer schüttelte ärgerlich den Kopf, »irgendwie war er verhindert und er hat, mit meiner Genehmigung, den Gössler dahin geschickt.«

»Ich weiß, das war wegen der Biogasanlage«, flüsterte Nicole. Doch Dr. Böhmer schien es nicht zu hören oder nicht zu interessieren.

»Kurz und gut, Gössler, dieser Idiot, hat alles versemmelt und wir hatten größte Mühe, den Auftrag doch noch zu retten. Im Grunde war es die einzige Verfehlung ihres Vaters, dass er sich nicht selbst, höchstpersönlich, bis zum Ende um die Sache gekümmert hat.« Dr. Böhmer lehnte sich in seinem Sessel zurück, zog eine Schreibtischschublade heraus, holte eine dicke Zigarre hervor und zündete sie sich umständlich an. Er nahm einen tiefen Zug, dann fuhr er fort: »Was das Infame an der Sache war: Gössler hat es geschafft, die ganze Malaise Ihrem Vater in die Schuhe zu schieben, und ich muss gestehen«, er sah Nicole schuldbewusst an, »ich bin ihm erst auch auf den Leim gegangen. Das hat Ihren Vater, Sie kennen ja sein Pflichtbewusstsein, sehr gekränkt.«

»Ja, und dann?« Nicole hatte sich in ihrem Sessel aufgerichtet und starrte Dr. Böhmer gebannt an.

»Wir haben festgestellt, dass Gössler Unterschriften gefälscht hatte, um seinen Fehler zu vertuschen. Völlig klar, dass der Mann daraufhin für die Firma untragbar war. Ich wollte mit Gössler das entscheidende Gespräch führen und ihm kündigen, aber Ihr Vater, als sein direkter Vorgesetzter, wollte das selbst übernehmen. Nun ja, diese Genugtuung wollte ich ihm nicht verderben.«

Dr. Böhmer lehnte sich in seinem Sessel zurück und zog genüsslich an seiner Zigarre.

»Und? Hat mein Vater Peter Gössler gekündigt?«

»Na sicher hat er das!«

»Und wann?«, fragte Nicole erregt.

»Wenige Tage bevor dieser … Unfall passierte.«

»Das war kein Unfall, Herr Dr. Böhmer! Jemand hat absichtlich auf meinen Vater geschossen, um ihn zu töten!«, brach es aus Nicole heraus.

»Na, nun mal ruhig, junge Frau! Das ist noch nicht bewiesen. Warten wir es ab!«

Nicole zitterte vor lauter Aufregung. »Und wo ist Peter Gössler jetzt?«

Dr. Böhmer zog die Schultern hoch. »Ich weiß es nicht. Er wurde fristlos, von einem Tag auf den anderen, entlassen. Vielleicht wendet er sich ans Arbeitsgericht, aber dem sehe ich mit Gelassenheit entgegen.«

»Uns, meiner Mutter und mir, hat er erzählt, er mache Urlaub und würde dann meinen Vater vertreten!«

»Pah! Dieser Lügner!«, stieß Dr. Böhmer hervor. »Übrigens, man hätte diesen Mann nie einstellen dürfen! Wir haben nachträglich bei unseren Recherchen über ihn festgestellt, dass er schon einmal wegen irgendwelcher Unregelmäßigkeiten von seinem früheren Arbeitgeber, Gössler war damals in Südafrika tätig, fristlos gekündigt wurde. Ein eklatanter Fehler unseres Personalbüros! Eine Schlamperei ersten Ranges, die noch Folgen haben wird! Aber Gössler ist auf jeden Fall erledigt. Zwei Mal wegen krimineller Machenschaften entlassen, der bekommt so schnell keinen Job mehr!«

Nicole konnte kaum mehr an sich halten. Ein ungeheuerlicher Verdacht stieg in ihr auf.

»War denn nicht die Polizei bei Ihnen, nachdem mein Vater angeschossen wurde?«

»Natürlich waren die hier! Ein Kriminalkommissar Kurz, wenn ich mich recht erinnere, mit einem Kollegen, Schulz, glaub ich.«

»Was haben Sie denen erzählt?«

»Nun, ich habe alle Fragen beantwortet, die sie gestellt haben. So das übliche halt.«

»Und von der Geschichte mit Gössler haben Sie nichts gesagt?« Nicole fixierte ihr Gegenüber.

Dr. Böhmer schien es unbehaglich zu werden. »Nein, davon habe ich nicht gesprochen. Betriebsinterna! Das geht die Polizei nichts an. Wäre ja noch schöner, wenn da was in die Presse käme!«

»Aber es wäre wichtig gewesen, Herr Dr. Böhmer«, nahm Nicole all ihren Mut zusammen.

»Wieso? Glauben Sie denn, Gössler hat auf ihren Vater geschossen, wegen der Kündigung?« Er lachte, aber es war ein gezwungenes Lachen. »Da gäbe es viele Tote in Deutschland, wenn wegen jeder Kündigung gleich geschossen werden würde. Wir sind doch nicht im Wilden Westen!«

Nicole war zu aufgewühlt über das, was sie erfahren hatte und über ihren Verdacht. Sie streckte Dr. Böhmer die Hand entgegen. »Vorerst vielen Dank, Herr Dr. Böhmer. Ich werde das alles in Ruhe mit meiner Mutter besprechen. Sie wissen ja vielleicht, dass mein Vater erwägt in Frührente zu gehen?«, fügte sie hinzu.

»Ja, habe ich gehört«, brummte Dr. Böhmer. »Täte mir leid um einen guten Mann, fast unersetzlich wäre er. Aber man muss seine Entscheidung akzeptieren! Kann es irgendwie auch verstehen, nach der ganzen Sache hier«, brummelte er vor sich hin.

Die Verabschiedung verlief höflich, aber kühl.

Zu Hause versuchte Nicole alles, was sie bei dem Gespräch mit Dr. Böhmer neu erfahren hatte und auch ihre anderen Erkenntnisse wie bei einem Puzzlespiel zusammenzufügen.

Konnte es wirklich sein, dass Peter Gössler auf ihren Vater geschossen hatte? Aus Wut über die Kündigung und die Abweisung durch Ihre Mutter? Aber besaß er denn ein Gewehr? Und noch dazu ausgerechnet so eins, wie Michael hatte? Nicole hatte keine Ahnung, aber sie musste es herausbekommen! Doch wie?

Sie grübelte und grübelte. Sie wusste, da war irgendetwas in ihrem Gedächtnis, auf das sie nicht zugreifen konnte. Es wäre das letzte Puzzlestück, das fehlende Stück, um ihren Verdacht zu bestätigen.

Noch einmal ging sie in Gedanken die Geschehnisse der letzten Wochen durch: die vielen heimlichen Treffen mit Michael; das Treffen mit ihm im Wald, als sie ihm erzählte, dass der Vater gegen die Biogasanlage vorgehen würde; der missglückte Informationsabend; die Besuche bei Senckenbergs; das Geständnis ihrer Liebe zu Michael an ihre Mutter. Manchmal blitzte ein Gedanke auf, aber bevor sie ihn fassen konnte, war er weg. Sie wusste, das war der entscheidende Punkt, doch sie konnte den Geistesblitz nicht festhalten.

Resigniert machte sie sich an ihre Studien, bald würde das Staatsexamen beginnen, sie war nicht sicher, ob sie es bestehen würde. Zuviel war sie in ihren Gedanken abgelenkt und jetzt auch noch die heimliche Schwangerschaft, die sie quälte und leiden ließ.

Sie stand von ihrem Schreibtisch auf und ging ans Fenster, sah auf die Straße hinab. Sie war so müde!

Ein bisschen Ruhe würde ihr gut tun.

Sie legte sich auf ihr Bett, deckte sich zu, doch sie fand keine Ruhe. Unaufhörlich kreisten die Gedanken in ihrem Kopf. Sie schloss die Augen, fiel in einen Halbschlummer.

Plötzlich schrak sie hoch! Afrika! Genau! Das war das Stichwort! Sie erinnerte sich jetzt genau! Damals, an diesem missglückten Sushi-Abend, als Michael das erste Mal in ihrem Elternhaus gewesen war, war Peter Gössler gekommen. Sie hatte ihn abgewiegelt, denn er durfte nicht sehen, dass Michael zu Besuch war, doch Michael hatte ihn durch den Türspalt gesehen. Später hatte ihr Michael erzählt, dass er diesen Mann einmal im Wald getroffen hatte! Er sei ganz nett gewesen, ein bisschen großspurig vielleicht. Er hatte Michael erzählt, dass er während seiner Zeit in Afrika auf die Jagd gegangen war! Und auch Dr. Böhmer hatte erwähnt, dass Peter Gössler in Afrika tätig gewesen war! Demzufolge konnte es gut sein, ja es war sogar ziemlich sicher, dass er ein Gewehr hatte! Doch wie wäre das zu beweisen? Sollte sie zur Polizei gehen? Aber seit diese Michael verhaftet hatte und der Haftrichter ihr den Besuch bei Michael verweigert hatte, war sie auf diese Stellen nicht allzu gut zu sprechen! Nein, sie brauchte einen handfesten Beweis!

Nicole war immer noch aufgeregt, als Sandra nach Hause kam.

»Was ist los, Nicky? Du glühst ja förmlich! Hast du Fieber? Ist denn alles in Ordnung mit dir und dem Baby?« Sandra sah die Freundin besorgt an.

»Sandra! Ich muss unbedingt mir dir reden! Ich war heute bei Dr. Böhmer, dem Chef meines Vaters! Es ist unglaublich, was er mir erzählt hat.«

Und dann vertraute sie ihrer Freundin alles an was sie wusste und auch ihre Überlegungen über den Mordanschlag. Erst hörte sich Sandra alles ruhig und vielleicht etwas skeptisch an, doch mehr und mehr gelang es Nicole, Sandra zu überzeugen.

»Mensch, Nicole! Stell dir vor, das wäre wahr! Dann wäre Michael frei!« Sandra war wie elektrisiert.

»Wäre, wäre! Ich bin sicher, dass es so ist. Wir müssen nur die Waffe finden.« Nicole zitterte vor Aufregung.

»Sollten wir das nicht lieber der Polizei überlassen?«

»Glaubst du denn, die brechen in Gösslers Abwesenheit die Haustür auf? Ohne grundlegenden Verdacht? Nur weil ich mir etwas einbilde? Der Kerl hat sich doch abgesetzt! Kein Mensch weiß, wo er steckt! Und außerdem«, fügte sie bitter hinzu, »haben die ihren Täter bereits gefunden!«

»Und wie willst du die Waffe finden, wie willst du in das Haus kommen?«

Nicole sah Sandra an. »Das ist einfach! Hoffe ich zumindest! Meine Mutter hat einen Schlüssel zu Gösslers Haus, sie hat sich manchmal um die Blumen und so gekümmert, wenn er für einige Tage weg war! Wenn er sich den Schlüssel nicht wiedergeholt hat, müsste er noch da sein!«

»Hmm. Und dann gehen wir da so einfach rein und suchen nach der Waffe?«

»Ja, genau! Oder vielleicht finden wir irgendetwas anderes brauchbares.«

»Seine Büchse, wenn er denn eine hat, wird er ja nicht gerade zu Hause im Kleiderschrank stehen haben, nicht wahr?«

»Ich weiß es nicht! Aber ich will es auf alle Fälle versuchen!« Sie sah Sandra provozierend an: »Traust du dich nicht?«

»Doch, schon«, es klang nicht begeistert, »aber nur, wenn der Schlüssel da ist. In das Haus einbrechen, das will ich nicht! Überhaupt finde ich, wir sollten Roman einweihen. Ohne ihn will ich es nicht machen!«

Nicole überlegte, man sah ihr an, dass sie unsicher war. »Roman kannst du vertrauen, er ist Michaels bester Freund und genau wie wir von Michaels Unschuld überzeugt. Wir sollten ihn zumindest zu Rate ziehen.«

»Gut, ich bin einverstanden, ist vielleicht nicht so schlecht, wenn ein Mann bei unserer Aktion dabei ist.«

»Ich werde gleich versuchen ihn anzurufen! Da ist nämlich noch ein Problem. Nur ein kleines«, fügte sie schnell hinzu, als sie Nicoles ängstlichen Blick sah.

»Romans Vater hatte einen Reitunfall, war für einige Tage im Krankenhaus. Er ist zwar wieder zu Hause, aber geht noch auf Krücken. Roman ist draußen auf dem Gut, um zu helfen. Trotzdem, irgendwie habe ich ein ungutes Gefühl bei der Sache mit Gösslers Haus.«

»Nein, nein, sei unbesorgt! Wenn der Schlüssel nicht da ist, gehe ich zur Polizei und erzähle, was ich weiß.«

»Okay, dann mache ich mit! Und Roman sicher auch!«

Roman war, im Gegensatz zu Sandra, Feuer und Flamme für die Idee.

»Klar, das machen wir! Fahrt raus nach Altdorf, ich komme von Berg aus hin. Wäre gut, wenn der Schlüssel noch da wäre, ansonsten finden wir schon eine Möglichkeit ins Haus zu kommen.«

»Roman!«, schrie Sandra entsetzt. »Da machen wir uns strafbar wegen Einbruchs!«

»Ach was! Mein Onkel wird uns da schon raus pauken! Die Gelegenheit Michael zu helfen, die will ich mir auf keinen Fall nehmen lassen. Ich weiß, dass er unschuldig ist!«

Die Drei trafen sich am späten Nachmittag, vor Einbruch der Dämmerung, im Haus der Bellings. Tatsächlich hing der Schlüssel von Gösslers Haus am Schlüsselbrett. »Na, also! Das ist doch super! Nehmt es als gutes Zeichen!«, grinste Roman.

Sie sahen hinüber zu Gösslers Haus. Dort war alles unverändert. Wie in den letzten Tagen waren die Rolläden herabgelassen und auch Gösslers Wagen stand nicht, wie sonst üblich, im Carport.

»Los! Wir gehen rüber! Du Sandra, bleibst am besten möglichst unauffällig draußen, Schmiere stehen.« Er tätschelte seiner Verlobten liebevoll die Wange.

»Am besten du tust so, als würdest du hier im Garten arbeiten, da hast du einen guten Überblick über die Straße. Und sollte Gössler ausgerechnet jetzt auftauchen, was ich nicht glaube, dann kannst du ihn aufhalten, in ein Gespräch verwickeln, bis wir durch die Terrassentür verschwunden sind. Okay?«

»Okay!« Sandra nickte dankbar, war froh, nicht in das fremde Haus mitgehen zu müssen.

»Komm, Nicole! Wir gehen!«

Sie waren im Haus. Nicole kannte sich dort aus, hatte öfter mal auf die kleinen Mädchen der Gösslers aufgepasst. Wohin zuerst?

»Erst suchen wir nach einem Waffenschrank. Wenn er Waffen hat, müsste er diese eigentlich dort aufbewahren. Meist steht so ein Schrank im Schlafzimmer oder im Keller. Oder weißt du, ob er einen Arbeitsraum hat?«

»Nein, ich glaube nicht.«

»Dann lass uns erst mal ins Schlafzimmer gehen!«

Sie schlichen die Treppe hinauf.

»Oh je! Wie sieht es denn hier aus!«, entfuhr es Nicole, als sie die Tür zum Schlafzimmer geöffnet hatte. Sämtliche Schranktüren standen offen, Kleider herausgerissen, auf dem Bett, auf dem Boden verstreut. Ein offener Koffer, leer. Ein Chaos!

»Da scheint sich jemand schnell aus dem Staub gemacht zu haben. Das sieht schon mal höchst verdächtig aus.« Romans dunkle Stimme erklang neben ihr. Schnell ließ er den Blick durch den Raum schweifen. »Waffenschrank ist hier keiner, das steht fest. Lass uns mal durch die anderen Räume gehen, auch in den Keller.« Sie durchstreiften das Haus, sahen gelegentlich hinüber in Bellings Garten, wo Sandra mit einer Hacke die Beete bearbeitete, doch sie fanden nichts.

»Los, nochmals rauf in das Schlafzimmer. Da scheint er zuletzt gewesen zu sein, vor seiner Flucht.«

Wieder betraten sie das Schlafzimmer.

»Vermutlich hat er die Waffe mitgenommen, so bescheuert wird er wohl nicht sein, die im Haus zu lassen«, meinte Nicole verzagt.

Auch Roman sah enttäuscht um sich. In der Ecke stand ein Schreibtisch, Roman öffnete eine der Türen, bückte sich, schaute hinein. Ein leiser Pfiff ertönte. Dann zog er von ganz hinten ein kleines Päckchen heraus.

»Da schau her! Munition! 22er long rifle. Die gleiche Munition, mit der auf deinen Vater geschossen wurde! Das ist doch schon etwas! Und wenn er die Munition so lose im Schreibtisch aufbewahrt, dann hat er sicher auch keinen Waffenschrank. Da gehört die nämlich hin!« Er hielt ihr die Packung hin. »Da, Nicole, pack es in einen Pulli oder ein Hemd, mach keine Fingerabdrücke drauf. Meine reichen schon!«

Roman schnüffelte durch den Raum wie ein Jagdhund auf der Fährte. Er sah unter das Bett, stieg auf den Stuhl vor dem Schreibtisch, inspizierte den Schrank von oben. »Na, da ist doch was!« Er zog den Stuhl zum Schrank und griff hinauf. »Verdammt, ich brauche eine Leiter!« Angespannt sah er um sich.

»Komm, lass mich!«, flüsterte Nicole. »Mach einen Steigbügel mit deinen Händen.«

Gerade reichte es aus, dass Nicole ein längliches Paket zu fassen bekam, es fühlte sich an wie Segeltuch oder Jute. Mit Mühe gelang es ihr, es nach vorne zu ziehen und endlich nach unten.

»Na also, wer sagt's denn!« Roman nahm ihr das Paket ab, öffnete es und sah hinein. »Eine Anschütz! Wie gesucht!« Er sah Nicole vergnügt an, diese konnte es kaum fassen!

»Nicht anfassen, Nicole! Das bringen wir jetzt zur Polizei. Auch wenn es Diebstahl ist, das ist mir egal!«

Endlich saßen die Drei wieder in Bellings Wohnzimmer. »Eigentlich schon bescheuert, dieser Kerl! Lässt die Tatwaffe im Haus, unglaublich.« Roman schüttelte den Kopf.

»Vielleicht ist es ja nicht die Tatwaffe«, warf Sandra ängstlich ein.

»Es ist die Tatwaffe, da bin ich ganz sicher!«, sagte Nicole absolut ruhig. »Und jetzt rufe ich die Polizei!«

»Ja, und mach gleich Anzeige gegen uns wegen Einbruchs!«, grinste Roman.

Kapitel 14

Schnell hatte die Polizei im Waffenregister festgestellt, dass Peter Gössler keinen Waffenschein besaß und auch keine Waffe angemeldet hatte. Damit hatte er sich auf jeden Fall wegen unerlaubten Waffenbesitzes schuldig gemacht.

Das ballistische Gutachten ergab, das aus dem Gewehr noch vor kurzer Zeit geschossen worden war, auch die Munition aus Dr. Bellings Körper konnte mit großer Wahrscheinlichkeit der Büchse von Peter Gössler zugeordnet werden, trotz der geringen Verformung.

Werner Kurz und sein Kollege Schulz saßen im Polizeirevier zusammen.

»Der Fall scheint ja nun eine ganz andere Wendung zu nehmen.« Kurz sah nicht gerade glücklich aus.

»Haben wir da etwas versäumt oder übersehen?« Sein Kollege Schulz sah ihn zweifelnd an.

»Scheint so!«, entgegnete Kurz trocken. »Natürlich immer saublöd, wenn man den Falschen einlochen lässt. Aber gegen den jungen Rechenauer hat so manches gesprochen. Da war ich mir irgendwie sicher. Und dass der Vater die Schmauchspuren in der Büche verursacht haben soll, das habe ich immer als Schutzbehauptung gesehen. Und dann noch die Lügerei mit dem Mädchen!«

»Trotzdem! Haben wir nicht doch etwas übersehen bei dem Gössler?«

»Wenn uns dieser Böhmer damals erzählt hätte, was er uns heute bei der Vernehmung gesagt hat, dann wären wir sicherlich stutzig geworden. Aber so!«, Kurz seufzte und es klang irgendwie resigniert. »Egal wie, der Haftbefehl für den Gössler ist raus, jetzt müssen wir den Kerl nur noch finden. Das wird schon nicht so schwer sein!«

»Na, ja! Da bin ich mir nicht so sicher! Wer weiß, wo der untergetaucht ist, bei seiner internationalen Erfahrung.«

»Wie auch immer. Der junge Rechenauer wird auf jeden Fall aus der Untersuchungshaft entlassen, auch wenn der Verdacht gegen ihn noch nicht ganz ausgeräumt ist. Aber Fluchtgefahr besteht da wohl keine. Glaube ich jedenfalls.«

»Oh je, was wir manchmal so alles glauben.« Schulz sah seinen Kollegen an und verzog verdrießlich das Gesicht.

***

Dr. Belling und seine Frau waren von dem Kuraufenthalt wieder nach Hause zurückgekehrt.

Sie saßen mit Nicole zusammen im Kaminzimmer.

»Ist das schön, wieder daheim zu sein und vor allem, euch beide wieder um mich zu haben!« Dr. Belling sah sich mit leuchtenden Augen im Zimmer um. »Aber jetzt«, er klopfte auf den freien Platz neben sich auf der Couch, »jetzt setz dich mal zu mir, Nicole, und erzähle mir alles. Wie du auf die Idee gekommen bist, dass es Gössler gewesen sein könnte und dann die tolle Geschichte, wie dieser Roman und du im Haus drüben die Waffe gesucht und gefunden habt.« Er lachte lauthals.

»Das ist ja eine richtige Räuberpistole! Das hätte ich dir nie zugetraut, mein Mäuschen!«

Nicole setzte sich neben ihren Vater, unsicher auf die vordere Kante des Sofas, die Hände nervös im Schoß haltend.

»Ich erzähle dir alles und noch viel mehr, Paps; und auch du Mama, wirst eine Neuigkeit erfahren.« Marion Belling sah ihre Tochter überrascht an, war sie doch sicher, dass diese ihr bereits alles anvertraut hatte.

Nachdem Nicole ihrem Vater die Einzelheiten der »Räuberpistole« berichtetet hatte, die er bereits von seiner Frau erfahren hatte, wurde sie ernst: »Papa und auch du, Mama! Alles, was in den letzten Monaten passiert ist, hatte seinen Grund darin, dass wir nicht ehrlich miteinander waren. Wir hätten uns viel Leid und Kummer ersparen können, wenn wir alle mehr Vertrauen zueinander gehabt hätten. Deshalb will ich heute ganz aufrichtig sein und reinen Tisch machen, was mich angeht.«

Dr. Belling sah seine Tochter stirnrunzelnd an. Was meinte sie denn damit?

»Papa! Ich liebe seit mehr als zwei Jahren einen Mann und wir wollen sobald als möglich heiraten.«

Dr. Belling entfuhr ein überraschter Ausruf. »Ja, aber warum hast du das denn nicht gesagt, Liebes?«

»Weil ich mich vor dir und deiner Reaktion gefürchtet habe. Weil ich wusste, dass du ihn nicht akzeptieren würdest! Aber heute ist mir das egal, ich stehe zu ihm!«

Marion Belling sah ihre Tochter liebevoll an, während Dr. Belling überrascht zu ihr schaute. »Nun mal raus mit der Sprache!«

»Es ist Michael Rechenauer!«

»Was!?« Dr. Belling riss die Augen auf. »Der, der unschuldig in der U-Haft saß wegen des Anschlags auf mich? Der mit der Biogasanlage?«

»Ja!« Nicole senkte den Kopf. »Ich wusste immer, dass Michael unschuldig ist. Nie und nimmer könnte er so etwas tun!«

Dr. Belling war sichtlich erschüttert, schüttelte wieder und wieder den Kopf. Endlich sagte er: »Wie ich wegen dieser Anlage gegen ihn vorgegangen bin! Aber ich hatte ja keine Ahnung, dass der Mann mein Schwiegersohn werden sollte. Warum, verdammt nochmal, hat mir denn niemand etwas gesagt!« Er sah seine Frau an: »Hast du es gewusst?«

Sie wiegte den Kopf. »Ja, schon, aber erst später hat es mir Nicole erzählt.«

Dr. Belling sah von seiner Frau auf seine Tochter. »Das tut mir leid, Nicky! Klar, mit einem Bauern als Schwiegersohn hätte ich nie gerechnet, aber dass du glaubtest, mir nicht vertrauen zu können, das trifft mich tief. Aber vermutlich war das nicht unbegründet.« Er seufzte tief. »Da habe ich wohl viel falsch gemacht, auch, dass ich dir, Marion, nichts wegen der Sache in der Firma gesagt habe. Aber ich wollte dich nicht beunruhigen, wollte das alleine durchstehen.« Er sah seine Frau betrübt an.

»Ist ja gut, Günther, ich verstehe. Jetzt ist alles gut!« Sie war hinter ihn getreten und legte die Arme um ihn.

»Und du, Nicky, kannst du mir auch verzeihen?«

Nicole sah ihren Vater an, er war so ganz anders geworden als früher, fast tat er ihr leid.

»Es ist gut, Papa. Ich werde Michael ohnehin heiraten, egal was du meinst!« Sie lächelte ihn an. »Aber das ist noch nicht alles, ich muss euch beiden noch etwas sagen.«

Die Eltern sahen sie fast ängstlich an.

»Ihr werdet Großeltern! Ich bin im dritten Monat schwanger!«

»Was!?«, riefen beide wie aus einem Mund.

»Ja! Und ihr erfahrt es zuerst, außer Sandra!«

»Weiß Michael es noch nicht?«, rief Marion Belling ungläubig aus.

»Nein! Ich durfte ihn nicht besuchen und schreiben, und es ihm über Sandra ausrichten lassen, nein, das wollte ich nicht! Aber ich werde ihn ja sehr bald sehen und dann«, sie lächelte glücklich, »werde ich es ihm sagen!«

Für eine Weile war es ruhig im Zimmer, dann meinte Dr. Belling: »Marion, jetzt brauche ich erst mal einen Cognac!«

»Ich auch«, meinte sie.

»Ich könnte auch einen vertragen!« Man sah Nicole ihre Erleichterung darüber, dass sie endlich alles gesagt hatte, sichtlich an.

»Nein! Du nicht! Denk an das Baby!«, riefen beide Bellings gleichzeitig aus.

Marion Belling ging zu ihrer Tochter und umarmte sie. »Ich freue mich, für dich und auf das Enkelkind!«, meinte sie herzlich und auch ihr Vater legte fürsorglich den Arm um sie.

»Es tut mir leid was du alles, auch durch meine Unvernunft, hast ertragen müssen, Nicole.« Dann, nach einem verdächtigen Räuspern: »Bitte verzeih' mir!«

***

Im Dorf sprach es sich schnell herum, dass der junge Rechenauer aus der Untersuchungshaft entlassen worden und wieder zu Hause war. »Siehst', ich hab's gleich g'sagt, dass der des nie getan hat!«, hieß es jetzt. Vor allem bei denen, die vorher nicht so ganz sicher gewesen waren, immerhin war doch der alte Rechenauer mal wegen Wilderei verurteilt worden!

»Der Apfel fällt nicht weit vom Birnbaum«, hatte es damals bei manchen geheißen. Jetzt schien alles wieder in Ordnung zu sein.

Nur bei den Rechenauers nicht. Natürlich hatten sie es sich nicht nehmen lassen, ihren Sohn in Stadelheim abzuholen und waren glücklich, dass der Michael wieder zu Hause war, trotzdem war man enttäuscht und auch ratlos. Denn statt dass dieser froh gewesen wäre, aus der Untersuchungshaft entlassen zu sein, war er in sich gekehrt und schweigsam.

»Was hat er denn nur, der Bub'? Jetzt ist doch wieder alles gut!«, meinte die Großmutter. »Also, ich versteh' die Welt nimmer!«

Auch Nicole hatte von der Freilassung erfahren, sie war natürlich überglücklich darüber, aber auch unsicher. Vier Wochen lang hatte sie keine Möglichkeit gehabt, Michael zu sehen oder zu sprechen, nur Roman und Sandra waren ihr Sprachrohr gewesen. Sie hatte ihn so vermisst, seine Nähe, seine Stärke, seine Zärtlichkeit.

Nicole war entschlossen, alle Heimlichkeiten endlich zu beenden, endlich reinen Tisch zu machen. Wie viele Irrungen und Wirrungen durch den Mangel an Aufrichtigkeit entstanden, das war ihr klar geworden!

Damit musste ein für alle Mal ein Ende sein! Dazu war sie fest entschlossen!

Nicole wusste von Roman, dass Michael bereits zu Hause war und wartete sehnsüchtig und ungeduldig auf seinen Anruf, doch Stunde um Stunde verging, Michael meldete sich nicht. Sie versuchte sich die Situation vorzustellen: Die Familie Rechenauer, die ihren Sohn natürlich in Beschlag nahm, Roman und Sandra, die sich auch angesagt hatten. Doch wo blieb sie, Nicole?

Am liebsten wäre sie hinunter ins Dorf zum Hof der Rechenauers gelaufen, es war ihr egal, was die dachten, aber dann zögerte sie. Nein! Sie wollte Michael erst alleine sehen, ihm von dem Kind erzählen und ihm die Gelegenheit geben, sie seinen Eltern vorzustellen, als seine künftige Frau.

Doch nach Stunden hielt sie es nicht mehr aus. Sie wählte die Nummer seines Handys. »Michael! Warum meldest du dich nicht? Ich warte seit Stunden auf deinen Anruf!« Es klang vorwurfsvoller als gewollt.

»Einen Moment!« Es blieb ruhig im Hörer, dann: »Ich bin in ein anderes Zimmer gegangen, hier geht es recht zu in der Stube.«

»Ja, das verstehe ich! Michael, ich bin so glücklich, dass du wieder da bist. Ich sehne mich nach dir!«

»Hmm, ja!«, war seine Antwort.

»Michael? Ist etwas nicht in Ordnung?«

»Doch, doch! Es ist halt alles ein bisserl viel für mich auf einmal! Aber ich danke dir, dass du dich so für mich eing'setzt hast, dass ich frei komm, mein' ich!«

»Ja, aber …«, sie stockte, wusste auf diesen Satz nichts zu sagen.

»Nicky, wir müssen miteinander reden!«

»Ja! Das will ich doch auch! Soll ich zu dir kommen?«

»Nein, nein, des wär' ned so gut. Am besten ist, wir treffen uns heut Abend in unserer Weinstube, du weißt schon, in Aibling.«

»Natürlich weiß ich das! Wo treffen wir uns?«

»Am besten direkt in der Weinstube.«

»Nicht vorher? Ich habe so Sehnsucht nach dir!«

»Nein, am besten gleich dort. Sagen wir um acht Uhr?«

»Ja, dann in der Weinstube, um acht Uhr!«

Er hatte aufgelegt und Nicole saß verwirrt auf ihrem Bett. Doch sie fasste sich schnell wieder. Wer weiß, wer doch noch mitgehört hatte und außerdem, es war sein erster Tag in Freiheit! Doch ein bisschen enttäuscht war sie schon über seine sachliche, verhaltene Art. Doch vermutlich war sie zu hochgestimmt, nachdem sie sich mit ihren Eltern ausgesprochen hatte und alles endlich gut war. Michael würde sich freuen wenn sie ihm von ihrem gemeinsamen Kind erzählte! Da war sie sich ganz sicher!

***

Noch vor acht war Nicole in der Weinstube, ihr Tisch in der Nische hinten war noch frei. Aufgeregt wartete sie auf Michael. Als sie ihn kommen sah, füllte sich ihr Herz so mit Freude, dass es ihr die Tränen in die Augen trieb. »Michael!« Sie stand auf und ging auf ihn zu, umarmte ihn. Auch er legte seine Arme um sie, doch als sie ihn küssen wollte, murmelte er: »Doch ned hier, Nicole!«

Sie sah ihn verwundert an. »Warum nicht? Hier ist doch fast niemand!«

»Komm, setz dich wieder!« Schon kam die Bedienung an ihren Tisch und sie gaben ihre Bestellung auf. »Zwei Glas von dem Merlot«, sagte Michael.

»Wie immer«, meinte die Bedienung lächelnd. »Ich hab' sie schon lange nicht mehr gesehen bei uns.«

»Ja, wir waren verhindert«, gab Michael verlegen zurück und Nicole sagte schnell: »Für mich keinen Wein, ich trinke eine Apfelschorle.«

»Michael, ich muss dir so viel erzählen!« Nicole nahm seine Hände und strahlte ihn an.

Er lächelte zurückhaltend. »Ich dir auch!«

»Das glaube ich, nach der scheußlichen Zeit in Stadelheim!«

»Na, ja, so scheußlich ist es dort ned. Fast wie in einem Hotel.« Als er ihren erstaunten Blick sah, fügte er hinzu: »Nur dass man nicht raus kann und ned weiß, wie es weitergeht.«

Die Bedienung stelle die Gläser auf den Tisch. Michael hob sein Glas. »Übrigens vielen Dank für die schnelle Freilassung, der Roman hat mir alles erzählt. Da warst du aber ganz schön mutig!«

»Es ging doch um dich, und auch um mich und um unsere Zukunft. Da will ich alles tun, damit das gut wird.« Als er antworten wollte, fügte sie schnell hinzu. »Michael, ich muss dir etwas sagen! Ich habe meinen Eltern alles erzählt, von unserer Liebe und warum ich mich nicht getraut hatte, dazu zu stehen.«

»Und? Was haben's g'sagt?«

Sie sah ihn liebevoll an und griff wieder nach seiner Hand. »Es ist alles gut! Und noch etwas will ich dir erzählen!« Ihr Herz klopfte, wie würde er die Nachricht von dem Baby aufnehmen?

»Wart', Nicole! Ich muss dir auch was sagen.« Er entzog ihr seine Hand.

»In so einer Untersuchungshaft, da hast viel Zeit nachzudenken, da geht dir viel durch den Kopf. Dass ich da, völlig unschuldig, in sowas reing'rutscht bin und ohne deine Hilfe noch drin sitzen tät, das hat mein ganzes Weltbild erschüttert. Schon die Sache mit der Biogasanlage hat mir schwer zu schaffen g'macht. Die Probleme, die des g'macht hat ...«

Nicole fiel ihm ins Wort. »Mein Vater wird seinen Einspruch zurückziehen und dann kannst du die Anlage bauen! Da bin ich ganz sicher!«

Er schüttelte den Kopf. »Nein, ich werde keine Anlage bauen.«

»Aber das musst du, du musst kämpfen Michael, für dich und für mich und ...«.

»Nein!«, entgegnete er heftig. »Schluss damit! Und auch Schluss mit allem anderen!« Nicole sah, wie seine Hände zitterten. Sie sah ihn erschrocken an, so hatte sie ihn noch nie gesehen! »Ich werde weggehen von hier! Ich will mit allem hier nix mehr zu tun haben.«

»Ja, aber wohin?«

»Nach Kanada oder nach Neuseeland, da können sie Leute wie mich, mit meiner soliden Qualifikation, gut brauchen!«

Nicole war fassungslos. »Und ich? Wo bleibe ich?«

Er sah sie voll Kummer an, starrte auf die Tischplatte, als er sagte: »Das ist das Schlimmste für mich, noch schlimmer, als es den Eltern sagen müssen.« Er schluckte. »Ich mein', es ist des Beste, wir trennen uns! Es hat ja sowieso ned so gut g'passt. Ich glaub', ganz hast du auch nicht daran g'glaubt, an das mit uns, sonst hättest den Mut g'habt, offen zu mir zu stehen.«

»Aber das tue ich doch«, rief sie verzweifelt aus. »Ich habe dir doch gesagt, dass meine Eltern alles wissen.«

»Das reicht nicht, Nicole. Du musst es wissen! Nein, nein«, er schüttelte den Kopf, »glaub mir, ich hab' lange d'rüber nachg'dacht. Es ist so das Beste! Du wirst einen anderen finden, einen der besser zu dir passt – und zu deinen Eltern«, fügte er bitter hinzu, »und ich muss meinen Weg gehen!«

»Michael!« Nicole fühlte sich wie vom Donner gerührt. »Sag, dass das nicht wahr ist! Sag nicht, dass du mich verlässt!« Tränen strömten über ihr Gesicht.

»Es ist so, Nicole, und ich glaub', dass es am besten so ist.« Er stand auf und reichte ihr die Hand. »Vielleicht können wir Freunde bleiben?«

»Freunde?« Sie sah mit ihrem verweinten Gesicht zu ihm auf. »Freunde!?«, stieß sie hervor. »Nein, so können wir keine Freunde bleiben.« Für einen Moment dachte sie an das Kind, das sie erwartete. Sie hatte es ihm sagen wollen, doch jetzt kam das nicht mehr in Frage. Nie hätte sie ihn, wegen des Kindes, an sich binden wollen.

»Dann tut's mir leid. Aber ich kann ned anders.«

Er wandte sich um und ging hinaus.

Nicole fing hemmungslos zu schluchzen an, sie konnte nicht fassen, was geschehen war.

Die freundliche Bedienung kam an den Tisch, sah mitleidig auf die weinende, junge Frau. »Der junge Mann hat schon bezahlt.« Dann zückte sie ein Taschentuch und steckte es Nicole zu.

Nicole wusste am nächsten Tag nicht mehr, wie sie heimgekommen war. Wusste nur noch, dass sie sich leise am Wohnzimmer vorbei geschlichen hatte und ins Bett gegangen war. Sie war wie betäubt, konnte es nicht fassen.

Das Glück, das ihr vor kurzem so hoffnungsvoll zugelacht hatte, lag in Scherben vor ihr.

»Wir werden es alleine schaffen«, dachte sie bevor sie endlich einschlief und legte die Hand auf ihren Bauch, in dem das noch so winzige Kind in ihr wuchs.

Am nächsten Morgen wagte sie kaum hinunter ins Wohnzimmer zu gehen. Sie sah schrecklich aus: blass, die Augen rot und verquollen. Sie schlug sich eiskaltes Wasser ins Gesicht, legte Make-up auf. Nun sah sie etwas besser aus, doch damit konnte sie ihre Mutter nicht täuschen.

»Ist etwas nicht in Ordnung, Liebes?«, fragte diese besorgt, als Nicole in die Küche kam.

»Nein, es ist alles in Ordnung. Es ist nur ein bisschen spät geworden gestern Abend«, log Nicole.

»Wann bist du denn nach Hause gekommen? Wir hatten auf dich gewartet, dich aber nicht kommen hören.« Nicole gähnte demonstrativ. »Ich finde, du solltest in deinem Zustand nicht zu lange aufbleiben. Nach all den Aufregungen der letzten Zeit brauchst du etwas Ruhe, ... und das Baby auch«, fügte sie fürsorglich hinzu. »Was hat denn dein Michael zu der großen Überraschung gesagt?«, fragte sie neugierig.

»Er hat sich gefreut«, brachte Nicole hervor, dann lief sie schnell ins Badezimmer hinauf.

Marion Belling sah ihr nachdenklich nach. Da war doch etwas nicht in Ordnung!

Keine Heimlichkeiten mehr! Das hatten sie sich doch alle einander geschworen! Also ging sie entschlossen die Treppen hinauf in Nicoles Zimmer, klopfte an. Keine Antwort. Da hörte sie aus dem Bad leises Schluchzen. Vorsichtig öffnete sie die Tür und sah ihre Tochter auf dem Badehocker sitzen. »Nicole! Was ist passiert? Ist dir nicht gut?«

Nicole schüttelte den Kopf.

»Willst du mir nicht sagen, was los ist?«

Wieder heftiges Kopfschütteln.

»Wollten wir in Zukunft nicht aufrichtig zueinander sein, Liebes? Ich will dir doch nur helfen.«

Endlich sah Nicole auf. »Mama, ich bin so verzweifelt! Michael hat sich von mir getrennt!« Wieder strömten ihr die Tränen übers Gesicht.

»Was!? Das kann doch nicht sein! Ausgerechnet jetzt, wo alles in Ordnung kommt und du das Kind bekommst? Nein, das glaube ich nicht!«

»Doch, es ist so!«, kam es jämmerlich von Nicole.

Marion Belling war fassungslos. Was war da passiert? Sie setzte sich auf den Badewannenrand. »Und was hat er zu dem Baby gesagt?«

Stoßweise kam es aus Nicole. »Das habe ich ihm nicht mehr gesagt, nachdem er mir den Laufpass gegeben hat.«

»Aber das geht doch nicht, Nicole. Er muss es wissen. Es ist auch sein Kind!«

»Nein, das muss er nicht! Ich will nicht wegen eines Kindes geheiratet werden, und das würde er vermutlich tun. Aus Ehre!« Es klang verächtlich, wie sie das sagte. »Ich komme schon alleine mit dem Kind durch!«

»Na, das ist doch keine Frage, Mäuschen! Wir, Papa und ich, sind schließlich auch da für unser Enkelkind. Aber warum trennt er sich denn von dir?«

»Er ist von allem enttäuscht, von mir, weil ich nie offen war und von der ganzen Geschichte, vom Biogas bis hin zu der Verhaftung, obwohl er unschuldig ist.« Sie sah zu ihrer Mutter hoch, strich sich mit dem Arm über das Gesicht, wischte die Tränen weg.

»Er will weg, möglichst weit weg, nach Kanada oder Neuseeland«. Jetzt kamen wieder die Tränen.

»Oh je! Vielleicht ist das ja nur eine Schockreaktion nach allem. Vielleicht muss er sich erst wieder fassen und eingewöhnen?«

»Nein, Mama! Ich kenne ihn! Er weiß genau, was er will und das wird er auch tun!«

Marion Belling saß schweigend neben ihrer Tochter, sie tat ihr so leid! Erst gestern hatte es noch so ausgesehen, als hätten sich alle Probleme gelöst und nun das!

Sie würde mit Günther darüber sprechen, es war ohnehin an der Zeit, dass sich die beiden Männer, Günther und Michael, einmal tüchtig aussprachen.

Keine Heimlichkeiten mehr, das hatten sie sich geschworen!

Kapitel 15

Michael war zu dem Ort mit der schönen Aussicht gefahren, an dem er damals, nach dem nächtlichen Besuch bei Nicole in der Stadt, im frühen Morgengrauen gefahren war. Damals war es Herbst gewesen, jetzt war der Winter vorbei und der Frühling war gekommen. Letzte, kleine Schneereste lagen noch auf den Feldern und doch zeigte sich das erste, zaghafte, junge Grün. Die Sonne schien schon erstaunlich warm und er hielt sein Gesicht in die wärmenden Sonnenstrahlen.

Obwohl seit damals erst wenige Monate vergangen waren, kein halbes Jahr, hatte sich seine ganze Lebenssituation verändert.

Er erinnerte sich genau, wie hoffnungsvoll er damals gewesen war, wie genau er alles überdacht hatte. Es schien alles so einfach zu sein, doch jetzt stand er auf dem Scherbenhaufen seines Glücks und seiner Erwartungen.

Bei dem Gedanken an Nicole krampfte sich sein Innerstes zusammen, er liebte sie immer noch, aber er sah keine Zukunft mehr für sie beide. Nein, es war wirklich besser, weit weg zu gehen, weg von seiner geliebten Heimat. Er sah die Silhouette der Berggipfel vor sich und die Augen wurden ihm nass. Nie hätte er sich vorstellen können, seine Heimat zu verlassen, schon jetzt fühlte er Heimweh, wenn er an die Ferne dachte.

Er war jung! Er würde es schaffen, und in Kanada gab es auch Berge! Die Landschaft war ähnlich dieser hier, vielleicht noch großartiger! Doch er wusste, das war nur ein schwacher Trost.

Nicole? Sie würde es überstehen und irgendwann einen neuen Freund finden, einen der vielleicht mehr zu ihr passte als er, Michael, und den ihre Eltern akzeptieren würden ohne Wenn und Aber.

Er war todunglücklich über den Verlauf des Gespräches mit Nicole, aber er wusste auch: Ein glatter Schnitt war besser, als Hinhalten und Lügen. Er liebte sie immer noch, aber er sah keinen anderen Ausweg!

Sein Handy klingelte, nervös sah er auf das Display. Er hatte seit jenem Abend vor zwei Tagen nichts mehr von Nicole gehört, vielleicht war sie es, die ihn anrief? Doch es war nicht Nicole, es war Roman, der treue Freund. »Du, Michi! Meine Eltern laden dich und Nicole am Sonntagnachmittag zum Kaffee ein, sie wollen mit euch und uns auf deine Freilassung anstoßen! Ihr kommt doch, oder?«

Michael stutzte einen Moment, sagte dann aber schnell zu.

»Also dann, bis Sonntagnachmittag in Berg droben. Ich freu' mich auf dich, alter Spezl!«

Roman und Sandra, die Glücklichen, dachte Michael bei sich. Ja, er würde am Sonntag zu den Senckenbergs fahren, ohne Nicole. Irgendwann mussten sie es erfahren, dass es aus war zwischen ihm und ihr.

***

Als er am Sonntagnachmittag auf den Hof fuhr, stand Roman mit Sandra und Herrn Senckenberg draußen beim Pferdestall. Unsicher trat er zu ihnen und natürlich kam sofort die Frage, die er am meisten fürchtete.

»Wo ist denn Nicole?«, fragte Sandra neugierig.

»Nicole ist nicht dabei!«

»Oh je, wo ist sie denn? Geht es ihr nicht gut?«, wieder eine Frage von Sandra, diesmal besorgt.

»Doch, doch, ich glaube schon«, antwortete Michael ausweichend. »Aber was ist denn passiert, Herr Senckenberg? Sie gehen ja an Krücken!«, wandte er sich an schnell Romans Vater.

»Ach, ein dummer Reitunfall! Aber es wird besser, so langsam!«, entgegnete Herr Senckenberg. »Aber lasst uns doch ins Haus gehen, meine Frau wartet sicher bereits auf uns.

»Schön, dass ihr endlich alle da seid«, begrüßte sie Frau Senckenberg in der gemütlichen, alten Stube des Gutshofes. Der Kaffeetisch war bereits gedeckt.

»Aber wo haben Sie denn Nicole gelassen, Michael?«

»Nicole konnte nicht kommen.«

»Oh, das ist aber schade!« Sie sah ihren Mann unsicher an, doch der nickte nur beiläufig.

Das Gespräch drehte sich um Michaels Verhaftung, die Untersuchungshaft und die abenteuerliche Geschichte, wie Nicole und Roman die Tat von Peter Gössler aufgedeckt hatten, der inzwischen verhaftet worden war und gestanden hatte.

»Jetzt sind Sie endgültig rehabilitiert, Michael! Ihre Nicole ist schon eine bemerkenswerte, junge Frau! Wie sie zu Ihnen gehalten hat während der ganzen Zeit, trotz Besuchsverbot und wie sie dann, zusammen mit Roman den Täter gefunden hat, darauf können Sie stolz sein.«

Michael sah betreten und unsicher vor sich hin.

»Schade, dass sie heute nicht hier ist. Wir, meine Frau und ich, wollten nämlich etwas mit Ihnen beiden besprechen.«

»Das heißt, eigentlich wollten wir Ihnen ein Angebot machen«, schaltete sich Frau Senckenberg ein.

Alle vier, das Ehepaar Senckenberg, sowie Roman und Sandra schauten Michael gespannt an.

Endlich ergriff Herr Senckenberg das Wort. »Lieber Michael, wir kennen Sie ja seit vielen Jahren, schon als Bub' und bester Freund unseres Sohnes waren Sie ein gern gesehener Gast bei uns und als Praktikant haben wir Sie erst recht schätzen gelernt.« Er lächelte Michael an. »Sie wissen ja, dass unser Roman das Gut nicht übernehmen will, was wir akzeptieren, wenn auch mit Schmerzen.« Er sah seine Frau an, die ihm tapfer zunickte. »Gerade mein Reitunfall hat mir gezeigt, dass ich auf Dauer das Gut nicht alleine bewirtschaften kann. Deshalb habe ich mich entschlossen, einen Gutsverwalter einzustellen. Natürlich ist das ein absoluter Vertrauensposten, der Mann muss zu mir und meiner Frau und vor allem zum Gut passen.« Wieder machte er eine bedeutungsvolle Pause. »Kurzum, Michael, meine Frau und ich sind der Meinung, Sie wären der richtige Mann für uns!«

Michael wollte antworten, doch Herr Senckenberg wehrte ab. »Warten Sie, Michael. Meine Frau und ich haben alles bedacht: Sie und Nicole könnten im Gutverwalterhaus drüben wohnen, da ist genug Platz für eine Familie mit Kindern. Nicole hätte mit der Landwirtschaft nichts zu tun, könnte ihrem Beruf als Lehrerin nachgehen und Sie, Michael, könnten trotzdem noch ihre eigene Landwirtschaft mit betreiben, oder ich pachte Ihre Grundstücke dazu. Dann hätten Ihre Eltern auch ausgesorgt und die paar Stück Vieh, die Sie noch im Stall haben, könnten Sie leicht versorgen, wenn Sie es denn wollen. Und die leidige Sache mit der Biogasanlage hätte sich automatisch auch erübrigt. Na, was sagen Sie dazu Michael?«

Alle sahen erwartungsvoll auf Michael. Der hatte den Kopf gesenkt, das Gesicht in den Händen vergraben und die Augen geschlossen. Er schwieg.

»Michael, das ist doch eine Superidee! Alle Probleme auf einen Schlag gelöst!« Roman stupste den Freund von der Seite an.

Endlich hob Michael den Kopf, sah das Ehepaar Senckenberg unglücklich an.

»Vielen Dank, aber ich kann das Angebot nicht annehmen!«

»Ja, aber warum denn nicht?«

»Ich habe mich bereits zu etwas anderem entschlossen«, brachte Michael mit belegter Stimme hervor.

»Ach so! Was wollen Sie denn machen? Haben Sie ein besseres Angebot?«

Michael wusste, dass er jetzt mit der Sprache raus musste. »Ich werde, nach allem was passiert ist, von hier weggehen. Ich habe vor, nach Kanada oder nach Neuseeland auszuwandern.«

Alle sahen sich betroffen und überrascht an.

»Und Nicole, was sagt die dazu?« Es war Sandra, die sich als erste gefasst hatte.

»Ich hab' mich von Nicole getrennt.«

Sein Geständnis schlug ein wie eine Bombe. Bestürztes Schweigen. Wieder war es Sandra die als erste fragte: »Und was sagt Nicole dazu?«

Michael sah sie an. »Ich dachte, sie hätte es dir bereits erzählt, als bester Freundin.«

»Nein, kein Wort!«, rief Sandra aufgebracht.

»Es war erst vorgestern Abend, dass ich es ihr g'sagt hab'.«

»Vorgestern Abend!? Und was hat sie dazu gesagt?«

Michael wand sich sichtlich. »Sie hat mir g'sagt, dass sie mit ihren Eltern gesprochen hat, ihnen erzählt hat, dass sie mit mir zusammen ist.« Er schüttelte den Kopf. »Aber es ist zu spät, mein Entschluss ist gefasst und unumstößlich!«

»Und sonst hat sie dir nichts erzählt?«, fragte Sandra aufgebracht.

Michael schüttelte den Kopf.

»Was seid ihr zwei doch für Dummköpfe«, fuhr Sandra auf. »Ich hätte Lust, euch beiden die Köpfe zusammen zu stoßen, so dumm und verbohrt wie ihr seid!«

»Sandra!«, Roman fasste sie am Arm, so aufgebracht hatte er seine Verlobte noch nie gesehen. »Das muss man den beiden überlassen!« Er wandte sich an Michael. »Also, ehrlich! Ganz verstehen tu' ich das nicht, nach allem was Nicole für dich auf sich genommen hat! Ohne sie würdest du noch heute in U-Haft sitzen und womöglich sogar verknackt werden!«

Michael sah betreten vor sich hin. »Ja, ich hab' ihr viel zu verdanken. Trotzdem – mein Entschluss steht fest.«

»Ja, das ist schade, auch für uns, Michael!« Herr Senckenberg war sichtlich enttäuscht über Michaels Reaktion. »Aber man muss das akzeptieren. Sie werden Ihre Gründe haben, so zu handeln!«

Nur Sandra konnte sich nicht beruhigen. »Ich kann es nicht fassen!« Sie schüttelte vehement den Kopf. »Ich kann es nicht fassen!«, wiederholte sie immer wieder. »Warum könnt ihr denn nicht ehrlich zueinander sein?«

»Ich bin doch ehrlich, Sandra«, entgegnete Michael gereizt. »Glaubst du, ich leide nicht darunter?« Er fuhr sich mit der Hand über die Augen. Niemand sollte sehen, wie ihm die Tränen kamen. Alle sahen ihn mitleidsvoll an, nur Sandra konnte nicht aufhören.

»Ich ersticke noch an dem, was ich nicht sagen darf.« Doch sie hatte Nicole ihr Wort gegeben und sie musste sich daran halten.

Enttäuscht, aufgebracht und deprimiert verabschiedeten sie sich voneinander.

»Wissen Ihre Eltern es schon, Michael?«, fragte Frau Senckenberg, als sie ihm zum Abschied die Hand gab.

»Nein, ich habe es ihnen noch nicht gesagt.«

»Warten Sie noch, bis Sie sich ganz sicher sind! Es wäre eine große Aufregung und Enttäuschung für sie. Ich hätte mich gefreut, wenn sie mit Nicole hier eingezogen wären! Ich finde, sie ist eine patente, junge Frau und hat viel mitgemacht in der letzten Zeit, genauso wie sie! Anfangs fand ich, sie wäre nur ein nettes, junges Mädchen. Aber in der Zeit ihrer Haft hat sie sich zu einer verantwortungsvollen, jungen Frau gewandelt, die nur eines im Sinn hatte, Ihnen zu helfen!« Sie sah Michael eindringlich an. »Lassen Sie sich Zeit, vielleicht entscheiden Sie sich doch noch anders. Denken Sie darüber nach, überschlafen Sie unser Angebot einige Nächte. Oft sieht dann manches anders aus.«

»Nein, Frau Senckenberg. Ich weiß, was ich tun muss!«

***

Die Bellings saßen im Kaminzimmer. Marion Belling hatte ihrem Mann erzählt, dass Michael sich von Nicole getrennt hatte. »Was? Ausgerechnet jetzt, wo sie ein Kind bekommt?« Er sah seine Frau empört an.

»Ich finde, du solltest mit dem jungen Mann sprechen, Günther!«

»Was soll ich ihm denn sagen? Er solle gefälligst meine Tochter heiraten, die er geschwängert hat?«, fragte Günther Belling aufgebracht. »Nein, das nun nicht! Wir werden das Kind schon alleine groß bringen!«

»Das ist doch keine Frage, Günther! Darum geht es nicht! Aber der junge Mann weiß doch gar nichts davon! Das finde ich nicht gerecht! Wenn er dann immer noch auf einer Trennung besteht, okay!«

»Aber wäre es fair, es ihm zu sagen, selbst wenn Nicole das nicht will? Das finde ich unmöglich, auch wenn sie es uns nicht direkt verboten hat. Aber ich finde doch, das wäre ihre persönliche Sache!«

»Da hast du Recht, mein Lieber. Aber wir werden es ihm nicht sagen!«

»Was hat dann die Unterredung für einen Sinn?«

»Du redest mit ihm über die Biogasanlage und dass du deinen Einspruch zurückziehst und sonst über gar nichts! Alles andere lass mich machen!«

»Aber kein Wort über die Schwangerschaft oder über die Trennung!« Günther Belling sah seine Frau eindringlich an.

»Nein, ich schwöre dir, kein Wort!« Sie hob die Hand wie zum Schwur.

»Na, ich weiß nicht. Irgendwie kommt mir das wie eine Intrige vor, eine weibliche!« Günther Belling sah unsicher vor sich hin.

»Es ist zum Besten aller, ein Versuch! Da darf man schon mal trickreich sein. Ihr Männer seid ja manchmal schwer von Begriff!«

***

»Herr Rechenauer? Hier spricht Günther Belling!«

Michael sah irritiert auf sein Handy. Wollte ihn sich Nicoles Vater wegen der Trennung zur Brust nehmen? Das hätte ihm gerade noch gefehlt.

»Herr Rechenauer, ich wollte mich mit Ihnen wegen der leidigen Biogasgeschichte unterhalten. Vielleicht wissen Sie, dass ich meinen Einspruch zurückgezogen habe. Es tut mir sehr leid, was alles geschehen ist, auch wenn Ihre Verhaftung nicht direkt damit zu tun hatte. Der wirkliche Täter des Anschlags auf mich ist ja inzwischen gefasst. Es war für uns alle ein Schock!«

Michael war irritiert und misstrauisch. Was wollte Nicoles Vater von ihm?

»Ja, Herr Belling, das ist ja nun alles vorbei!«

»Trotzdem! Ich wollte mich gerne mit Ihnen treffen und Ihnen das persönlich sagen. Es ist mir ein Bedürfnis. Bitte!«

Michael schwieg erst, dann: »Es ist schon in Ordnung so, Herr Belling.«

»Nein, ich finde nicht! Bitte kommen Sie doch zu mir und meiner Frau! Wie wäre es denn heute Abend? Es dauert nicht lange, aber ich fände es schön, wenn wir uns persönlich kennenlernen würden! Machen sie mir die Freude, Herr Rechenauer, und auch meiner Frau.«

Michael fühlte sich überrumpelt. Wussten die Bellings denn nichts davon, dass er sich von Nicole getrennt hatte? Widerwillig sagte er zu.

»Gut, dann erwarten wir beide Sie gegen sieben Uhr, ist das recht?«

»Ja, ich komm' dann kurz vorbei.«

Auf was habe ich mich da wieder eingelassen, schalt Michael mit sich, als er zum Haus der Bellings hinauf ging. Hoffentlich hatten sie ihm nicht eine Falle gestellt und Nicole wäre da! Sie hatte doch gesagt, sie hätte alles ihren Eltern erzählt, hatte sie ihn da belogen? Am liebsten hätte er umgedreht und wäre wieder zurück nach Hause gegangen. Doch er hatte sein Wort gegeben.

Er klingelte an der Haustür, Herr Belling kam heraus. »Das ist sehr nett, dass Sie gekommen sind, Herr Rechenauer.«

Er führte Michael in das Kaminzimmer in dem dieser damals, es schien ihm eine Ewigkeit her zu sein, mit Nicole gesessen hatte. Auch Frau Belling war da.

Nun fing Herr Belling weitschweifig an zu erzählen: wie leid es ihm täte, dass er ihm, Michael, so viele Schwierigkeiten und Probleme gemacht hätte; dass er es so bedauere, dass Michael unschuldig in Untersuchungshaft gewesen wäre. Er sprach über Peter Gössler, der inzwischen die Tat gestanden hatte, aber es fiel kein Wort über Nicole. Michael fragte sich verwundert, was die Bellings wirklich über ihn und Nicole wussten.

Endlich war Herr Belling mit seiner Ansprache fertig. Freundlich schüttelte er Michael zum Abschied die Hand.

»Ich hoffe, Sie nehmen mir nichts weiter übel, Herr Rechenauer!«

Michael schüttelte den Kopf. »Nein, nein, es ist alles ausgesprochen.« Obwohl er selbst kaum zu Wort gekommen war, imponierte ihm Herrn Bellings Haltung.

»Kommen Sie, Michael, ich bringe Sie nach draußen!« Marion Belling stand vor ihm. Sie gingen in den großen Flur, doch Marion Belling führte ihn statt zur Haustür in einen kleinen Nebenraum.

Mitten im Zimmer stand ein wunderschöner Kinderstubenwagen, auf dem Tisch lagen einige Strampelhöschen und andere Babysachen, dazwischen Kuscheltiere, Babyflaschen, Schnuller und Windelpakete, eine komplette Babyausstattung war das!

»Hübsch, nicht wahr?« Frau Belling sah ihn unschuldsvoll an. Michael nickte nur, verwirrt.

Frau Belling führte ihn nach draußen. »Vielen Dank, dass Sie hier waren, Michael. Vielleicht sieht man sich bald wieder.« Sie lächelte ihm vertrauensvoll zu.

»Glaubst du, er hat es kapiert?«, fragte Günther Belling zweifelnd seine Frau, als sie ins Haus zurück kam.

»Ich weiß nicht. Aber wenn er es nicht kapiert hat, ist er ein bisschen sehr naiv! Aber Männer sind manchmal so!« Sie lächelte ihrem Mann schelmisch zu.

Was war denn das für eine Vorstellung gewesen, fragte sich Michael verwundert, als er auf dem Weg nach Hause war. Erst das Gespräch mit Nicoles Vater, ohne auch nur eine Erwähnung von Nicole; dann die Babysachen, die ihm Frau Belling ganz offensichtlich demonstrativ gezeigt hatte? Was sollte das denn?

Plötzlich durchflutete ihn die Erkenntnis wie eine heiße Woge! Nicole! Er wusste, sie hatte keine Geschwister. Was sollten denn dann die Babysachen im Haus der Eltern?

Jetzt erinnerte er sich auch an Sandras heftige Reaktion, neulich bei den Senckenbergs und die eindringliche Frage, ob ihm Nicole nichts weiter erzählt hätte, außer dem Geständnis an ihre Eltern!

Ja! Jetzt fiel es ihm ein, dass ihm Nicole an jenem Abend in der Weinstube noch etwas sagen wollte, doch er hatte sie nicht zu Wort kommen lassen, hatte sie mit der Nachricht überfallen, dass er auswandern würde, ohne sie!

Es fiel ihm wie Schuppen von den Augen!

Nicole bekam ein Kind, sein Kind! Mein Gott, wie hatte er in seiner Sturheit und seiner Selbstbezogenheit alles so vermasseln, so blind sein können!

***

Michael stand vor dem Haus in München, in dem Nicole wohnte. Er war nach dem Besuch bei den Bellings und seiner Erleuchtung über die Schwangerschaft schnurstracks hierher gefahren, ohne Nicole vorher anzurufen. Er hoffte inständig, dass sie hier wäre, andernfalls würde er vor dem Haus warten, bis sie käme und wenn es bis zum Morgen wäre!

Er hatte während der Fahrt Zeit gehabt, über alles nachzudenken! Was für ein Riesenidiot war er denn gewesen? Nicole hatte alles für ihn getan, hatte voll zu ihm gestanden, ihm immer vertraut und er hatte nur an sich, seine Probleme, seine Enttäuschung und seinen Frust gedacht! Hatte ihr brutal den Laufpass gegeben, sie nicht einmal gefragt, ob sie denn mit ihm kommen würde ins Ausland! Natürlich hatte sie ihm dann verschwiegen, dass sie ein Kind bekam! Das verstand er gut!

Ob sie ihm verzeihen würde? Ob sie ihn noch mochte, nach allem, was er gesagt hatte? Er konnte nichts anderes tun, als sie darum zu bitten und ihr zu sagen, dass er sie immer noch liebte!

Er läutete an der Klingel der Wohngemeinschaft und hörte den Türöffner surren. Auf jeden Fall war irgendjemand da!

Er stürmte die Treppe in den vierten Stock hinauf. Oben stand Nicole in der geöffneten Wohnungstür. Sie sah ihn überrascht an, ernst, fast erschrocken, ohne zu lächeln und er bemerkte, wie blass sie war.

Er stand ganz nah bei ihr, blickte auf sie herab, voller Angst und Unsicherheit. Das Herz war ihm so voll, dass er kein Wort hervorbrachte.

»Komm herein!« Sie ließ ihn an sich vorbei in den Wohnungsflur und schloss hinter sich die Tür.

Fragend sah sie ihn an, abwartend, sprach kein Wort.

»Bist du allein?«, brachte er krächzend hervor. Sie nickte nur.

»Ist es wahr?« Er legte unsicher einen Arm um sie, die andere Hand legte er auf ihren Bauch.

Nicole machte große Augen. »Wer hat es dir gesagt?«, fragte sie misstrauisch.

»Niemand! Nein, niemand direkt«, verbesserte er sich. »Aber man hat mir erst die Augen öffnen müssen.«

Sie nickte nur. »Ja, es ist wahr.«

Er nahm sie behutsam in die Arme und sie ließ es geschehen. »Mein Gott«, flüsterte er an ihrem Ohr, »wie dumm ich war! Wie ich dich vermisst habe! Dich, auch ohne das Kind!«

Er hob ihr Gesicht zu sich, Tränen liefen über ihre Wangen und er küsste sie zärtlich von ihrem Gesicht, dann küsste er sie auf den Mund.

»Nie mehr, nie mehr trenn' ich mich von dir!« Er sah sie an, liebevoll, dann ängstlich. »Magst du mich denn noch, nach allem, was ich g'sagt und g'tan habe?«

Sie nickte unter Tränen, fuhr mit den Fingern durch seine Haare, zog fest an einer Strähne.

»Freilich, du dummer Mensch, du! Wie könnte ich den Vater meines Babys nicht mögen?«

Er atmete tief durch, dann schüttelte er den Kopf, atmete erleichtert auf. »Dann ist alles gut?«

»Ja, es ist alles gut«, wiederholte Nicole und küsste ihn zärtlich. »Und? Nimmst du uns mit nach Kanada oder sonst wohin?«

Er schüttelte vehement den Kopf. »Nein, auf gar keinen Fall«, und auf ihren erschrockenen Blick fügte er hinzu, »wir bleiben hier, hier ist unsere Zukunft! Bei deinen und meinen Eltern, den Großeltern unseres Kindes und auf dem Gut Senckenberg.«

Auf ihren erstaunten, fragenden Blick beruhigte er sie. »Das erzähl' ich dir alles noch!«

Sie nickte wieder.

»Und die Biogasanlage?«

»Welche Biogasanlage?«

Er lachte, wie befreit.

»Ach, so, die! Nein, die wird nimmer gebaut!«

***